오셀로 · 템페스트

오셀로·템페스트

윌리엄 셰익스피어 | 존 길버트 그림 | 오화섭 옮김

品 문예출판사

The Tragedy of Othello, the Moor of Venice · The Tempest

William Shakespeare

차례

• 본문의 주는 모두 옮긴이 주다.

오셀로

등장인물

베니스의 공작

브라반치오 베니스 원로원 의원, 데스데모나의 아버지

그라치아노 브라반치오의 아우

로도비코 브라반치오의 친척

오셀로 베니스 정부에 고용된 무어 귀족

카시오 오셀로의 부관

이아고 오셀로의 기수

로데리고 베니스의 신사

몬타노 전(前) 키프로스 임시 총독

광대 오셀로의 시종

데스데모나 브라반치오의 딸, 오셀로의 아내

에밀리아 이아고의 아내

비앙카 카시오의 정부

원로원 의원들

선원 · 심부름꾼 · 전령 · 관리 · 신사 · 악사들

장소

베니스와 키프로스

1막

1장 베니스의 거리

로데리고와 이아고 등장.

로데리고 여보게, 듣기 싫으이. 내 지갑 속에 맘대로 손을 집어넣
을 때는 언제고, 모른다고 잡아뗄 때는 언젠가?

이아고 글쎄, 내 말을 들어보시라니까요. 정말이지, 난 꿈에도
그런 건 몰랐다니까요.

로데리고 자네는 그 친구를 미워한다고 그랬겠다?

이아고 그렇다 할 수밖에요. 글쎄, 장안의 이렇다 하는 양반들
이 세 분이나 말씀이에요, 날 그 녀석의 부관으로 해주

겠다고 그 녀석한테 굽실거리고 청을 하지 않았겠어
요! 하기야 나도 그만한 자격은 있으니까요. 한데 그 작
자는 제 고집대로 나가지 않겠어요! 건방지게 군대 용
어에다 큰소리만 탕탕 치면서 꽁무니를 빼는 소리를 들
어보세요. "부관은 벌써 결정됐소이다." 이쯤 됐단 말
씀이야. 그 부관이 누군지 아십니까? 셈수가 기막히게
빠른 자랍니다. 플로렌스 태생으로 마이클 카시오라는
작자인데, 계집 잘못 만나 진땀깨나 뺄 판이죠. 싸움터
에서 지휘도 변변히 해보지 못한 위인이고, 군대 분열
도 제대로 모르는 작자란 말씀이에요. 늙은 처녀도 그
만한 건 알 게 아닙니까. 도포 자락이나 늘어뜨리고 앉
은 벼슬아치처럼 주둥아리만 깠죠. 그래, 쥐뿔도 모르
는 그런 녀석은 척척 올라가고, 로도스, 키프로스, 크리
스천이 사는 데건, 이교도가 사는 데건, 도처에서 공을
세운 이놈은 무슨 팔자길래, 요 모양 요꼴로 헌신짝 신
세가 되냔 말이에요? 그래, 고 셈수 빠른 녀석은 제격
부관으로 입신양명이라! 그리고 이놈 이아고는 그 무
어 녀석의 기수란 말이지. 아이고, 원통해.

로데리고 나는 그 녀석 목이라도 매고 싶네.

  이아고 하지만 뾰족한 수가 없거든요. 밥 벌어먹으려면 별별
아니꼬운 일이 다 있는 겝니다. 경험이 다 무슨 소용이
있어요? 소개장이나 정실 관계로 쑥쑥 높은 자리로 올

라가거든요. 그전에만 해도 서열대로 승진이 됐건만. 생각해보세요. 글쎄, 내가 뭣 때문에 그 무어 녀석한테 충성을 다해야 하느냔 말이에요.

로데리고 나 같으면 그까짓 녀석 안 따라가겠네.

이아고 그럴 것까지야 없지 않습니까? 내가 따라가는 데는 다른 이유가 있단 말씀이야. 우리는 저만큼 주인 노릇을 할 수도 없을뿐더러, 어디 또 주인 노릇을 한다고 밑의 놈들이 다 굽실거리는 줄 아십니까? 세상에는 그저 굽실거리며 일평생 충성을 다하는 녀석들도 있습니다만, 그 녀석들은 주인집 당나귀처럼 멍에를 메고 콩깍지나 얻어먹다가 늙으면 내쫓기거든요. 이따위 똑똑치 못한 녀석들은 흠씬 때려주고 싶습니다. 그 반면엔 말씀이죠, 겉으로는 충성을 다하는 체하고, 속으로는 차릴 거다 차리고 말이에요, 윗사람한테는 네네 하면서 짜낼 대로 짜내고 말씀이죠, 주머니가 두둑해지면 그때는 이쪽이 쏙 올라앉는 자들도 있단 말씀이에요. 이런 자들이야말로 제정신을 가진 자들이지만, 나도 그중 한 사람이죠. 만일 내가 무어 놈 처지라면 이아고 같은 것이 되고 싶지 않다는 건 당신이 로데리고라는 것과 같이 확실한 일이죠. 내가 그 녀석을 따라가는 건 내 꿍꿍이속이 있어 그러는 거예요. 그 녀석을 따라가는 건 내자신을 위해서지, 절대로 충성을 하기 위한 것이 아니니까요. 겉으로만 그렇게 보일 뿐이지, 결국은 나 자신을 위해서라는 건 하늘이나 알죠. 어느 때고 내가 본심을 털어놓게 되면 무엇이고 다 알게 될 테니까요. 나도 그렇게 호락호락한 물건은 아닙니다.

로데리고 성공만 한다면 그 입술 두꺼운 놈, 복도 많지 뭐야!

이아고 그 여자의 아버지를 불러 깨우세요. 그리고 오셀로의 뒤를 쫓아가서 재미를 못 보게 하고, 사람들한테 광고를 한단 말씀이에요. 그러고는 여자의 친척들을 들쑤셔놓고, 그 녀석이 한껏 기분 좋아하더라도 성가시게 해주란 말씀이에요. 그 녀석한테서 기쁨을 박탈할 수는 없다고 하더라도 입맛이 쓸 정도로 긁어줄 수는 있거든요.

로데리고 이게 그 집이군그래. 어디 불러볼까.

이아고 그래, 한바탕 불러보시구려. 아닌 밤중에 홍두깨라지 않소? 번화한 거리에서 갑자기 불이 난 것처럼 소리를 지르란 말이에요.

로데리고 여보세요, 브라반치오 의원님, 이거 보세요.

이아고 일어나십쇼, 브라반치오 의원님, 도둑이야, 도둑. 집 안을 둘러보세요. 따님이랑 돈 뭉치랑 어서 찾아보세요. 도둑이야, 도둑.

브라반치오가 이층 창가에 나타난다.

큰일났습니다. 의원님의 심장은 터지고 영혼의 절반은 잃어버리셨어요.
지금, 바로 지금, 늙은 까만 양이 댁의 흰 양을 손아귀에 넣고 있습니다.
어서 일어나 나오십쇼. 종을 울려서 잠들고 있는 사람들을 깨우십쇼.

- 1막 1장

브라반치오	왜 이렇게 사람을 깨우고 야단이야? 대체 무슨 일인가?
로데리고	댁의 식구들은 다 계십니까?
이아고	문은 잘 잠그셨습니까?
브라반치오	그건 또 왜 묻는 거야?
이아고	아니, 도둑이 든 것도 모르십니까? 어서 옷을 입으세요. 큰일났습니다. 의원님의 심장은 터지고 영혼의 절반은 잃어버리셨어요. 지금, 바로 지금, 늙은 까만 양이 댁의 흰 양을 손아귀에 넣고 있습니다. 어서 일어나 나오십쇼. 종을 울려서 잠들고 있는 사람들을 깨우십쇼. 안 그 랬다간 외손자 보시게 됩니다. 어서 일어나시라니까요.
브라반치오	아니, 미쳤나?
로데리고	제 목소리를 기억하시겠습니까?
브라반치오	몰라. 누군가?
로데리고	로데리고입니다.
브라반치오	그건 더 기분 나쁜 일인데. 내 집 근처에 얼씬거리지 말 라고 하지 않았나? 그리고 내 딸은 자네한테 줄 수 없다 고 했는데, 이건 또 뭔가? 술이니 음식이니 잔뜩 처먹고 미친놈처럼 엉큼스럽게 단잠을 깨워봐.
로데리고	그건, 저 — 저.
브라반치오	하지만 이거 봐. 나한테는 용기와 지위가 있어. 오늘 저 녁 한 짓만큼 혼을 내줄 테다, 알았나?
로데리고	그건 너무 지나친 말씀입니다.

브라반치오 도둑이라니 무슨 도둑 말이야? 여긴 베니스야. 내 집은 들판의 외딴집과는 다르단 말야.

로데리고 저 좀 보십쇼. 저는 엉큼한 생각을 먹고 온 게 아닙니다.

이아고 저희들이 악마라고 하더라도, 들으실 것은 들으셔야죠. 일껏 알려드리려 왔는데, 불한당 취급을 하시는군요. 바르바리산(産) 말이 따님을 손에 넣었다니까요. 인제 손자들, 증손자들, 친척 가운데 별별 말(馬)이 다 생깁니다.

브라반치오 어따 대고 그따위 말을 하는 건가?

이아고 저는 말입죠, 따님하고 무어 놈하고 잔등이 둘 달린 짐승을 만들고 있다는 걸 알려드리려고 온 겁니다.

브라반치오 천하에 악당 같으니.

이아고 나리는 원로원 의원이시굽쇼.

브라반치오 로데리고, 이건 자네 책임이야. 나는 자네를 잘 알아.

로데리고 책임지고말고요. 하지만 의원님께서 알고도 그러시는 것 같은데, 아닌 밤중에 귀하신 따님을 뱃사공밖에 없는 곳에서, 저 음탕한 무어 놈이 맘대로 농락한다는 사실을 알고 계신다면 저희들이 주제넘은 짓을 했습니다. 그러나 모르신다면 그렇게 저희들을 꾸짖으실 게 아닙니다. 저희들이 뭐 버릇없이 의원님을 조롱하는 게 아니니까요. 거듭 말씀드리겠습니다만, 따님께서 승낙도 없이 나가셨다면, 이런 망측할 데가 어디 있겠습니까? 여기저기 떠돌아다니는 외국 놈한테 그 아름다움과 모든 의무와 지혜와 운명을 다 바치신 겁니다. 당장 살펴보십쇼. 만일 따님이 방 안에나 집 안에 어디고 계시다면 저희들이 의원님을 속인 죄로 어떤 처분이라도 달게 받겠습니다.

브라반치오 여봐라, 불 켜라! 초를 가져와. 모두 깨워. 꿈자리가 사납더라니, 암만해도 거짓말 같지 않은걸. 불을 켜, 불을.
(퇴장)

이아고 또 만납시다. 난 이쯤 해두는 게 좋아. 여기 있다가는 무어놈의 적수가 돼야 할 테니, 그건 약지 못한 짓이지. 설사 그 녀석이 이 일 때문에 혼이 난다고 해도, 정부는 그 녀석을 쉽사리 파면시킬 수가 없단 말씀이야. 키프로스에서는 싸움이 벌어졌겠다, 총독으로 갈 만한 자가 그 녀석 빼놓고 어딨느냔 말이오? 그러니까 그 녀석이 지긋지긋하게 싫다고 해도, 살아가려면 좋아하는 척해야 된단 말씀이에요. 뭐, 그저 그렇게 보이는 것뿐이죠. 사람들을 몰아가지고 새지터리로 오란 말야. 틀림없이 거기 있을걸. 나도 그 녀석하고 거기 있겠소. 그럼 난 가요. (퇴장)

잠옷을 입은 브라반치오와 햇불을 든 시종들이 등장.

브라반치오 세상에 이런 기막힐 데가 있나. 딸년은 확실히 없어. 내

여생이 아무 희망도 없고, 슬픔에 차게 됐어. 여보게 로데리고, 자네는 내 딸을 어디서 봤지? 내 딸이 이게 웬일일까! 무어 놈하고 같이 있었다고 그랬지? 이러니 어디 누가 남의 아비 노릇을 하겠나. 자네는 어떻게 내 딸인지 알았나? 아비를 감쪽같이 속였군. 그래, 딸이 자네보고 뭐라던가? 불을 더 밝게 해. 친척들을 깨워. 그 둘이 결혼한 모양이던가?

로데리고   그럼요.

브라반치오   맙소사. 어떻게 빠져나갔을까? 혈육도 소용없군. 겉만보고 딸을 믿지 말지어다. 오, 젊은 것들의 마음을 흔들어놓는 마약이 있는 모양이지. 로데리고, 자네 그런 얘기 들은 일 있나?

로데리고   있고말고요.

브라반치오   동생을 깨워. 차라리 자네를 사위로 삼을 걸 그랬네. 몰려 있지 말고, 여기저기 흩어져 있어. 어디로 가면 딸하고 그놈을 잡을 수 있나?

로데리고   몇 사람 데리고 저를 따라오시면 찾아냅죠.

브라반치오   그럼 가세. 집집마다 찾아봐야지. 모두들 내 명령에 거역은 못할 테니까. 창을 가지고 와. 야경원들을 깨우고. 자, 가세. 자네 수고는 잊지 않겠네.

모두 퇴장.

2장 다른 거리

오셀로, 이아고, 횃불을 든 수행원들 등장.

이아고 싸움터에서는 사람도 많이 죽였습니다만, 일을 꾸며가
지고 사람을 죽인다는 건 양심이 허락지 않습니다. 전
맘이 약해서 탈이에요. 그저 그 녀석 갈빗대라도 부러
뜨리고 싶은 생각이 죽 끓듯 할 때도 없지 않았지만 꾹
참았죠.

오셀로 잘했네.

이아고 하지만 그 녀석이 장군 욕을 막 하지 않아요? 부처님이
라면 몰라도 참을 수가 있어야죠. 참, 결혼은 하셨습니
까? 그 의원님은 인망이 있으신 데다가, 사실상 공작님
보다도 세력이 당당하시거든요. 그러니까 이 결혼을
무효로 만들거나, 혹은 국법의 한계 내에서 권력 행사
를 하실 겁니다.

오셀로 해볼 테면 해보라지. 내 공로를 보더라도 그분의 고소
쯤은 문제없어. 그리고 이건 아무에게도 말하지 않았
네만, 나는 왕족의 혈통을 받은 사람이니까, 손에 넣은
이 행복쯤은 응당 요구할 수 있다고 생각하네. 문제는
데스데모나를 사랑하기 때문이야. 그렇지 않다면 무엇
때문에 이렇게 편하디편한 몸을 부자유스런 가정 속에

처박겠느냐 말일세. 저 대해의 보물과 바꿔서까지라도 말야. 저건 뭔가? 저 횃불은?

이아고 저건 바로 그 아버지하고 친척들이 찾아오는 겁니다. 숨으시는 게 좋겠습니다.

오셀로 숨다니 말이 되나? 내 덕으로 보나, 신분으로 보나, 결백한 정신으로 보나, 당당하게 행동해야지. 그 사람들인가?

이아고 아닌가 봅니다.

카시오와 횃불을 든 관리들 등장.

오셀로 공작 시종들하고 내 부관이로군. 수고들 하네. 무슨 일인가?

카시오 공작님께서 부르십니다. 지금 당장 들어오시라고요.

오셀로 무슨 일일까?

카시오 키프로스에서 무슨 소식이 온 모양입니다. 급한 일인가 봐요. 밤새 군함에서 전령을 줄줄이 보내고 있어요. 그래서 의원님들이 전부 일어나, 지금 공작님 댁에서 회의를 하고 계십니다. 빨리 모시고 오라는 분부였지만, 숙소엘 가도 안 계시고 해서, 여기저기 사람을 내보내서 찾으라고 하셨습니다.

오셀로 마침 잘됐네. 잠깐 안에 들어가서 일러둘 말이 있으니까, 다녀온 후에 같이 가세. (퇴장)

카시오　　기수, 장군은 여기서 뭘 하고 계신가?

이아고　　오늘 밤 커다란 배를 한 척 수중에 넣으셨거든요. 만일 그것이 합법적인 물건이라면 장군은 참 행운아시죠.

카시오　　무슨 소리야?

이아고　　결혼하셨어요.

카시오　　누구하고?

오셀로 다시 등장.

이아고　　왜, 저 ─ 아, 장군님 가시죠.

오셀로　　음, 가세.

브라반치오, 로데리고, 횃불과 칼을 든 호위병들 등장.

카시오　　또 다른 사람들이 찾아옵니다.

이아고　　브라반치오 의원님이시군요. 장군님, 조심하십쇼. 악의를 품고 오는 겁니다.

오셀로　　거기 섯!

로데리고　　의원님, 무어입니다.

브라반치오　　도둑놈을 쳐 눕혀라.

그들 양옆으로 다가선다.

천하의 불한당 같으니. 내 딸을 내놔.

그 못된 버릇으로 내 딸을 후려냈을 테지.

마의 사슬에 얽매이지 않았다면, 그렇게 부드럽고 어여쁘고 행복에 찬 애가,

아니, 이 나라 이 땅 귀공자도 물리치던

내 딸이 남의 웃음거리가 되는 것도 모르고, 아비 슬하를 빠져나가?

– 1막 2장

이아고 로데리고, 잘 만났다. 덤벼!

오셀로 어서들 칼을 집어넣어. 이슬 맞으면 녹슬지. 의원님께서는 창검을 빼시지 않아도 그만한 연세면 얼마든지 말로 명령하실 수 있으실 텐데요.

브라반치오 천하의 불한당 같으니. 내 딸을 내놔. 그 못된 버릇으로 내 딸을 후려냈을 테지. 마(魔)의 사슬에 얽매이지 않았다면, 그렇게 부드럽고 어여쁘고 행복에 찬 애가, 아니, 이 나라 이 땅 귀공자도 물리치던 내 딸이 남의 웃음거리가 되는 것도 모르고, 아비 슬하를 빠져나가? 그리고 보기만 해도 소름이 끼칠 그 시꺼먼 가슴속으로 뛰어들어. 내 말이 틀렸나? 뻔한 일이지. 네놈이 더러운 마술을 쓰고, 마음을 흐리멍덩하게 만드는 약을 써가지고, 마음 약한 딸을 꾀어냈을 거야. 그러니까 알아내고야 말 테다. 확실히 그래. 그렇고말고. 나라의 양풍(良風)을 문란케 하고 금단의 사법(邪法)을 행사한 죄로 체포할 테다. 저놈을 잡아라. 대들거든 용서할 것 없이 해치워.

오셀로 어느 편이건 잠깐 참으시오. 어차피 싸워야 될 거라면 서슴지 않고 나서리다. 어디로 가면 좋겠습니까? 자초지종을 설명해드리죠.

브라반치오 규정대로 시기가 와서 불러낼 때까지 감옥으로 가.

오셀로 그 말씀에 복종해도 괜찮을까요? 공작님께서 기뻐하시겠습니까? 급한 일이 있다고 지금 막 사람을 보내서 저를 들어오라는 분부이신데요.

관리 1 그건 사실입니다. 공작 각하께서는 지금 회의 중이신데 댁에도 사람이 갔을 겁니다.

브라반치오 뭐, 공작께서 아닌 밤중에 회의라고? 아니, 어서 묶어. 난 나대로 중대한 일이니까. 공작이나 다른 의원들이 알더라도, 남의 일같이 생각하지는 않을걸. 이따위 짓을 그대로 내버려뒀다가는 노예나 이교도들이 우리 국사(國事)에 참견하게 되지.

모두 퇴장.

3장 회의실

공작과 의원들, 테이블을 에워싸고 앉아 있고, 관리 몇 명이 옆에 서 있다.

공작 이 보고는 갈피를 잡을 수 없을 뿐 아니라 믿을 수 없소.

의원 1 그렇습니다. 보고마다 다르니까요. 여기는 백일곱 척이라고 했는데요.

공작 여기는 백사십 척이라고 했단 말야.

의원 2 이 보고에는 이백 척이라고 했습니다. 숫자가 맞지는 않습니다만—어림해서 적은 것이니까 그럴 수도 있죠. 어쨌든 터키 함대가 키프로스에 쳐들어오고 있는 것은 틀림없습니다.

공작 음, 있을 수 있는 일이야. 다소 착오는 있다 하더라도 마음을 놓을 수는 없소.

선원 (무대 뒤에서) 여보세요, 이거 보세요.

관리 1 군함에서 인편이 왔습니다.

선원 하나가 들어온다.

공작 그래, 뭔가?

선원 터키 함대가 로도스로 가고 있습니다. 앤젤로 공께서 그렇게 말씀드리라고 하셨습니다.

공작 어떻게들 생각하시오?

의원 1 그럴 리가 없습니다. 일종의 연극이 아닐까요? 키프로스야 로도스보다도 터키한테 얼마나 중요한 요충지입니까? 그런 데다 로도스만큼 경비가 충분치 못하니까, 이걸 함락시키는 것은 훨씬 쉬운 일입니다. 이런 이치로 미루어 본다면 뺏기 쉽고 또 수중에 넣은 뒤에는 제일 이득이 많은 요새를 나중으로 돌리고, 쓸데없는 모험을 할 그런 분별없는 터키는 아닐 것 같습니다.

공작 음, 걱정할 것은 없소. 로도스로 가는 건 아닐 거요.

모든 권세와 위력이 당당하신 의원 여러분!

가장 숭배하는 의원 여러분께 말씀드립니다.

제가 이 노인의 따님을 데려간 것은 사실입니다.

결혼한 것도 사실이죠. 제가 저지른 죄는 고작 그 정도입니다.

제 거친 말솜씨를 눌러 들어주십시오.

― 1막 3장

관리 1 또 사람이 왔습니다.

심부름꾼 등장.

심부름꾼 터키 함대는 로도스 방면으로 진행 중, 거기서 후진 함대와 합치고 있습니다.

의원 1 그럴 줄 알았어. 몇 척이나 되던가?

심부름꾼 삼십 척가량입니다. 지금 오던 길로 되돌아가고 있습니다만, 키프로스를 지목하고 있는 것은 틀림없습니다. 이 보고는 각하의 충신 몬타노 총독의 말씀이온데, 절대로 믿어주십사고 합니다.

공작 그럼, 키프로스를 치겠단 말이지? 마르쿠스 루치코스는 여기 있는가?

의원 1 지금 플로렌스에 가 있습니다.

공작 그럼, 어서 지급(至急)으로 글을 적어 보내오.

의원 1 브라반치오 의원과 무어 장군이옵니다.

브라반치오, 오셀로, 이아고, 로데리고, 관리들 등장.

공작 오셀로 장군, 우리 공적 터키 놈들을 물리치기 위해서 즉시 출발해야겠소. (브라반치오에게) 오신 것을 몰랐소이다. 참 잘 오셨소. 오늘 밤 회의에 좋은 의견을 듣고

도움을 받고 싶던 차요.

브라반치오 저 역시 말씀을 듣고 싶었습니다. 널리 용서해주십시오. 이렇게 아닌 밤중에 일어나 나온 것은 제 자신의 직책을 생각해서가 아니고, 부르심을 받고 온 것도 아닙니다. 그렇다고 나라의 위기를 걱정해서도 아닙니다. 순전히 제 개인의 사사로운 슬픔이 다른 수많은 슬픔을 삼켜버릴 만큼 걷잡을 수 없기 때문입니다.

공작 그건 또 무슨 일이오?

브라반치오 제 딸년이, 바로 제 딸이!

공작과 의원들 죽었소?

브라반치오 저한테는 죽은 거나 마찬가지죠. 딸년이 속았어요. 도둑맞았습니다. 돌팔이 의사한테서 산 마약과 요술에 농락당하고 말았습니다. 그렇게 지각이 있고, 반반하고, 똑똑한 것이, 요술에 걸리지 않았다면 이럴 수가 있습니까?

공작 그놈이 어떤 놈이건 간에 그런 몹쓸 짓을 해서 그대의 딸을 뺏고 정조까지 유린한 악당은 그대 자신이 국법을 적용해서 엄중히 처벌하시오. 설사 그 범인이 내 자식이라고 해도 용서할 수는 없는 일이야.

브라반치오 감사합니다. 바로 이 무어가 범인이올시다. 나라의 중대한 일로 불러들이셨다지요?

공작과 의원들 유감인데.

공작	(오셀로에게) 뭐 할 말이 없소?
브라반치오	할 말이 있을 리가 없습니다. 이런 일을 저질러 놓고서야.
오셀로	모든 권세와 위력이 당당하신 의원 여러분! 가장 숭배하는 의원 여러분께 말씀드립니다. 제가 이 노인의 따님을 데려간 것은 사실입니다. 결혼한 것도 사실이죠. 제가 저지른 죄는 고작 그 정도입니다. 제 거친 말솜씨를 눌러 들어주십시오. 이 팔은 일곱 살 때부터 오늘날까지 아홉 달을 제외하고는 늘 싸움터에서 전력을 다해 왔습니다. 따라서 전쟁 이외의 일은 잘 모를뿐더러, 서투르기 짝이 없습니다. 그래서 제 자신을 변호할 주변도 없습니다. 그러나 결혼하게 된 사유를 사실대로 말씀드리겠습니다. 지금 말씀하신 대로 약과 마술과 요술로 어떻게 저분 따님을 수중에 넣었는가를 설명해드리겠습니다.
브라반치오	규중 처녀란 수줍은 법입니다. 평소에 그렇게 단정하고 조용하고 행여 마음의 동요가 있을세라 얼굴을 붉히던 딸이, 아니 그런 제 딸이, 천성으로 보든지, 나이로 보든지, 나라로 보든지, 체면으로 보든지, 만사를 배반하고, 보기만 해도 소름이 끼칠 인간을 사랑할 리가 없습니다. 티끌만 한 결점도 없는 여자가 그런 자연의 법칙에 어그러진 짓을 하리라는 것은 그릇된 판단이올시

서로 잡아먹는 식인종 얘기, 어깨 밑에 독이 달린 인종의 얘기도,
데스데모나는 몹시 듣고 싶어 했습니다.
집안일로 부르면 물러났지만, 재빠르게 해치우고 돌아와서는
제 얘기를 정신없이 듣곤 했습니다.
그런 것을 보고 언젠가는 제 경력을 처음부터 계속해서
듣고 싶다는 말을 하도록 만들었습니다.
ㅡ 1막 3장

다. 악마의 농간이 아니고서야 어떻게 이렇게 해괴한 일이 일어나겠습니까? 거듭 말씀드립니다만, 혈관 속을 파헤치는 약이나, 혹은 그만한 효력을 발생케 하는 것을 마시게 해서 제 딸을 유혹한 것이 틀림없습니다.

공작   그것으로는 증거가 될 수 없을 것 같소. 지금 말과 같은 피상적인 추측이 아니고 조금 더 확실한 증거가 없을까?

의원 1   오셀로 장군, 그대는 과연 비열한 수단으로 그 처녀를 유혹했소? 혹은 정정당당하게 사랑을 고백하고, 서로 마음을 주고 가까워진 거요?

오셀로   그럴 것 없이, 새지터리로 사람을 보내서 그녀를 불러온 후, 아버지 면전에서 물어보십시오. 만일, 아내가 저를 극악무도한 놈이라고 말하거든 제 지위를 빼앗을 뿐만 아니라, 이 목숨까지 빼앗아도 좋습니다.

공작   데스데모나를 데리고 와.

오셀로   기수, 안내하게. 여관은 자네가 잘 알지. (이아고와 시종들 퇴장) 처가 올 때까지 여러분께 제 혈기의 과오를 속임 없이 말씀드리겠습니다. 어떻게 서로 사랑하게 됐는지를 말씀드리죠.

공작   어서 말하시오.

오셀로   처의 아버님은 저를 사랑해주시고, 이따금 집으로 불러서 제 경력을 물으시곤 했습니다. 해를 거듭한 전쟁과 성을 쳐들어간 얘기, 그리고 승패의 상황을 물으셨죠. 그래서 저는 어릴 때의 일부터 그 직전의 일까지 빼놓지 않고 얘기했습니다. 기막혔던 재난, 바다나 싸움터에서 일어난 무시무시한 사건, 위기일발에서 구사일생한 얘기, 잔인한 적에게 포로가 되어 노예로 팔려, 몸값으로 여러 나라를 헤매던 얘기, 차가운 동굴 혹은 인적이 끊어진 들판, 험한 바위 언덕, 또는 하늘을 치받칠 것만 같은 산이나 큰 바위, 이런 얘기를 해드렸습니다. 그리고 또, 서로 잡아먹는 식인종 얘기, 어깨 밑에 독이 달린 인종의 얘기도, 데스데모나는 몹시 듣고 싶어 했습니다. 집안일로 부르면 물러났지만, 재빠르게 해치우고 돌아와서는 제 얘기를 정신없이 듣곤 했습니다. 그런 것을 보고 언젠가는 제 경력을 처음부터 계속해서 듣고 싶다는 말을 하도록 만들었습니다. 그래서 저는 어릴 때 고생하던 얘기를 꺼내서 그녀를 울렸습니다. 얘기가 끝난 다음, 그녀는 한숨만 내쉬고, 원 그런 일이, 딱한 일이, 차라리 듣지 말걸 하면서도, 하늘이 자기를 그런 남자로 태어나게 해줬으면 했습니다. 그러고는 저한테 고마워하며, 만일 제 친구 가운데 자기를 사랑하는 사람이 있으면 저와 같은 경험담을 얘기하도록 하라고 그러더군요. 그러면 자기는 그 남자를 사랑하겠다고요. 그래서 저는 힘을 얻어 제 마음을 고백했던 것입니다. 처는 제가 고생한 것을 동정하고, 저를 사랑해 주었습니다. 저 역시 처의 착한 마음을 사랑했습니다. 이것이 바로 제가 사용한 요술입니다. 제 처가 왔습니다. 직접 물어보십시오.

데스데모나, 이아고, 시종들 등장.

공작 그런 얘기를 들으면 내 딸이라도 마음이 흔들리겠군. 브라반치오 의원, 이렇게 된 이상에는 좋도록 처리하시오. 맨주먹보다는 부러진 칼이라도 있는 게 낫다고 하지 않소?

브라반치오 딸년의 말을 들어주십시오. 저 애한테도 죄가 없는 게 아니라면, 오셀로만 나무랄 수도 없는 노릇입니다. 아니, 애야. 이렇게 여러 어른들 계신 앞에서 묻겠다만, 너는 누구한테 먼저 복종해야 될 것으로 아느냐?

데스데모나 아버지, 저한테는 두 가지 의무가 있습니다. 저를 낳아 주신 은혜, 길러주신 은혜, 아버지는 제 의무의 주인이십니다. 그러니까 첫째로 아버지를 존경합니다. 이건 딸이 응당 할 일이죠. 하지만 지금은 남편이 여기 있습니다. 어머니께서 아버지를 외조부보다 소중하게 생각하신 것과 같이, 이 딸자식도 무어를 남편으로 섬기려 하옵니다.

아버지, 저한테는 두 가지 의무가 있습니다.

저를 낳아주신 은혜, 길러주신 은혜, 아버지는 제 의무의 주인이십니다.

그러니까 첫째로 아버지를 존경합니다.

이건 딸이 응당 할 일이죠.

하지만 지금은 남편이 여기 있습니다.

— 1막 3장

브라반치오 네 맘대로 잘살렴. 끝났습니다. 회의를 진행시키십시오. 자식을 낳는 것보다 차라리 얻어다 기르는 것이 나을 뻔했군. 이리 오게, 무어 장군. 아직 수중에 넣지 않았다면 줄 생각은 없네만, 이렇게 된 이상에는 내 딸을 주겠네. 네가 무남독녀였던 것이 천만다행이다. 네가 이따위 짓을 했기 때문에 다른 딸자식이 있으면 혹독하게 다룰 테니 말이다. 다 끝났습니다.

공작 나도 그대와 같은 말을 한마디 하겠소. 이것은 인연으로 쌍방 화해가 될 수도 있는 일이야. 헤어날 길이 없을 때는 최악의 경우를 생각하면 슬픔도 끝나는 법이지만, 섣불리 희망을 걸면 슬픔만 커질 뿐이오. 지나간 불행을 슬퍼하는 것은 새로운 슬픔을 가져오는 것밖에 안돼. 운명이 간직할 수 없는 것을 빼앗을 때는 참으면 오히려 그것이 웃음으로 변할 수도 있소. 물건을 뺏겨도 웃고 있으면 빼앗아간 자에게서 얼마간이고 돌려받을 수 있지만, 쓸데없는 슬픔에 잠긴다는 것은 자기 자신을 잃어버리는 것이오.

브라반치오 그럼, 키프로스를 터키 놈들에게 줘버리시죠. 웃고만 있으면 안 뺏길 게 아닙니까. 지금 말씀이 다른 일과 관계가 없고, 그저 마음의 위로를 얻을 수 있는 것이라면 모르겠습니다만 마음의 고통을 참을 수 없는 자에게는 훈화를 듣는 것이 지나친 부담입니다. 금언은 듣기에 달렸습니다만, 요컨대 말입니다, 상처를 입은 심장이 귓속에 따라 넣은 약으로 완쾌한 예가 없습니다. 어서 국사를 진행시키십시오.

공작 터키군이 대거 키프로스로 향하고 있소. 오셀로 장군, 그곳 요새는 그대가 잘 알지. 그곳에는 이미 노련한 임시 총독을 파견했지만, 너 나 할 것 없이 꼭 그대가 가야만 된다는 거요. 그래서 대단히 미안한 일이긴 하오만, 그대가 새로 맞은 행운을 소란한 토벌 가운데서 당분간 암담한 것으로 해둘 수밖에 없겠소.

오셀로 파란만장한 경험에 익숙한 저에게는 험한 싸움터가 오히려 편한 잠자리입니다. 유사시에는 금시 뛰어가고 싶은 성질이오니, 터키 정복의 직책은 반드시 완수하겠습니다. 이에 관해서 특청할 말씀은, 제 아내를 행여 소홀히 취급하시지 마시고, 과히 누추하지 않은 거처를 마련해주시고 사람을 두어 보살펴주시기 바랍니다.

공작 친정에 맡기는 것이 어떻소?

브라반치오 그건 안 될 말씀이올시다.

오셀로 저도 그건 원치 않습니다.

데스데모나 저 역시 싫습니다. 아버지 슬하에서 불쾌하게 해드리고 싶지 않습니다. 공작 각하, 제가 드리는 말씀을 들어주시고 제 소원을 허락해주십시오.

공작 데스데모나, 무슨 청이 있는가?

데스데모나   제가 무어 장군을 사랑하고, 같이 살고 싶어 하는 것은, 만사를 뿌리치고 오직 운명에 맡기려는 제 대담한 행동이었습니다. 그것은 남편의 직책을 잘 알고 한 일입니다. 저는 오셀로 장군의 마음 가운데 훌륭한 모습을 발견하고, 그 덕과 용맹 속에 제 혼과 운명까지 바치려는 것입니다. 남편이 싸움터로 나가는데, 저 혼자 뒤에 떨어져 있다면 아내 된 보람도 없고 독수공방 얼마나 쓸쓸하겠습니까. 같이 가게 해주십시오.

오셀로   아내의 소원을 들어주십시오. 저는 결코 정욕을 참지 못해서 말씀드리는 게 아닙니다. 그런 때는 이미 지나갔습니다. 저는 욕심이라고는 없습니다. 정욕 때문이라든지, 제멋대로 말씀드리는 것이 아니라, 아내의 소원을 성취시켜주고 싶을 따름입니다. 같이 있다고 해서 중대한 국사를 돌보지 않는 그런 일은 없을 것입니다. 만일 날개 돋친 큐피드의 장난으로, 제 두 눈이 흐리멍덩해지고, 유흥에 빠져 분부를 저버리는 일이 있다면 제 투구가 부엌데기의 쟁개비가 되어도 좋습니다. 온갖 더럽고 천한 이름이 제 머리 위에 떨어져도 좋습니다.

공작   그 일은 그대에게 맡기겠소. 생각해서 결정하시오. 이번 일은 분초를 다투는 일이니 빨리 서둘러서 출발하도록 하오.

의원 1 오늘 밤에 떠나도록 하시오.

오셀로 예, 그렇게 하겠습니다.

공작 내일 아침 아홉 시에 회의를 다시 열겠소. 오셀로 장군, 부하 한 명을 남겨두고 가시오. 그래야 사령장을 전달할 수 있을 테니까. 그대의 직권, 기타 긴요한 일도 함께 연락하겠소.

오셀로 그러면 기수를 남겨두겠습니다. 정직하고 충실한 사람입니다. 제 아내 일도 그에게 맡겨놓겠습니다. 무엇이든 필요한 것은 그에게 명하시어 전해주십시오.

공작 그렇게 하겠소. 편히들 쉬시오. (브라반치오에게) 브라반치오 의원, 덕이 있는 곳엔 으레 미가 따르는 법이오. 사위는 피부는 검지만 결코 추남은 아니오.

의원 1 무어 장군, 잘 다녀오시오. 부인 잘 위하시고.

브라반치오 오셀로, 눈이 멀지 않는 한 잘 지키게. 아비를 속인 여자가 자넨들 못 속이겠나.

공작, 의원들, 관리들, 기타 퇴장.

오셀로 아내의 절개는 의심할 여지가 없죠. 이아고 군. 내 아내는 자네한테 부탁해야겠네. 자네 부인이 시중들도록 하고, 때를 봐서 같이 오란 말이야. 데스데모나, 앞으로 한 시간밖에 남지 않았소. 당신을 두고 떠나게 되니 집

안일이라든지, 여러 가지 하고 싶은 말이 많소만, 그걸 다 할 길이 없구려.

오셀로와 데스데모나 퇴장.

로데리고 이아고 ― .

이아고 예? 무슨 말씀이십니까?

로데리고 어떻게 했으면 좋겠나?

이아고 어떻게 하다뇨? 들어가 주무시죠.

로데리고 당장에라도 물에 빠져 죽고 싶네.

이아고 그런 짓을 하신다면 앞으로 인연을 끊겠습니다. 참 어리석기도 하슈.

로데리고 사는 게 고통일 바에야, 산다는 게 어리석지. 죽어서 세상 일이 해결된다면 죽는 게 상책이야.

이아고 변변찮은 소리도 하슈. 나는 스물하고도 여덟 해 동안 세상이란 걸 보아왔지만, 이해관계를 분별할 줄 알고부터는 제 몸뚱어리를 정말 아낄 줄 아는 사람을 한 사람도 만난 일이 없어요. 나 같으면 그까짓 대단치 않은 여자 때문에 물속에 뛰어들 바에야, 차라리 재주를 넘어서 성성이가 되어버리겠소.

로데리고 하지만 어떻게 하면 좋겠나. 이렇게 딱 끊지 못하는 게 수치인 줄은 알지만, 내 수양으로는 어떻게 할 수가 없단 말이야.

이아고   수양이라고요? 원 참. 이렇게 되고 저렇게 되는 게 다 자신한테 달린 거예요. 사람의 몸뚱어리는 말하자면 꽃밭이고, 마음은 그걸 가꾸는 사람이거든요. 쐐기풀을 심든, 상추를 심든, 히숍을 길러서 타임을 빼내든지, 한 가지 풀로만 해놓든지, 별의별 놈의 것을 섞어서 심든지, 내버려둬서 불모지를 만들든지, 부지런히 거름을 주든지, 잘되건 못 되건 다 우리 마음대로 되는 일이란 말씀이야. 사람의 일생을 저울이라고 해봅시다. 만일 정욕의 접시만 한쪽에 매달려 있고, 다른 한쪽에 같은 무게의 이성의 접시가 없다면 밤낮 비열한 정욕 때문에 추한 일만 생길 테지만, 다 되게 마련이죠. 이성이란 놈이 있어서 걷잡을 수 없는 애욕이라든지, 곧 터질 듯한 정욕을 억제할 수 있거든요. 당신이 사랑이라고 부르는 것도 결국 이런 것의 조그만 조각일 테지.

로데리고   그런 건 아닐세.

이아고   그건 또 괜한 소릴 하시는군. 다 음탕한 데서 나오는 거죠. 정신을 좀 차리시지. 꽹이 새끼나 눈먼 강아지도 아닐 테고, 물에 뛰어든다는 게 말이 됩니까. 난 한번 약속한 이상, 당신하곤 끊으려야 끊을 수 없는 친구가 됐단 말씀이야. 그래서 지금 이렇게 충고를 하는 게 아니겠소. 돈을 마련해가지고 싸움터로 같이 갑시다. 수염을

붙이면 남이 몰라볼 거요. 돈을 마련하라니까요. 데스데모나가 언제까지나 무어 녀석을 좋아할 줄 아슈? — 돈을 마련해요.……그 녀석도 데스데모나를 끝내 사랑하진 않을 거야. 걸신이 들린 것처럼 허겁지겁 들러붙은 것들이니까, 떨어지는 것도 언제 봤더냐 식일 거요. 돈을 마련해요. 무어 족속들이란 원래 조석으로 마음이 변하는 녀석들이거든. ……알았소? 돈이야, 돈……. 지금은 꿀맛 같겠지만, 머지않아 설사약처럼 쓰다고 뱉어버릴걸. 여자도 젊은 사람한테 쏠릴 게 아니겠소? 그 녀석 몸뚱어리에 싫증이 나면 반드시 후회하고 상대를 바꿀 거야. 그러니까 돈이야, 돈. 그래도 지옥으로 떨어지고 싶거든 물에 빠져 죽는 것보다는 조금 멋있게 죽을 수도 있을 게 아뇨? 돈을 만들어요, 돈을. 떠돌아다니는 무지막지한 놈과 간사한 베니스 계집이 그럴싸하게 들러붙는 것쯤은 나하고 악마들의 지혜로 끊어놓을 수 있으니까, 여자를 당신 것으로 만들어주리다. 그러니까 돈이야. 물속으로 덤벙 뛰어들다니 될 법이나 한 소리요? 계집 하나 수중에 넣지 못하고 죽을 바엔 소원 성취한 뒤에 목매는 게 좋지.

로데리고 자네 말대로 한다면 소원을 풀어주겠나?

이아고 문제없어. ……자, 돈이야, 돈……. 골백번이나 얘기했지……. 난 무어 녀석이 밉단 말야. 당신이나 나나 그럴

만한 이유가 있지 않소? 그러니까 손잡고 원수를 갚잔 말이오. 당신이 무어 놈의 여편네만 후려낸다면 재미 많이 볼 거고, 나도 속이 시원할 거고 말야. 시간이라는 자궁 속에는 여러 가지 사건이 들어 있어서, 달이 차면 나오고야 말거든. 자, 어서 가서 돈을 마련해요. 내일 아침 또 얘기합시다. 잘 주무슈.

로데리고　내일 아침엔 어디서 만날까?

이아고　내 하숙집에서.

로데리고　내, 일찌감치 찾아감세.

이아고　그럼 잘 가슈. 참, 나 좀 보시지.

로데리고　왜 그래.

이아고　아예 빠져 죽진 말아. 알았소?

로데리고　생각을 돌렸네. 땅마지기 있는 거 다 팔아치워야지.

　　　　(퇴장)

이아고　이럭해서 그 바보 녀석 주머니를 털어먹어야지. 아니, 내가 뭐 생길 게 있다고 그까짓 녀석을 상대로 시간을 낭비했겠어? 여러 해 동안 간직했던 재주 주머니에 똥물을 끼얹는 거나 마찬가지지. 빌어먹을 무어 녀석, 내 이불 속에서 내 대신 무슨 짓을 했다는 풍설이 있어. 사실인지 아닌지 확실치는 않지만, 사실로 치고 복수를 해야지. 그런 데다 그 녀석은 나를 태산같이 믿고 있겠다. 골탕 먹이기는 문제없어. 카시오란 녀석은 만만한 녀석이겠다, 슬쩍 그 녀석 자리에 내가 앉는 거지. 그렇게 되면 배 먹고 이 닦기란 말야. ……그러고는 어떻게 한다? ……그러고는 오셀로한테 까바친다. 카시오란 녀석이 데스데모나하고 그렇고 그렇다고?…… 그 녀석이야 허우대는 좋겠다, 거기다 유순한 녀석이니까, 혐의를 받는 데는 안성맞춤이거든. 무어 녀석은 시원시원하고 정직한 작자니까 겉으로는 충실한 척해도, 깜빡 속아 넘어갈 위인이고 보면, 당나귀 끌고 다니듯 조종할 수가 있을 거고…… 됐어. 되고말고. 세상 사람들이 다 알도록 하려면 오직 도깨비 장난과 어둠의 힘을 빌려야 되겠는걸.

퇴장.

2막

1장   키프로스의 항구, 부두 근처 빈터

몬타노와 신사 두 사람 등장.

몬타노 바다 위에 무엇이 보이오?

신사 1 아무것도 안 보입니다. 풍랑이 심할 뿐, 하늘과 바다 사이에 돛대 하나 보이지 않습니다.

몬타노 육지에서도 얼마나 대단했소! 바람에 성벽이 다 흔들리지 않았느냔 말이야. 바다도 그랬다면야 참나무 늑재(肋材)도 장붓구멍에 박혀 있지 않을 거요. 무슨 소식이 올지 모르겠군.

신사2 터키 함대가 흩어졌다는 소식이 오겠습죠. 파도치는 기슭에 서서 보십시오. 사나운 파도가 하늘로 솟아오르는 것 같습니다. 바람에 휘몰린 파도가 무시무시한 갈기처럼 불끈 솟아 저 불덩어리 같은 소웅성(小熊星)에 물을 끼얹고 있습니다. 영원히 자리를 옮길 줄 모르는 북극성을 없애버릴 것 같지 않습니까! 이렇게 거친 파도는 정말 처음이군요.

몬타노 터키 함대가 어디로 피난을 했다면 별문제지만, 그렇지 않다면 필시 물귀신이 됐을 거요. 이 폭풍을 견뎌낼 수는 없을 거요.

신사3 등장.

신사3 특보요, 특보. ……전쟁은 다 끝났습니다. 무서운 폭풍우로 터키 놈들은 진탕 혼이 났기 때문에, 그놈들 계획은 헛수고가 됐습니다. 그 처참한 광경을 베니스에서 온 우리 군함이 목격했어요.

몬타노 아니, 그게 사실이오?

신사3 우리 군함이 입항했습니다. 베로네제호예요. 용감한 무어 장군 오셀로의 부관 마이클 카시오는 벌써 상륙했습니다. 무어 장군이 탄 배는 아직 해상에 있는데, 이 키프로스의 전권을 맡아가지고 온다는군요.

몬타노 그건 기쁜 소식이야. 총독으로는 적임자지.

신사 3 그런데 카시오는 터키 함대의 패배를 기뻐하긴 하지만 무어 장군의 일을 걱정하고 무사하기를 빌고 있습니다. 폭풍 때문에 그들은 서로 헤어지게 되었다는군요.

몬타노 정말 무사했으면 좋겠소. 난 전에 그분의 부하로 있었지만, 참 훌륭한 무관이야. 자, 바다로 갑시다. 입항하는 배를 맞으며, 오셀로 장군을 기다립시다. 바다와 하늘이 맞닿는 수평선 저쪽을 바라보면서.

신사 3 그럼 가시죠. 다른 배들도 속속 입항할 테니까요.

카시오 등장.

카시오 이 요새를 잘 지켜주셔서 고맙습니다. 무어 장군을 아껴주시는 마음 감사하오. 장군이 이 풍파를 벗어나셔야 할 텐데! 험한 해상에서 장군을 잃어버렸어요.

몬타노 장군이 타신 배는 튼튼했습니까?

카시오 배야 튼튼하죠. 선원들도 익숙하고 경험이 많으니까 문제 없을 거요. 아무 일도 없을 줄을 알지만……. (뒤에서 "배요, 배가 들어온다!" 하며 떠드는 소리)

신사 4 등장.

카시오 왜들 저러오?

신사 4 장안은 텅 비고 바닷가로 몰려서, 배가 들어온다고 떠들어댑니다.

카시오 틀림없이 총독의 배일 테지. (대포 소리 들린다.)

신사 2 저건 예포니까 우리 편일 겁니다.

카시오 어서 좀 가서, 누가 오셨는지 확실히 보고 와주실까요?

신사 2 그렇게 하겠습니다. (퇴장)

몬타노 그런데 참 부관, 장군은 결혼하셨나요?

카시오 아주 천생연분을 만나셨습니다. 좀체 얘기책에서도 볼 수 없는 부인을 얻으셨어요. 시 나부랭이나 쓰는 사람도 밑천이 짧아서 표현을 못 할 거고, 화가인들 그 어여쁜 자태를 어찌 다 그려내겠습니까? (신사 2 다시 등장) 그래, 입항한 건 누굽니까?

신사 2 장군의 기수 이아고라는 사람입니다.

카시오 요행히 빨리 왔군. 모진 바람도 거친 바다도, 그리고 아무 죄도 없는 배를 노리고 있는 고약한 암초와 모래밭도 양심이 있는 게죠. 타고난 잔인성을 내던지고, 천사와 같은 데스데모나를 무사히 통과시키고 말았군요.

몬타노 누구라고요?

카시오 지금 말씀드린 장군의 장군이라고나 할 부인이죠. 용감한 이아고가 모시고 왔습니다. 예정보다 일주일이나 빨리 닿았군요. 조브 신이여! 장군의 큰 배가 돛을 펄럭

이며 이 항구를 빛내도록 해주시고, 데스데모나의 품 안에서 장군의 숨가쁜 맥박이 뛰도록 해주시며, 침체된 저희들 마음에 용기를 북돋아, 키프로스에 기쁨을 내려주소서. (데스데모나, 에밀리아, 이아고, 로데리고 등장) 어! 배의 보물들이 상륙하셨군! 키프로스 여러분, 장군 부인께 인사 드리시오. 부인, 축하합니다. 하느님의 은총이 부인의 전후좌우에 두루 있기를!

데스데모나 고맙습니다, 카시오 부관. 장군 소식은 들으셨어요?

카시오 아직 오시지 않았습니다만, 심려하지 마십시오. 곧 오시겠죠.

데스데모나 하지만…… 어떻게 서로 떨어졌을까요?

카시오 무서운 풍파 때문에 그렇게 됐습니다. ……아, 배가 닿은 모양입니다.

뒤에서 "배다, 배야!" 하는 소리, 예포 소리.

신사 2 이쪽을 보고 손을 흔드는군요. 이번에도 우리 편입니다.

카시오 똑똑히 알고 오시지. (신사 퇴장) 기수, 잘 왔네. (에밀리아에게) 부인도 잘 오시고. 이아고 군, 이런 인사를 이상하게 생각하지 말게. 전부터 배워온 게 돼서. (에밀리아에게 키스한다.)

이아고 제 아내는 늘 잔소리가 많아 걱정인데, 아내의 입술이 부관께도 그만한 역할을 한다면 아마 진력이 나실 겁니다.

데스데모나 저런, 별로 말이 없는 여잔데.

이아고 모르시는 말씀입니다. 한시도 입을 다물지 않는걸요. 제가 졸려서 못 견딜 때도 그렇습니다. 그야 부인 앞에서는 혓바닥을 말아 넣고 입속에서 종알대겠죠.

에밀리아 사람 죽이겠어.

이아고 내숭 떨지 마. 당신은 밖에 나오면 그림 같은 숙녀요, 손님 앞에선 방울 소리를 낼지 모르지만, 부엌에선 살쾡이야. 흉계를 꾸미고도 부처님 얼굴을 하고 있지만, 골만 나면 도깨비도 혼비백산할 지경이오. 설거지 하나 제대로 못하면서 이불 속에선 여편네 노릇 착실히 하지.

데스데모나 원, 그런 욕이 어디 있담.

이아고 사실입니다. 그렇지 않다면 저는 터키 놈이나 마찬가지죠. 당신은 말이오, 자리에서 일어나면 놀고, 드러누우면 일하는 여자야.

에밀리아 죽어도 당신보고 내 칭찬해달라는 말은 안 하겠어요.

이아고 그게 좋을걸.

데스데모나 만일 내 칭찬을 한다면 어떻게 하겠어?

이아고 부인, 그건 거북합니다. 전 욕 빼놓고는 말을 못하는 사람이니까요.

데스데모나　그러지 말고 어서. 누가 부두엔 나갔어요?

이아고　예, 갔습니다.

데스데모나　별로 재미있는 것도 아니지만, 재미있는 척하고 들어 두지. 그래, 어떻게 내 칭찬을 하겠냔 말야?

이아고　지금 생각 중입니다. 그런데 명안(名案)이 끈끈이처럼 들러붙어서 온통 머릿속이 다 빠져나올 것만 같습니다. 아니, 지금 금방 뮤즈의 영감이 나타나기 시작합니다. 그건 바로 이렇습죠. 만일 여자가 예쁘고, 현명하고, 그리고 미와 총기가 있다면 말씀이에요, 한쪽은 이용하고 또 한쪽은 이용당할 테죠.

데스데모나　참 멋있군. 그럼, 밉고 재주가 있다면?

이아고　글쎄요. 밉더라도 재주만 있다면 그 화상에 알맞은 사람을 만날 테죠.

데스데모나　점점 나빠지는데.

에밀리아　그럼, 예쁘고 재주가 없다면요?

이아고　얼굴이 반반하고 바보로만 있을 리가 있을라고? 음탕한 짓을 하면 자식이 생길 텐데.

데스데모나　그런 건 선술집에서, 멍청한 사람들이나 웃기는 얘기지. 그럼 예쁘지도 못하고 재주도 없다면 지독한 말이 나오겠군.

이아고　아무리 밉고 바보라도 예쁘고 재주 있는 여자들이 하는 추잡한 짓을 안 하는 여자는 없습니다.

데스데모나 모르는 소리 그만둬. 제일 나쁜 걸 제일 좋다고 하는군 그래. 그렇지만 정말 훌륭한 여자가 타고난 미덕을 방패 삼아 욕을 할 수 있으면 해보라고 한다면, 그런 여자는 어때?

이아고 예쁘고 겸손하고 말을 잘하되 떠들지 않고, 돈에 궁색하지 않으나 사치도 안 하고, 지금이라도 하고 싶은 대로 할 수 있다고 하면서도, 그 욕심을 이길 수 있고, 복수를 할 기회가 와도 원한을 꾹 참을 수 있는 여자, 대구 대가리를 연어 꼬랑지하고 바꾸지 않을 만한 분별은 있지만, 그런 체를 하지 않는 여자, 뒤를 쫓아오는 남자들을 돌아다보지도 않는 여자, 만일 이런 여자가 있다면, 그 여자는…….

데스데모나 그 여자는 어때?

이아고 천치 자식 젖이나 빨리고, 가계부쯤 적는 데는 안성맞춤이죠.

데스데모나 그런 불공평하고 시시한 결론이 어디 있어? 에밀리아, 아무리 내외간이라지만, 남편 말 곧이들으면 안 돼. 카시오 부관님, 정말 저속하고 무례한 말만 하는 사람이죠?

카시오 원래 입이 건 친구니까요. 학식보다는 싸움에 능하니까, 그 점은 봐주시죠.

이아고 (방백) 어랍쇼, 손을 만진다. 점점. 귓속 얘기야. 고 조그만 거미줄로 카시오라는 커다란 파리를 잡는단 말이지. 옳지, 눈웃음쳐라. 그러다간 미역국 먹는다. 아암, 그렇고말고. 손가락 셋에 키스하는 것으로 신사인 척 하지만, 부관 자리에서 미끄러지게 될 판이니, 그 짓은 안하는 게 좋을걸. 허허, 또 그 은근짜 흉내를 낼 것 같은데. 옳지, 잘한다. 자꾸 키스해라. 됐어, 됐어. 또 입에 손가락을 갖다 대는군! 차라리 관장기였다면 좋았을걸. (뒤에서 나팔 소리) 무어 장군입니다. 나팔 소리만 들어도 압니다.

카시오 맞았어.

데스데모나 마중 나갑시다.

카시오 여기 벌써 오셨습니다.

오셀로와 수행원들 등장.

오셀로 어여쁜 우리 여장군!

데스데모나 오셀로 장군!

오셀로 나보다 먼저 왔으리라고는 생각하지 않았던 만큼 더 반갑구려. 참 기쁘오. 폭풍이 지나간 뒤, 언제나 이렇게 조용하다면, 송장이 놀랄 정도로 바람이 불어도 괜찮겠죠. 올림푸스 산같이 충천한 파도에 싸여 올라갔다가, 다시 하늘에서 지옥까지 떨어져도 좋으니, 목선이 맘대로 흔들려도 무방하겠소. 지금 죽는다면 제일 행복할 것 같소. 이 이상의 기쁨을 운명이 가져오리라고는 생각되지 않는구려.

데스데모나 그런 말씀을 왜 하세요? 하느님, 두 사람의 사랑과 기쁨이 연륜과 더불어 두터워지도록 해주소서!

오셀로 제신이여, 그렇게 해주소서. 이 기쁨을 어찌 다 말로 하겠소! 여기 꽉 찼어. 기쁨이 넘쳐흐르오. 이것이, 이 키스가, (키스한다.) 우리 두 사람의 최대의 불화였으면 좋겠소.

이아고 (방백) 옳지, 한창 좋군. 하지만 두고 봐라. 조금 비틀어 놓아야지. 정직한 바로 이놈이 말이야.

오셀로 자, 성안으로 들어갑시다. 제군, 싸움은 끝났습니다. 터키 놈들은 전부 바다에 빠져 죽었소. 이 섬의 옛 친구, 오래간만이오. 여보, 당신도 여기선 반가워할 거요. 나도 여간 우대를 받지 않았어. 이거, 나 혼자만 지껄였구려. 너무 기뻐서 얼떨떨했소. 이아고 군, 수고스럽지만 자네는 부두로 가서 내 짐을 내리고 선장을 성안으로 안내하게. 그 사람은 훌륭한 사람이야, 대접을 해야지. 자, 데스데모나, 이렇게 키프로스에서 다시 만나니 한없이 기쁘오.

오셀로, 데스데모나, 수행원들 퇴장.

제신이여, 그렇게 해주소서.

이 기쁨을 어찌 다 말로 하겠소!

여기 꽉 찼어. 기쁨이 넘쳐흐르오.

이것이, 이 키스가, 우리 두 사람의 최대의 불화였으면 좋겠소.

- 2막 1장

이아고 (퇴장하는 수행원에게) 선창에서 다시 보게나. (로데리고에게) 이리 와요. 당신한테 용기가 있다면 말이오. ……사람이란 연애를 하면 비열한 놈도 타고난 이상으로 용감한 기질이 된답디다만, 그렇다면 내 말을 들어요. 부관은 오늘 밤 야경소에서 숙직이야. ……그래서 우선 말을 해줘야 할 것은…… 데스데모나는 그 녀석한테 홀딱 반했거든요.

로데리고 그 친구한테? 그럴 리가 있나.

이아고 잔소리 말고 듣고나 있어요. 그 여자가 처음 무어 녀석한테 반했을 땐 물불 헤아리지 않았거든요. 허풍이나 떨고 거짓말이나 하는 걸 듣는 게 재미있었다는 것밖에 뭐가 있어? 여자가 대포만 놓는 놈한테 반할 줄 알아? 당신은 그런 바보 같은 생각은 안 할 테지. 사람의 눈이란 아무 거나 눈에 띄는 걸 본다고 요기가 되는 건 아니거든. 그러니 그 못생긴 얼굴을 보고서야 흥이 날 리가 있어? 신명이 안 나고 혈기가 둔해지면 그걸 부채질해서 생생한 불꽃을 일으키기 위해서, 젊고 풍채가 근사하다든지 해야 되는 건데, 그런 게 무어 녀석한테는 없거든. 자, 그런 필요한 것이 없고 보면, 속았구나 하고 후회를 한단 말씀이야. 그것이 바로 여자의 마음이거든. 무어 녀석을 지긋지긋하게 싫어할 건 사실이고, 또 다른 남자를 구하지 않고는 못 배길걸. 그러니, 정말 그

렇다면 말야— 아니, 이거야 틀림없는 일이지만— 그
두 번째 걸려들 행운아는 카시오밖에 없어. 그 녀석은
천하의 난봉꾼이거든. 음탕하고 제 욕심을 채우기 위
해서는 예의니 친절이니 하지만, 양심이라고는 눈곱만
치도 없는 작자지. 그럼 그 녀석 말고 누가 있느냔 말이
야? 있을 리가 있나? 능글맞고 간사한 녀석, 기회만 노
리는 자식, 좋은 기회가 없으면 요술로 가짜라도 만들
어낼 망나니란 말씀이에요. 거기다가 상판은 밉지 않
겠다, 나이는 젊겠다, 세상 맛을 모르는 들뜬 계집한테
사랑받기는 안성맞춤이거든. 그래서 벌써 그 여자는
그 녀석한테 눈독을 들였단 말이오.

로데리고 그건 도무지 믿어지지 않는데. 그 여자야 얼마나 깨끗
하고 부덕이 두텁다고.

이아고 못난 소리 그만둬. 그 여자가 마시는 술도 포도로 만들
었어. 그렇게 신성하고 깨끗한 여자라면 무어 녀석한
테 반하지는 않았을 거야. 얼마나 우스우냔 말야. 그 녀
석 손바닥을 여자가 주무르는 걸 보지 못했소? 눈에 띄
지 않았어?

로데리고 봤지. 하지만 그건 예의니까.

이아고 당치 않은 소리. 생각이 달라서 그래. 그게 다 추잡하고
음탕한 연극이 시작될 서곡이야. 숨이 막힐 지경으로
입술과 입술이 맞닿지 않던가? 그게 다 음충맞은 생각

이 시키는 짓이거든. 처음에는 그렇게 익숙하게 굴다
가 그 다음엔 본격적으로 덤비거든. 꼭 붙어버릴걸. 어
쨌든 나한테 맡겨요. 베니스에서 여기까지 데리고 온
내가 아닌가! 내가 가까이 있을 테니, 어떻게 해서든지
카시오의 비위를 거슬리게 해놓아. 소리를 지르든지,
욕을 하든지, 아무래도 좋으니까, 눈치 봐서 해내란 말
씀이야.

로데리고 알았어.

이아고 그런데 말이오, 그 녀석은 발끈하는 성미가 돼놔서, 혹
시 당신을 때릴지도 몰라. 때리게 하란 말야. 그러면 내
가 그걸 탈을 잡아 키프로스 놈들한테 소동을 일으키
지. 카시오란 놈을 그 자리에서 미끄러지게 하지 않고
서는 수습이 되지 않도록 해야지. 그러면 당신도 소원
성취하겠다, 내가 있으니 문제없어. 그렇게 해서라도
장애물을 없애버려야지, 그렇지 않으면 이쪽 계획은
나무아미타불이 되거든.

로데리고 자네가 기회만 만들어준다면 해보지.

이아고 걱정 말아요. 이따가 성안에서 만납시다. 난 우리 장군
님 짐을 가지러 가야겠소.

로데리고 이따가 만나세. (퇴장)

이아고 카시오란 녀석이 그 여자한테 반한 건 확실하겠다, 그
여자가 그 놈팡이한테 반하는 것도 있을 법한 일이야.

무어 녀석은 못마땅하긴 하지만, 성실하고 인정이 있고 훌륭한 인물이고 보면, 데스데모나한테는 근사한 남편감이란 말이야. 사실 나도 그 여자한테 맘이 쏠리거든……. 뭐 음탕해서가 아니지만, 사실 그 정도 죄쯤 짓는 거야 문제없지……. 음탕한 무어 녀석, 암만해도 내 여편네한테 손을 댄 모양이야. 이런 망측한 일이 있담. 독약으로 내장을 쥐어뜯는 것 같은데. 계집을 서로 바꾸는 걸로 피장파장을 하자니, 그것도 시원찮고, 그것도 못한다면 어떻게 해서든지 무어 놈한테 고칠 수 없는 의처증을 품게 만들어야지. 그러고는 저 베니스의 거지발싸개 같은 녀석, 그 녀석이 몸이 달아 쫓아다니는 걸 조종만 한다면, 카시오 녀석은 문제없겠다. 귀가 가렵도록 무어 녀석한테 카시오 험담을 해야지……. 암만해도 카시오란 녀석도 내 여편네하고 뭣이 있는 것 같애. 그래서 무어 녀석이 날 은인으로 생각하게 만들고, 날 아끼고 나한테 금일봉까지 내놓도록 해야지. 내가 그 작자를 바보 취급을 해서 맘을 들쑤셔놓고, 미칠 정도로 괴로워하게 만드는 보수로 말야……. 바로 여기 명안이 있긴 하지만 아직 복잡해서원. 유사시에는 내 계획의 정체가 드러날 테지.

퇴장.

2장 거리

전령이 포고문을 들고 등장, 시민 다수가 따라 나온다.

전령 용감무쌍한 오셀로 장군의 분부입니다. 지금 터키 함
대 전멸 소식이 왔습니다. 그러니까 여러분, 승전을 축
하해주십시오. 춤을 추든지, 축화(祝火)를 울리든지, 내
기를 하든지, 여러분 맘대로 즐기시기 바랍니다. 오늘
밤엔 승전 축하연 외에 장군의 신혼 피로연도 있겠습니
다. 이상 장군의 말씀을 전달해드렸습니다. 주방은 전
부 개방했으니, 다섯 시부터 열한 시 종이 울릴 때까지
맘대로 마시고 드시기 바랍니다. 우리 키프로스섬과
오셀로 장군께 길이 행복을 내려주소서.

모두 퇴장.

3장 성안의 대청

오셀로, 데스데모나, 카시오, 수행원들 등장.

오셀로 마이클 군, 오늘 밤 경계하게. 적당히 마시고 놀아. 하지

만 도를 넘으면 못써.

카시오 이아고가 다 알아차리고 합니다. 물론 저도 정신 차려
보죠.

오셀로 이아고는 성실한 친구야. 그럼 내일 아침 일찍 만나세.
(데스데모나에게) 물건을 샀으면 이익을 봐야 될 게 아
뇨? 결혼한 이익을 우리 둘이 나누어봅시다. (오셀로, 데
스데모나, 수행원들 퇴장)

이아고 등장.

카시오 이아고, 어서 오게. 오늘 밤은 둘이서 파수를 봐야겠네.

이아고 아직 시간이 이릅니다. 열 시도 안 됐는데요. 장군님은
데스데모나 아씨가 예뻐서 못 견디시는군요. 일찌감치
들어가버리셨어요. 그도 그럴 수밖에. 아직 하룻밤도
달콤하게 지내본 일이 없으니까요. 조브 신도 침을 흘
리실 거예요. 굉장한 미인이니까요.

카시오 천하일색이지.

이아고 그런 데다, 제법 능란한 모양이죠.

카시오 얼마나 청초하고 섬세한가.

이아고 그 눈은 어떻고요. 남자 마음을 뒤흔들어놓을 것 같지
않아요?

카시오 매력 있는 눈이야. 하지만 어디까지나 현모양처의 눈

이지.

이아고 　또 그 말소리를 들으면 흡사 자명종처럼 남자의 마음을 설레게 하거든요.

카시오 　흠을 잡을 수 없는 부인이지.

이아고 　부디 내외분 달콤하게 사시옵소서! 참, 부관님, 여기 술 한 병 가져왔습니다. 그리고 키프로스 젊은 패들이 무어 장군한테 축배를 올리겠다고 바로 문밖에 와 있어요.

카시오 　오늘 밤은 안 돼. 난 술을 마실 줄 모르네. 어떻게 다른 방법으로 축하할 수는 없을까?

이아고 　하지만 저 패들은 우리 친구들이거든요. 한 잔쯤 어떠실라고. 부관님 대신 내가 마시리다.

카시오 　아까 한 잔밖에 안 마셨는데도 — 그나마 물을 타서 말야 — 이 꼴을 좀 보게. 불행하게도 난 언제나 술만 마시면 이렇단 말야. 그러니 더 마실 수가 있겠나.

이아고 　그건 무슨 말씀이오! 오늘 밤은 진탕 마시고 놀아야 될 밤이 아니오! 장정 패들은 안달이랍니다.

카시오 　어디들 있나?

이아고 　바로 문 앞에들 있어요. 불러들이세요.

카시오 　그렇게 하지. 기분은 내키지 않네만. (퇴장)

이아고 　한 잔만 더 안기면 전작이 있으니까 새아씨 댁 개 모양으로 성을 내고 싸움을 하려고 덤비렸다. 그건 그렇고,

저 병든 색골 로데리고, 그 바보 녀석도 데스데모나를 위해서랍시고 한 되들이를 꿀꺽이라. 그 녀석도 야경을 보렷다. 그러나 키프로스의 젊은 친구 세 명, 이 친구들이야말로 콧대가 센 데다, 명예를 생명보다 중하게 여기는 알짜들이지. 그 녀석들한테도 한 잔씩 톡톡히 안겨났단 말야. 그 녀석들도 파수를 본다! 이 주정뱅이들 새에 카시오를 몰아넣는다면, 그 녀석 반드시 섬사람들의 성미를 거스를 일을 저지르고 말 거야……. 어랍쇼, 온 모양인데. 그저 내 생각대로만 된다면 그야말로 순풍에 돛 달고 내 배는 떠난다지.

카시오 다시 등장하고 그 뒤에 몬타노와 신사 여러 명, 하인들이 술을 들고 따라 들어온다.

카시오 정말 못합니다. 아까 한잔 톡톡히 했어요.

몬타노 조그만 잔인데 뭘 그러슈. 정말 세 홉들이밖에 안 돼요.

이아고 술 가져와 술. (노래한다.)

은술잔을 울려라

울려라 은술잔을

인생은 일장춘몽

병정인들 아니 마실쏘냐.

보이, 술 가져와 술.

카시오 됐어, 훌륭한 노랜데.

이아고 영국에서 배웠죠. 영국 사람은 마시는 데는 선수거든요. 덴마크 사람, 독일 사람, 그리고 배뚱뚱이 네덜란드 사람도 ─ 자, 마셔요, 마셔……. 영국 사람은 못 따라가요.

카시오 아니, 영국 사람이 그렇게 술을 잘 마셔?

이아고 덴마크 놈쯤 이기는 건 문제없죠. 독일 놈들 해치우는 덴 땀 한 방울 안 흘리고요. 네덜란드 것들은 또 한 잔 따르기 전에 꺽꺽거리고 토해버리는걸요.

카시오 장군의 건강을 위해서…….

몬타노 부관, 내가 상대를 해드리지. 정당하게 말씀이야.

이아고 아, 영국은 좋은 곳이야. (노래한다.)

스티븐왕은 귀하신 어른

바지를 맡겼더니 다섯 냥이오

귀하신 왕 그것도 비싸다고

양복장이 나무랐다오

높으신 분들도 그렇거든

그대는 보잘것없는 인물

오만한 자 나라 망치나니

입던 외투 다시 걸치라.

자, 술을 다오, 술.

카시오 갈수록 멋있는 노랜데.

은술잔을 올려라
울려라 은술잔을
인생은 일장춘몽
병정인들 아니 마실쏘냐.
— 2막 3장

이아고   한 번 더 부를까요?

카시오   아니, 안 되지. 그런 짓을 하는 자는 자신의 지위를 더럽
         히는 거야. 하느님이 내려다보고 계시니까, 구원을 받
         을 자도 있고, 구원을 받지 못할 자도 있지.

이아고   그야 그렇습죠.

카시오   나는 말야…… 장군이나 다른 사람들한테는 뭣한 얘기
         지만…… 구원을 받을걸.

이아고   그건 나도 그렇습니다.

카시오   그럴 테지. 하지만 나보다 먼저는 안 될걸. 부관이 기수
         보다 먼저 구원을 받아야 될 게 아닌가. 이런 얘긴 집어
         치우세. 자, 업무 이행을 하세. ……하느님, 저희를 죄에
         서 구하옵소서……. 제군, 일을 합시다. 날 취했다고 생
         각해서는 안 돼. 이 사람은 기수. 이건 바른손. 이건 왼
         손. 난 취하지 않았어. 차렷하고 설 수도 있고 혓바닥도
         제대로 돌아가니까.

전원   암, 그러시고말고.

카시오   좋아, 좋아. 난 취했다고 생각하면 안 되지. (퇴장)

몬타노   제군, 야경소로 갑시다. 파수를 봐야지.

이아고   지금 먼저 나간 친구를 보셨죠? 그 친구는 시저 옆에 서
         서 지휘를 해도 부끄럽지 않을 군인이지만, 꼭 한 가지
         저런 나쁜 병이 있어요. 좋은 점도 물론 있긴 하지만
         요. 딱한 일이지 뭡니까? 오셀로 장군이 지나치게 신임

64

을 하고 계시기 때문에, 저 병이 덮쳐 이 섬에 소동이나 일어나지 않았으면 좋겠군요.

몬타노 그런 일이 종종 있소?

이아고 저렇게 하고는 곯아떨어지거든요. 아, 술 때문에 뒹굴지만 않는다면, 시계 바늘이 두 번 돌아가도록 야경을 봐도 끄떡 안 하는 친구죠.

몬타노 장군한테 그 점을 말씀드리는 게 좋겠군. 혹 알고 계실지도 모르지. 원래 군자니까, 카시오의 장점만 보시고 단점은 안 보시는 것일 테지. 안 그래?

로데리고 등장.

이아고 (로데리고에게 방백) 이봐요. 어서어서 부관 뒤를 쫓아가요, 어서. (로데리고 퇴장)

몬타노 무어 장군이 부관이란 중책을 그런 고질병 있는 사람한테 맡겨둔다는 건 위험천만인데. 장군께 말씀드리는 게 좋을 것 같소.

이아고 전 이 섬을 준대도 못하겠습니다. 카시오는 막역한 사이인데, 어떻게 해서든지 빨리 그 병을 고쳐주고 싶습니다. ……응, 저건 무슨 소릴까요? (뒤에서 "사람 살류" 하는 소리)

카시오가 로데리고를 쫓아 나온다.

카시오 망할 자식! 이 불한당 같으니…….

몬타노 부관, 왜 이러시오?

카시오 이놈이 날보고 이래라 저래라 하지 않소! 늘씬하게 때려줘야지.

로데리고 때린다고?

카시오 그래도 주둥아리를 닫지 못해? (로데리고를 때린다.)

몬타노 그만두시구려, 부관. (그를 말린다.) 그만두라니까.

카시오 놔요. 놓지 않으면 머리통을 부술 테야.

몬타노 허허, 취했군.

카시오 취했다고? (두 사람 싸운다.)

이아고 (로데리고에게 방백) 저쪽으로 가요. 나가서 야단났다고 떠들어대란 말야. (로데리고 퇴장) 부관님, 왜 이러세요. ……두 분 다 이게 무슨 꼴입니까 ― 거기 누구 없소? ― 부관님 이거 보세요 ― 몬타노 선생께서도 ― 거기 아무도 없어? ― 야경들 참 잘 본다! (종소리 울린다.) 누구야, 종을 치는 건? ― 빌어먹을 녀석, 온 장안이 다 깨지 않겠어? 제발, 부관님 그만두세요. 두고두고 얼굴에 똥칠하시는 거지, 원.

오셀로와 무기 든 신사들 등장.

오셀로 왜들 이러나?

몬타노 빌어먹을, 여전히 피가 나네. 지독하게 다쳤는걸. (비틀 비틀한다.)

오셀로 그만두지 않을 텐가!

이아고 부관, 그만둬요 — 몬타노 선생도 — 이걸 보세요 — 두 분 다 직책과 의무를 잊어버리셨나? 그만둬요. 장군께 서 그만두라고 그러시지 않아요? 제발 그만둬요.

오셀로 어떻게 된 거야? 어째서 이런 일이 생겼어? 모두 터키 놈들이 된 셈인가? 하느님이 터키 놈들에게도 하지 못 하게 하는 일을 하느냐 말이야? 기독교인의 수치야, 상 스러운 싸움을 그만둬. 짓궂게 혼자 성이 나서 멋대로 하는 자는 자신의 영혼을 업신여기는 거지. 그만두지 않으면 죽어. 저 상소리 좀 그만두게 하게. 섬사람들이 놀라지 않겠나. 어떻게들 된 건가? 이아고, 자네는 수 심에 가득 차 있는데 말해보게. 대체 누가 시작했어? 날 생각하거든 바른 대로 얘기해.

이아고 전연 모르겠습니다. 막 지금까지도 사이가 좋았죠. 옷 을 벗고 이불 속으로 들어가려는 신랑신부처럼 사이가 좋았죠. 그러던 게 갑자기 별에 살 맞은 사람처럼 칼을 뽑아가지고 서로 가슴을 노리고 덤벼들었습니다. 하지 만 이런 어리석은 싸움이 왜 시작됐는지는 모르겠습니 다. 이따위 싸움판에 저를 데리고 온 이 두 다리가 차라리 전쟁에서 떳떳하게 없어졌으면 좋겠습니다.

오셀로 카시오 군, 어떻게 된 건가? 자네가 이런 짓을 저지르다니.

카시오 용서해주십시오. 뭐라고 말씀드려야 좋을지 모르겠습니다.

오셀로 몬타노 씨, 그대는 평소에 예의범절이 바른 단정한 분이었소. 젊을 때부터 성실하고 침착해서, 점잖은 사람들에게 칭송을 받아오지 않았소? 그런데 그런 훌륭한 명예를 저버리고, 아닌 밤중에 소동을 일으키어 모처럼의 명예를 더럽히다니, 대체 어떻게 된 셈이오? 대답해보시오.

몬타노 오셀로 장군, 전 중상을 입었습니다. 자세한 것은— 저는 지금 말씀드릴 수가 없습니다만— 장군의 부하 이아고가 말씀드릴 것입니다. 저로서는 오늘 밤 말씀드린 것과 한 일이 조금도 잘못됐다고는 생각지 않습니다. 내 몸을 아끼는 것이 악덕이 아닌 이상, 폭력을 당했을 때 정당방위를 하는 것이 무슨 죄가 되겠습니까?

오셀로 도무지 참을 수 없군. 내 혈기가 냉정한 이성을 채찍질하는걸. 분노가 판단을 흐리게 하고, 앞질러 가려고 한단 말야. 내가 만일 한 걸음 내딛는다면, 또 이 팔을 올린다면, 너희들 중에 천하 없는 인간이라도 엄벌에 처할 테야. 대체 어떻게 해서 이따위 싸움이 일어났느냔 말이야? 누가 시작했어? 싸움을 건 놈은 설사 내 쌍둥이라도 용서할 수 없지. 무슨 수치인가? 이런 비상시, 사람들이 전전긍긍하는 이때에 한편끼리 싸움을 하다니, 될 소린가? 더군다나 밤중에 치안을 맡아보는 야경소에서 될 법이나 한 소린가? 이아고, 누가 시작했어?

몬타노 한편이라든지, 동료의 친분 때문에 사실대로 말을 안한다면 자넨 군인이라고 할 수 없네.

이아고 너무 그렇게 윽박지르지 마세요. 카시오에게 불리한 얘기를 할 바엔 차라리 내 혓바닥을 끊어버리지. 하지만 사실대로 얘기해도 그다지 해로울 것도 없어. 장군님, 그건 바로 이렇습니다. 몬타노 선생하고 저하고 얘기를 하고 있으려니까 사람 살리라고 소리를 치면서 뛰어온 사람이 있었죠. 그런데 카시오 부관이 칼을 빼가지고 쫓아와서 그 사람을 찔러 죽이려고 했습니다. 그래서 이분이 말리시는 동안에 저는 소리 지르는 녀석을 쫓아갔죠. 온 장안이 떠들썩하지 않았습니까, 글쎄. 그런데 그 녀석은 어찌 빠른지 쫓아갈 수가 있어야죠. 그런 데다 칼싸움하는 소리가 나서 돌아와보니까, 카시오가 욕을 퍼붓고 야단을 하지 않습니까? 전에야 어디 그런 일이 있었습니까. 제가 쫓아갔다가 돌아올 때까지는 얼마 안 걸렸는데, 그동안에 그렇게 대판 싸움이 벌어졌더군요. 장군께서 말리셨을 때는 두 번째 시작한 길이었습니다. 이 이상 말씀드릴 수는 없습니다. 하지만 사람은 아무리 부처님이라도 실수할 때가 있지 않습니까? 카시오 부관이 저분께 좀 잘못을 했지만, 성이 나면 자기를 끔찍이 생각해주는 사람도 때리게 되는 것이 흔히 있는 일이 아닙니까. 확실히 카시오는 도망간 녀석한테서 참지 못할 모욕을 당했을 겁니다. 참을 수 없었을 거예요.

오셀로 이아고, 자네는 성실하고 인정이 많아서 일을 축소해 카시오를 두둔하는 거야. 카시오, 난 자네를 아껴왔네만 인연을 끊세. (데스데모나, 시녀를 거느리고 다시 등장) 저것 봐, 내 아내까지 일어나 나오지 않았느냔 말이야. 자네는 철저하게 벌을 받아야 해.

데스데모나 왜 그러세요?

오셀로 걱정할 것 없소. 다 끝났으니까. 상처는 내가 치료해드리리다. 저쪽으로 부축해 가. (몬타노, 부축을 받으며 나간다.) 이아고, 거리를 잘 살피게. 이 일 때문에 들썩해진 사람들을 안심시켜주란 말이야. 갑시다, 데스데모나. 군인이란 이따금 싸움 때문에 단잠을 깨는 법이오. (모두 퇴장, 이아고와 카시오만 남는다.)

이아고 아니, 부관도 다치셨소?

카시오 약도 소용없게 됐네.

이아고 원, 그럴 수가 있습니까?

카시오 명예, 명예, 명예. 난 명예를 잃어버렸네. 남은 거라고는 개돼지한테도 있는 것뿐이야. 이아고, 명예야, 명예.

이아고 난 너무 고지식한 놈이 돼서, 정말 다치신 줄 알았죠. 명예보다는 상처입은 것이 더 저릴 게 아닙니까? 명예라는 건 허무한 군더더기예요. 공로가 없어도 때로는 수중에 들어오지만, 죄를 안 져도 없어질 때가 있거든요. 명예란 생각하기에 달린 거지, 그렇게 송두리째 없어지는 법은 없습니다. 나 좀 보세요. 장군의 마음을 돌릴 방법은 얼마든지 있습니다. 역정이 나서 그만두라고 하신 것뿐이에요. 미워서가 아니라, 말하자면 규정상 벌을 주신 거란 말씀이야. 순한 개를 때려서 사나운 사자를 위협하는 거나 마찬가지 수단이거든요. 다시 한 번 사정하면 문제없어요.

카시오 차라리 멸시해달라고 애원하는 게 낫지. 그런 점잖은 장군을 속이는, 술이나 마시고 채신머리없는 부관이 다 뭔가! 술에 취해가지고 지절대고, 허풍이나 떨고, 소리를 꽥꽥 지르고, 욕이나 퍼붓고, 제 그림자보고 큰 소리나 탕탕 치는 이런 못난 놈. 아, 보이지도 않는 술귀신이여, 너한테 아직 이름이 없다면 이제부터는 너를 악마라고 부를 테다.

이아고 부관이 칼을 빼 들고 쫓아가던 건 어떤 놈이었죠? 그 녀석이 어떻게 했어요?

카시오 몰라.

이아고 그럴 수가 있나요?

카시오 대강 알긴 아는데, 도무지 확실치 않아. 싸움을 한 건 알겠는데, 뭣 때문에 싸웠는지 모르겠는걸. 아, 내 영혼의 도둑인 술을 내 손으로 입속에 넣다니! 혼자 좋아 날뛰고 박장대소하다가, 재물로 짐승이 돼버린단 말인가!

이아고 하지만 인제 멀쩡하지 않아요! 어떻게 그렇게 감쪽같이 깼을까?

카시오 술고래라는 악마가 홧귀신한테 자리를 양보했다네. 나중 결점이 먼저 결점을 들춰내게 마련이니, 내 꼴이 이게 뭔가!

이아고 아니, 뭐 그렇게 심각하게 생각하십니까? 그야 시간으로 보든지, 장소로 보든지, 시국으로 보든지, 이런 일은 없는 것만 같지 못하지만, 일이 이렇게 된 이상엔 해결책을 강구해야 될 거 아녜요?

카시오 복직시켜달라고 사정을 해야겠네. 그럼 장군은 날보고 주정뱅이라고 할 테지. 나한테 머리가 여러 개 달린 용의 입이 있다고 하더라도, 그렇게 말이 나오면 할 말이 없지. 아니, 금방까지도 사리가 밝던 인간이, 눈 깜짝할 새에 천치바보가 돼서, 짐승이 돼버리다니. 참 이상한 일이로군. 지나친 술잔은 홧덩어리요, 그 속에 든 것은 악마라!

술고래라는 악마가 홧귀신한테 자리를 양보했다네.
나중 결점이 먼저 결점을 들춰내게 마련이니, 내 꼴이 이게 뭔가!
- 2막 3장

이아고　아니, 좋은 술은 마시기에 따라서는 귀여운 놈이죠. 술욕은 그쯤 해두세요. 그런데 부관님, 내가 당신을 좋아한다는 건 아실 테죠?

카시오　그건 잘 알아. ……술에 취하다니!

이아고　그야, 너 나 할 것 없이 취할 때가 왜 없겠어요? 내 말을 들으슈. 지금은 말이에요, 장군 부인이 장군이거든요. 장군은 부인이 하도 잘생기고 재주가 있으니까, 혼 나간 사람같이 바라보고 계시거든요. 그러니까 부인한테 일체를 털어놓고 복직시켜달라고 부탁을 하란 말이에요. 부인은 너그럽고, 인정이 있고, 감동하기 쉬운 성질이니까, 부탁받으면 더 못해줘서 미안해할 사람이에요. 장군하고 부관의 벌어진 사이는 그 부인이 붙들어매는 수밖에 없어요. 그렇게 하면 이번에 금이 간 사랑이 전보다 두터워질 건 틀림없단 말이에요.

카시오　고마운 말이로군.

이아고　모두가 당신을 위해서 하는 말이죠.

카시오　그야, 그럴 테지. 내일 아침 일찍 부인한테 부탁을 해야겠네. 그것이 틀어지면 볼장 다 보는 거야.

이아고　옳은 말씀이야. 그럼 편히 쉬슈. 난 야경 보러 가야겠어요.

카시오　그럼, 헤어짐세, 이아고. (퇴장)

이아고　이쯤 됐는데, 날보고 악한이라는 놈은 어떤 놈이야? 나야 진심으로 생각해서 충고를 하지 않았느냔 말이야. 이치에 닿는 말이고 보면, 무어 녀석의 마음쯤 돌려놓는 거야 문제없지. 무엇이고 솔깃하는 데스데모나한테 이렇게 정당한 청을 하는 것쯤 누워서 떡 먹기지. 그 여자는 마치 자유로운 원소 모양으로 마음이 시원시원하거든. 여자의 입을 빌려 무어 녀석을 설복시킨다! 세례받은 것도, 아니 그것보다 더한 속죄의 확인과 상징까지도 버리도록 할 수 있지. 그 녀석은 여편네한테 정신이 팔렸으니까, 병신을 만들건, 성한 놈을 만들건 맘대로지. 녀석이 그렇게 맘이 약한 데다 대면, 그 여자야말로 여신이지 뭐야. 그렇다면 무슨 이유로 내가 악한이지? 카시오를 위해서 곧은길을 지시해준 바로 이놈이 말이야. 이게 바로 지옥의 선심이라는 거지. 악마가 인간에게 흉악한 죄악을 씌우려고 할 때는, 나처럼 우선 예수님같이 나타나서 유혹을 하거든. 그건 바로 이렇지. 저 멍청한 녀석이 데스데모나한테 다시 팔자를 고쳐달라고 사정을 하고, 여자가 그 녀석을 위해서 무어한테 간청을 할 게 아닌가! 그럼 나는 데스데모나가 카시오를 복직시켜달라고 하는 건 카시오를 좋아해서 그런 거라고, 무어 녀석 귓속을 간지럽게 해놓는단 말이야. 이렇게 되면 여자가 카시오를 위해서 힘을 쓰면 쓸수록 남편한테 의심을 받게 될 테지. 여자가 한껏 호의를 베풀도록 해놓고 그걸 미끼로 일망타진을 해야지.

로데리고 다시 등장.

로데리고 여기까지 따라오기는 했네만, 사냥개 노릇은 제대로 하지도 못하고, 다른 개들 새에 끼여 같이 짖은 것밖에 안 되지 않나? 돈도 거의 다 떨어졌네. 그런 데다 늘씬하게 두들겨 맞고. 이러다간 애는 애대로 쓰고 빈털터리가 되어, 덕택에 조금 똑똑해져가지고 베니스로 돌아가게 될 테지.

이아고 이렇게 참을성 없는 사람은 처음 보겠군. 상처도 나을 때가 돼야 낫지 않느냔 말이오? 이거 봐요, 사람은 머리로 일을 하는 거예요. 마술로 하는 게 아니거든. 그렇다면 머리를 쓰는 데는 시간이 걸릴 게 아니겠소? 얼마나 잘돼가고 있느냔 말야? 카시오가 당신을 때렸다! 한데 그 조그만 상처 하나 입은 덕택으로 그 녀석을 미역국 먹이지 않았소? 다른 일도 제격에 맞아서 착착 진행 중이거든요. 맨 처음 꽃핀 놈부터 열매를 맺는 것이 순서란 말씀이야. 그러니까 조금만 더 참아요. 허허, 먼동이 트지 않나! 재미있게 일을 하면 시간 가는 줄 모른단 말이야. 어서 돌아가요. 숙소로 돌아가슈. 다시 만나서 얘기합시다. 어서 가요. (로데리고 퇴장) 두 가지 일이 남았

군. 우선 여편네를 시켜서 카시오 녀석이 데스데모나
를 만나도록 해야지. 그러는 동안, 나는 무어 녀석을 밖
으로 데리고 나왔다가, 카시오가 데스데모나한테 사정
사정할 때 데리고 들어간단 말야. 됐어. 이만하면 빈틈
없어. 쇠뿔은 단김에 빼야지.

퇴장.

3막

1장 성 앞

카시오와 악사 몇 명 등장.

카시오 자, 악사님들 여기서 한 곡조 하시지. 수고는 톡톡히 보
       답하리다. 짧은 걸 하나 하시오. '안녕히 주무셨습니까,
       장군 각하'를 하시구려. (음악)

광대 등장.

광대 아니 풍악쟁이들, 그 악기는 나폴리 갔다가 그 병이 걸

렸나! 어째 코맹맹이 소리가 나는군그래.

악사 1 왜 그래요?

광대 이건 늘 이렇게 붕붕 소리가 나는 거요?

악사 1 그렇소.

광대 어쩐지 뭔가 있군.

악사 1 뭔가 있다뇨?

광대 내가 아는 목관악기에는 으레 무엇이 매달려 있거든. 그건 그렇고, 수고비를 드리지. 장군께서 자네들 음악이 어찌나 마음에 드셨던지 제발 소리 좀 내지 말라는 분부시네.

악사 1 그럼, 그만두죠.

광대 하지만 소리 안 나는 악기가 있다면 해도 좋아. 장군께선 그다지 음악을 좋아하시지 않는다네.

악사 1 소리 안 나는 음악이 어디 있어요?

광대 그럼, 그 통소를 어서 보따리 속에 집어넣게그려. 난 가야겠네. 어서 꺼져. (악사들 퇴장)

카시오 여보게, 내 말 좀 들어주게.

광대 언제 봤다고 여보게, 자네야?

카시오 농담은 그만두세. 이건 얼마 안 되지만 넣어두게. 장군 부인께 시중들고 있는 부인이 일어났거든 카시오란 사람이 만나고 싶어 한다고 전해주게. 수고를 해주겠나?

광대 그 여자야 일어났죠. 여기까지 나올 눈치라면야 그렇게 말씀드리죠.

카시오 부탁하네. (광대 퇴장)

이아고 등장.

마침 잘 왔네 이아고.

이아고 어젯밤엔 못 주무신 게로군요.

카시오 못 잤어. 자네와 헤어지기 전에 날이 새지 않았나? 한데 실례인 줄은 알면서도 지금 막 자네 부인을 만나려고 사람을 들여보냈네. 데스데모나를 만나게 해달라고 말야.

이아고 금방 여편네가 나오도록 하죠. 나는 무어 장군을 다른데로 불러낼 테니, 둘이 마음 놓고 의논하란 말이에요.

카시오 고맙네. (이아고 퇴장) 내 고장 플로렌스에도 저렇게 인정 많고 정직한 사람은 없어.

에밀리아 등장.

에밀리아 안녕하세요, 부관님. 참 이번엔 딱하게 되셨어요. 하지만 괜찮으실 거예요. 장군 내외분께서 그 얘기를 하고 계시니까요. 아씨께서 부관님을 위해서 여간 힘을 쓰시는 게 아녜요. 장군께서는 뭐라고 하셨는지 아세요?

자, 악사님들 여기서 한 곡조 하시지.
수고는 톡톡히 보답하리다. 짧은 걸 하나 하시오.
'안녕히 주무셨습니까, 장군 각하'를 하시구려.
— 3막 1장

부관님이 상처를 입힌 분은 키프로스에서는 고명한 분이고, 관가에도 연고가 깊으신 분이기 때문에, 그런 점으로 보더라도 부관님을 면직시켜야 되지만, 밉다고는 생각하지 않으니까, 기분이 가라앉으시면, 누가 부탁을 하지 않더라도 손수 불러들이시겠다고요.

카시오 하지만 어떨까요, 괜찮다면 장군 부인하고 잠깐 얘기하도록 해주시죠.

에밀리아 들어오세요. 흉금을 털어놓고 말씀하실 수 있는 곳으로 안내해드리죠.

카시오 이거 참 고맙소이다.

그들 퇴장.

2장 성안의 어떤 방

오셀로, 이아고, 신사 몇 명 등장.

오셀로 이아고, 이 편지를 선원에게 전하고 원로원에 문안드려달라고 하게. 그게 끝나거든 나는 성안을 거닐고 있을 테니 그리 오게.

이아고 예, 그렇게 하겠습니다.

오셀로 제군, 성안 구경을 하실까?

신사들 예, 모시고 다니죠.

모두 퇴장.

3장 성안의 정원

데스데모나, 카시오, 에밀리아 등장.

데스데모나 걱정 마세요, 카시오 부관님. 부관님을 위해서 힘쓰겠
어요.

에밀리아 아씨, 꼭 그렇게 해주세요. 제 남편도 자기 일처럼 맘을
쓰고 있어요.

데스데모나 에밀리아의 남편이야 착한 사람이지. 카시오 부관님,
장군과의 관계를 전같이 만들어드리죠.

카시오 감사합니다. 마이클 카시오한테 무슨 일이 생기든지
결초보은하겠습니다.

데스데모나 잘 알겠어요. 부관님은 장군을 위하시겠다, 전부터
잘 아는 사이니까 문제없어요. 장군이 얼마 동안 멀리
하신다고 해도 그건 남의 이목이 있으니까 그러시는
거죠.

카시오　그건 그렇겠지만, 그 세상 이목이라는 게 오래 계속된
　　　　다면, 보잘것없는 음식을 먹고서도 살이 찌듯 대단치
　　　　않은 일이 점점 커집니다. 그러니까 제가 없는 동안에
　　　　다른 사람이 나타난다면 장군께서는 제 마음씨라든지
　　　　지내온 경력을 잊어버리실 것이 아닙니까.

데스데모나　그런 염려는 마세요. 에밀리아를 증인으로 해도 좋으
　　　　니, 부관님의 복직은 내가 책임지겠어요. 내가 힘쓴다
　　　　고 맹세한 이상에는 끝까지 할 테니까! 장군께서 내 청
　　　　을 들어주셔야만 주무시도록 하겠어요. 참을 수 없게
　　　　될 때까지 얘길 하죠. 잠자리를 학교로, 조석 때를 참회
　　　　시간으로 만들죠. 장군이 뭘 하시든 꼭 부관님 청을 하
　　　　겠어요. 그러니까 마음을 놓으세요. 어떻게 해서든지
　　　　부관님의 이 청은 이루어지도록 하겠어요.

에밀리아　아씨, 장군께서 나오십니다.

카시오　그럼, 저는 가겠습니다.

데스데모나　가시지 말고 내 얘기를 들으세요.

카시오　아뇨, 지금은 마음이 들썽해서 제 심사를 일일이 말씀
　　　　드릴 수가 없습니다.

데스데모나　그럼, 좋도록 하세요. (카시오 퇴장)

오셀로, 이아고 등장.

그 세상 이목이라는 게 오래 계속된다면,

보잘것없는 음식을 먹고서도 살이 찌듯 대단치 않은 일이 점점 커집니다.

그러니까 제가 없는 동안에 다른 사람이 나타난다면

장군께서는 제 마음씨라든지 지내온 경력을 잊어버리실 것이 아닙니까.

— 3막 3장

이아고　저건 또 무슨 짓이야?

오셀로　무슨 소리야?

이아고　아니, 아무것도 아닙니다. 혹시 — 아닙니다.

오셀로　지금 내 아내하고 헤어진 게 카시오가 아닌가?

이아고　예? 카시오라고요! 그렇지 않을걸요. 장군 오시는 걸 보고 죄나 진 것처럼 슬그머니 달아날 이유가 없지 않 습니까?

오셀로　아니, 카시오야.

데스데모나　당신이군요. 지금 어떤 사람하고 얘기를 하고 있던 차 예요. 당신한테 눈총을 맞고 풀이 죽어서 사정을 하러 왔더군요.

오셀로　누가 말이오?

데스데모나　카시오 부관이에요. 내게 덕과 힘이 있어서 당신을 움 직일 수 있다면 그분을 당장 용서해주세요. 그분이 얼 마나 당신을 위한다고요! 좀 잘못하긴 했지만, 실수를 한 것뿐이지 일부러 계획적으로 한 건 아니에요. 아무 리 봐도 그런 것 같지 않아요. 복직시켜주세요.

오셀로　지금 여기서 나갔소?

데스데모나　아주 얼굴도 제대로 못 들고 한탄하다가 갔어요. 저까 지 눈물이 나올 지경이에요. 복직시켜주세요.

오셀로　지금은 안 되오. 더 두고 봅시다.

데스데모나　하지만 쉬 되겠지요?

오셀로 당신의 청이니 빨리 해봅시다.

데스데모나 오늘 저녁 먹을 때요?

오셀로 오늘 저녁엔 안 돼.

데스데모나 그럼, 내일 점심때요?

오셀로 내일 점심은 밖에서 먹겠소. 성에서 장교들을 만나기로 했으니까.

데스데모나 그럼 내일 밤이든지, 화요일 아침이든지, 화요일 낮이든지 밤이든지, 수요일 아침이든지, 시간을 정하세요. 사흘이 넘으면 안 돼요, 그분은 정말 후회하고 있다니까요. 일을 저질렀다고 하지만, 보통 때 같으면 — 그야 전쟁 중엔 지위가 높은 사람도 벌을 받는다죠? — 보통 때 같으면 그다지 인연을 끊을 정도의 실수는 아니지 않아요? 언제 불러들이시겠어요? 어서 말씀하세요. 당신이 나한테 청을 하면 내가 싫단 말을 하겠어요? 그렇게 망설이겠느냔 말이에요? 마이클 카시오는 당신하고 같이 제 집에 오곤 했지요? 내가 당신을 좋지 않게 얘기했을 때 그분은 늘 당신 편을 들었어요. 그런데 그 사람을 돌봐주려고 하는데 이렇게 힘이 들어서야! 만일 나 같으면⋯⋯.

오셀로 알았소. 그만해줘요. 언제고 오라고 해요. 당신 말인데 왜 안 듣겠소?

데스데모나 이건 뭐 은혜를 베푸는 게 아니에요. 장갑을 끼세요, 라든지, 영양분을 섭취하시라든지, 몸을 차게 하지 말라든지, 그저 당신한테 유익한 걸 바라는 거나 마찬가지예요. 정말 내가 당신이 날 얼마나 생각하시나 하고 마음속을 시험할 요량이면, 아주 굉장히 어려운, 좀체 용서하시기가 두려울 정도의 것을 부탁하겠어요.

오셀로 글쎄, 당신 말이면 다 듣겠소. 그러니까 제발 잠깐 저리가 있소.

데스데모나 당신 말씀대로 하죠. 먼저 가겠어요.

오셀로 먼저 가오. 나도 곧 가리다.

데스데모나 에밀리아, 어서 와요. 잘 생각해 하세요. 난 당신 말씀대로 할 뿐이니까요. (데스데모나, 에밀리아 퇴장)

오셀로 귀여운 것! 내가 그대를 사랑하지 않는다면, 이 영혼이 지옥으로 떨어져도 좋소. 그대를 사랑하지 않는 때가 온다면 그때는 천지개벽이 될 테지.

이아고 장군님!

오셀로 뭔가, 이아고.

이아고 혼담이 있었을 때 카시오가 당신의 사랑을 알고 있었습니까?

오셀로 다 알고 있었지. 그건 왜 묻나?

이아고 좀 생각한 게 있어서요. 별다른 일은 아닙니다.

오셀로 무슨 생각이야?

이아고 카시오가 부인과 아는 사이였다는 것은 전연 몰랐군요.

오셀로 알고말고. 중간에서 애를 많이 썼지.

이아고 그랬습니까!

오셀로 그래. 그게 어떻단 말인가? 정직한 사람이지.

이아고 정직하단 말씀이죠?

오셀로 그야 정직하다뿐인가.

이아고 그럴지도 모르죠.

오셀로 자넨 어떻게 생각하나?

이아고 어떻게 생각하느냔 말씀이죠?

오셀로 어떻게 생각하느냔 말씀이냐고? 대체 어떻게 된 셈이야? 흉내만 내니. 말 꺼내는 것이 겁나는 것 같은걸. 무슨 곡절이 있는 모양이지. 지금 막 자네는 "저건 또 무슨 짓이야" 그랬겠다. 카시오가 아내하고 얘기하다 나갈 때 말야. 뭣이 어떻게 됐단 말인가? 그리고 또 혼담이 있을 때 애를 썼다고 하니까 "그랬습니까!" 하면서 놀란 것처럼 상을 찌푸리지 않았나? 꼭 뭔가 머릿속에 무서운 일이나 감춰둔 것 같네그려. 나를 생각한다면, 생각하고 있는 걸 얘기하게.

이아고 장군님, 제가 각하를 숭배하는 건 아시겠죠?

오셀로 알지. 성실하고 정직해서, 뭣이고 말을 꺼내기 전에 재삼 숙고하는 성격인 줄 알기 때문에, 지금 자네가 말을 꺼내다가 주저하는 걸 심상치 않게 생각하네. 속 검은 인간이라면 사람을 속이는 수단이겠지만, 마음이 곧은 사람이 그러는 것은, 뭔가 참을 수 없는 것이 있어서 그걸 입 밖에 내지 못해서 고민하는 게 분명해.

이아고 마이클 카시오는 성실한 사람이라고 생각합니다.

오셀로 나도 그렇게 생각하네.

이아고 사람은 외양과 같아야 되지 않겠습니까. 그렇지 않을 경우에는 그렇게 보이지 않도록 했으면 좋겠어요.

오셀로 그야 사람이란 안팎이 같아야지.

이아고 그럼, 카시오는 정직한 사람이겠죠.

오셀로 아니, 자넨 아직도 뭘 생각하고 있어. 어서 생각하고 있는 대로 말하게. 천하 없이 나쁜 일이라도 나쁜 대로 얘기하란 말야.

이아고 그건 전 못하겠습니다. 직책상 일이라면 무슨 일이든지 하겠습니다만 종놈이라도 의사표시의 자유는 있습니다. 생각한 대로 말하란 말씀이시죠? 제가 무슨 나쁜 생각을 품고 있는지 아십니까? 휘황찬란한 궁전 속에도 못된 것이 들어가지 말라는 법은 없습니다. 아무리 깨끗한 가슴속에도 좋지 못한 생각이 올바른 생각하고 같이 앉아서 재판질을 하고 있거든요.

오셀로 이아고, 자네는 친구한테 좋지 못한 생각을 품고 있어. 그 친구가 모욕을 당하고 있다고 생각하면서도 그걸 알리려고 하지 않으니 말야.

이아고 저, 제 말씀은 좀― 이건 제 잘못된 생각일 수도 있겠습니다만, 전 어쩐지 남의 잘못을 알아내는 버릇이 있어서요. 까딱 잘못하면 없는 것도 있는 것처럼 잘못 볼 때가 있습니다. ……그러니까 그런 확실치 않은 어림쳐 말씀드린 걸 귀담아듣지 마십죠. 애매한 말씀드린 것 때문에 걱정하시면 안 됩니다. 괜히 불안스럽게만 해 드릴 뿐이지, 뭐 하나 좋을 게 없습니다. 저로 말하더라도 사내답지 못하다든가, 성실치 않다든가, 주책이 없다든가 좋지 않은 말씀만 들을 거고요. 생각하고 있는 대로 말씀드린다면 말입니다.

오셀로 어떤 의미로 하는 소리야?

이아고 장군님, 명예는 남녀를 불문하고 영혼의 다음가는 보배입니다. 제 지갑을 훔치는 놈은 쓰레기를 훔치는 거죠. 있고도 없는 거나 마찬가지예요. 제 것이던 것이 지금은 그 녀석의 것, 그전에도 몇천 명이 쓰던 겁니다. 그렇지만 저한테서 명예를 뺏는 놈은 빼앗았댔자 그 녀석이 그걸 가질 수도 없으면서 난 나대로 털터리가 되거든요.

오셀로 기어코 자네 얘기를 듣고야 말겠네.

이아고 설사 제 심장이 장군의 수중에 있다고 해도 그건 안 됩니다. 하물며 제가 가지고 있는데 될 말입니까.

오셀로 뭐라고?

이아고 장군님, 절대로 의심을 하시면 안 됩니다. 의심이라는 건 사람의 마음을 맘대로 농락하고 사로잡는 파란 눈을 한 괴물입니다. 아내의 부정한 것을 알면서도 자기 운명을 잘 알고, 불의의 사람을 사랑하지 않는 남자는 행복한 사람이지만, 일구월심 그 여자한테 빠져서 의심하고, 그러면서도 역시 사랑하지 않을 수 없는 남자는 얼마나 가련합니까.

오셀로 아! 비참한 일이로군.

이아고 가난해도 족한 것을 안다면 백만장자 부럽지 않겠지만, 대단한 부자라도 가난뱅이가 되면 어떡하나 하고 걱정만 한다면, 그 마음은 엄동설한같이 쓸쓸할 겁니다. 하느님, 저희들 인간에게 질투와 의심을 일으켜주지 마시옵소서!

오셀로 대체 그건 무슨 소리야? 자네는 내가 의처증이나 품고, 저 달 모양이 변할 적마다 의심을 쌓아올리는 생활을 할 줄 아나? 아니, 나는 의심하면 금시로 해결하고 말지. 염소 새끼로 변한다면 몰라도 자네가 상상하는 그런 허황된 의혹으로 마음을 괴롭힐 내가 아냐. 난 절대로 의처증을 품고 있지 않네. 아내가 예쁘고, 잘 먹고, 교제하기를 좋아하고, 말하기를 좋아하고, 노래를 잘 부르고, 악기도 다룰 줄 알고, 춤을 추는 여자라고 해도 말이야. 부덕이 완비되었다면 이런 건 문제가 안 돼. 설사 나한테 여러 가지 약점이 있다고 해도, 그것 때문에 아내가 배반하지나 않을까 하는 걱정도 하지 않아. 나를 골랐을 때는 나를 믿었기 때문이니까. 알겠나, 이아고. 나는 의심하기 전에 우선 잘 보고, 의심하게 되면 증거를 보자고 하고, 그래서 증거가 나타나면, 사랑을 버리든지 의처증을 버리든지 둘 중에 하나야.

이아고 그렇게 말씀을 하시니까 안심이 됩니다. 저도 맘 놓고 제 직분을 다 할 수 있군요. 그래서 이건 제 의무로 알고 말씀드리는 것이니까 들어주십시오. 뭐 별로 증거가 있는 건 아닙니다만. 저 ― 사모님을 잘 보십시오. 사모님하고 카시오 사이를 주의해 보세요. 눈치채지 않도록 감시를 하십시오. 마음이 트이고 점잖고 너그러운 것을 미끼로 속이려고 하는 자가 있는 게 얼마나 심한 일입니까. 주의하세요. 저는 제 고장 사람들 성질을 잘 압니다. 베니스에서는 자기 남편에게는 보일 수 없는 장난도 하늘이 내려다보게 하고 있습니다. 그자들의 가장 크다는 양심은 그 짓을 하지 못하도록 하는 게아니고, 알려지지 않도록 애를 쓰는 겁니다.

오셀로 정말인가?

이아고 장군님하고 결혼하시려고 아버지를 속인 분이 아닙니까? 장군님 얼굴이 무서워서 떠는 것같이 보였을 때도, 사실은 이만저만 장군을 좋아하지 않으셨을걸요.

오셀로 음, 그랬지.

이아고 그렇다면 말씀이죠, 그렇게 젊은 분이 매 눈을 꿰매듯이, 감쪽같이 아버지 눈을 속이는 솜씨가 어떻습니까? 장군님 장인께서는 그저 마술인 줄만 아시거든요. 이런 말씀드려서 죄송합니다. 그만 너무 장군님을 걱정한 나머지…….

오셀로 정말 고마우이.

이아고 괜히 상심시켜드려 죄송합니다.

오셀로 아니, 괜찮으이.

이아고 아니, 암만해도 기분이 좋지 않으신 것 같습니다. 지금 말씀드린 건 그저 제가 장군님을 생각하기 때문이라고 생각해주십시오. 아니, 몹시 상심이 되시는 모양이야. 제발 지금 말씀드린 건 대수롭지 않은 의심이라고 생각하시고, 그 이상은 아예 생각지 마십시오.

오셀로 안 하겠네.

이아고 만일 이상하게 생각하신다면, 지금 말씀드린 것 때문에 천만뜻밖의 결과가 생길지도 모릅니다. 카시오는 소중한 친구겠다 — 암만해도 기분이 좋지 않으신가 봐.

오셀로 아니, 그렇지도 않으이. 데스데모나를 부정한 여자라고는 생각지 않으니까.

이아고 그러셔야 하고말고요. 내외분께서 다 말씀입니다.

오셀로 그런데 왜 모든 걸 순례대로 하지 않고…….

이아고 문제는 바로 그겁니다……. 털어놓고 말씀드린다면, 기질이라든지 신분이 어상반한 상대자가 같은 고장 사

설사 나한테 여러 가지 약점이 있다고 해도,

그것 때문에 아내가 배반하지나 않을까 하는 걱정도 하지 않아.

나를 골랐을 때는 나를 믿었기 때문이니까. 알겠나, 이아고.

나는 의심하기 전에 우선 잘 보고, 의심하게 되면 증거를 보자고 하고,

그래서 증거가 나타나면, 사랑을 버리든지 의처증을 버리든지 둘 중에 하나야.

— 3막 3장

람들 중에 얼마든지 있을 게 아닙니까? 누구나 한고장 사람을 좋아하니까요. 그런데 제 고장 사람을 싫어한 다는 건 부자연스러울뿐더러, 어색하기도 하고 어딘지 추잡하고 더러운 것 같고— 용서하십시오. 이건 뭐, 부 인께서 그러시다는 게 아닙니다. 그야 부인께서라도 곰곰이 생각하시고 같은 고장 사람하고 장군님을 비교 해보신다면 혹시 후회하실지도 모르지요.

오셀로 그만 가게. 뭐든지 또 보는 게 있으면 알려주게. 자네 부 인보고 감시를 하라고 그러게. 그만 가보게.

이아고 (가면서) 그럼 물러가겠습니다.

오셀로 내가 왜 결혼을 했을까! 저 속일 줄 모르는 녀석, 필시 감추고 말하지 않는 게 있을 거야.

이아고 (돌아오며) 장군님, 이 일은 이 이상 더 캐묻지 마십시오. 되는 대로 내버려두세요. 카시오는 적임자니까 당연히 복직될 줄 압니다만, 당분간 멀리 해두시면 자연 그자 의 본심이라든지 수단을 아실 겁니다. 부인께서 열심 히 그자의 복직을 재촉하신다면 그것만으로도 아실 수 있을 겁니다. 그때까지는 제가 말씀드린 건 그저 노파 심이라고 생각하십시오. 저 역시 그래서 말씀드린 겁 죠. 그리고 부인을 깨끗한 분이라고 생각하십시오.

오셀로 생각 없는 짓은 하지 않을 테니까.

이아고 그럼, 정말 물러갑니다. (퇴장)

오셀로 저놈은 정성이 지극한 데다 세상물정에도 밝아서 남
의 성질까지 뚫어 보는 녀석이란 말야. 만일 데스데모
나가 사나운 매라면, 설사 그 발에 맨 끈이 내 심장의 끈
이라고 하더라도 끊어버리고, 모진 바람에 떨어뜨려
서, 그 뒤는 제 운명에 맡겨놓기라도 하련만. 혹 내 얼굴
색이 검고, 기생오라비같이 얌전한 교제술에 능란하지
않다고 해서, 혹은 내 나이가 한 고비 넘었다고 해서 —
아니 아직 그렇게는 안 됐지 — 그래서 나를 싫어했던
가? 내가 모욕을 당한 이 마당엔 아내를 미워할 수밖에
없지. 아, 이까짓 게 무슨 원앙의 쌍이람! 이 예쁜 물건
들을 내 것인 양 불러봤댔자, 결국 내 게 아니란 말야.
사랑하는 여자를 다른 인간의 손아귀에 넣어놓고, 한
모퉁이만 붙잡고 있다면, 차라리 두꺼비가 돼서 흙구
덩이 속의 썩은 공기나 마시는 것이 낫지. ……이것이
상류계급에서 흔히 볼 수 있는 병이야. 차라리 하층사
회 사람만도 못해. 이 뿔 돋친 재앙은 우리가 세상에 나
올 때부터 타고난 운명. 벗어날 길이 없구나. 아, 데스데
모나가 왔군.

데스데모나와 에밀리아 다시 등장.

아내가 죄를 짓게 된다면, 하늘이 자신을 속인 거나 마

찬가지지. 믿을 수 없어.

데스데모나 여보, 웬일이세요. 진짓상이 나오고, 손님들이 기다리는데요.

오셀로 참 안됐소.

데스데모나 왜 그렇게 힘없이 말씀하세요? 어디 편찮으세요?

오셀로 머리가 좀 아프오.

데스데모나 밤잠을 못 주무셔서 그러실 거예요. 금방 나으실 테죠. 제가 꼭 매드리면 금세 나으실걸요.

오셀로 그 손수건은 너무 작아서 안 돼. (그는 매려는 손수건을 쳐서 땅에 떨어뜨린다.) 내버려두고 같이 들어갑시다.

오셀로와 데스데모나 퇴장.

에밀리아 됐어, 이게 바로 그 손수건이군. 이건 무어 장군께서 아씨한테 보내신 첫 번째 선물이야. 그이는 무슨 바람이 불어서 날보고 그 손수건을 훔치라고 귀찮게 굴까? 잠시도 몸에서 떼면 안 된다고 하신 물건이 돼서, 아씨께서 이만저만 위하시는 게 아닌데. 아, 손수건에다 입을 맞추질 않나, 말을 걸질 않나. 한신들 놓으셔야 훔치지. 이거와 똑같은 모양을 떠서 그이한테 줘야겠군. 이걸로 뭘 하려고 그럴까? 알 수 없는 일이야. 하도 이상야릇하게 구니까 비위를 맞춰주는 수밖에.

이아고 다시 등장.

이아고　아니, 여태 여기 있었어?

에밀리아　옥박지르지 말아요. 뭐 하나 드릴까?

이아고　그래, 뭐요? 너절한 거겠지.

에밀리아　어쩌면!

이아고　당신 같은 위인이 무슨 신통한 걸 주겠소?

에밀리아　할 말 다 하셨슈? 그 손수건이라면 무슨 상을 주시려우?

이아고　무슨 손수건이야?

에밀리아　무슨 손수건이냐고요! 무어 장군이 맨 처음에 아씨한
테 보낸 손수건 말이에요. 당신이 밤낮 훔치라고 하지
않았수?

이아고　그걸 훔쳤어?

에밀리아　아뇨. 어쩌다 떨어뜨리셨어요. 마침 옆에 있다가 주웠
죠. 바로 이거예요.

이아고　우리 마누라, 됐거든. 이리 줘.

에밀리아　이걸로 뭘 하려우? 눈이 벌게가지고 훔쳐내라고 하니.

이아고　(손수건을 뺏으며) 그게 무슨 말이야?

에밀리아　그렇게 필요하지 않다면 이리 줘요. 아씨가 불쌍하지
뭐유. 없어진 걸 아시면 사뭇 미치실 거야.

이아고　모르는 체하면 되지 않소? 쓸데가 있어. 어서 가요. (에
밀리아 퇴장) 이걸 카시오 녀석 방에 집어넣고 줍게 해야

오셀로　99

지. 공기같이 가벼운 물건도 의심하는 자에게는 성서만 한 증거가 될 수 있어. 요것이 한몫 거들 수 있을 거야. 무어 녀석도 내 약효과가 난 모양이라, 좀 이상해졌어. 억측이라는 무서운 물건은 처음엔 독약이 돼서 그걸 쓰다고도 생각지 않지만, 점점 피를 끓게 하면 온몸이 유황 광산처럼 불타오르거든. 그렇고말고. 저기 오는군.

오셀로 다시 등장.

양귀비건 만드라고라건, 이 세상 온갖 수면제도 다 소용없을걸. 어저께까지는 잘 잤겠지만 그런 달콤한 잠은 이젠 못 잘 테지.

오셀로 아니, 그래 못된 짓을 한다고?

이아고 장군님, 왜 이러십니까? 그 일은 그만해두세요.

오셀로 비켜, 썩 물러가. 너는 나를 얼마나 괴롭혔느냐? 얼마 알지 못하고 괴로워하는 것보다는, 차라리 철저하게 모욕을 당하는 것이 낫겠다.

이아고 왜 그러세요, 글쎄?

오셀로 나 몰래 음탕한 짓을 했을지 모르지만 어떻다고 할 수 없네. 보지도 못했고, 의심도 하지 않고, 이렇다 할 해를 입은 게 아니니까. 그다음 날 밤도 잘 자고, 마음도 편하고 유쾌했어. 아내 입술에 카시오가 키스한 자국도 없던걸. 도둑을 맞아도 당사자가 모르면 알리지 않는 것이 좋아. 모르면 뺏기지 않은 거나 마찬가지니까.

이아고 왜 그런 말씀을 하십니까?

오셀로 아무것도 모르고 있다면 군대 안의 졸병까지 아내의 육체로 향락을 누렸다 해도 난 행복했을 걸세. 내 잔잔하던 마음, 만족할 줄 아는 마음, 투구에 깃털을 꽂은 군대, 대격전 ─ 다 마지막이로구나! 군마가 우는 소리도 나팔 소리도, 가슴을 뛰게 하는 북소리도, 귀를 뚫을 듯한 피리 소리도, 저 장엄한 군기도, 명예로운 전쟁의 표식인 모든 좋은 것과 자부심과 호화찬란한 것도 다시는 못 볼 것이 아닌가! 아, 무서운 대포여! 그 거친 목으로 불사불멸의 조브 신의 무시무시한 부르짖음을 흉내 내는 대포여! 너도 마지막이구나! 오셀로의 모든 직분은 다 사라져버렸다.

이아고 당치 않은 말씀을.

오셀로 이놈아, 내 아내는 정말 음탕한 계집이란 말이냐? 그렇다면 증거를 보여다오. 그렇지 않다면 불멸의 영혼에 맹세코, 너는 내 분격에 대답하기보다는 차라리 개로 태어난 것이 좋았을 것이다.

이아고 그렇게까지 말씀을.

오셀로 증거를 내놔. 적어도 의심을 품을 틈도 구멍도 없는 정도의 증거를 내놓으란 말야. 그렇지 않다면 네 목숨은 없는 줄 알아라.

이아고   장군님, 그건…….

오셀로   만일 내 아내를 모함하고 나를 괴롭힌다면 기도를 올려도 소용없어. 동정심도 버려. 갖은 포악한 짓이라도 하란 말야. 하늘을 울리고 땅을 놀래킬 만한 못된 짓이라도 해라. 이보다 더 못된 죄는 못 저지를 테지.

이아고   이건 너무 심하십니다. 그래, 장군님은 사내대장부십니까? 혼과 분별력을 가지고 계십니까? 그만두십시오. 전 사직하겠습니다. 내가 왜 이렇게 바보였던가! 지나치게 정직해서 불한당 취급을 받고. 해괴망측한 세상이로군. 어느 미친놈이 정직한 게 좋다고 했소? 고맙습니다. 배운 게 많습니다. 앞으로는 절대로 남의 사정을 볼 게 아닌 줄 압니다. 원망만 들을 테니까요.

오셀로   기다려. 정직해야 돼.

이아고   아니, 인제 약아지렵니다. 정직이란 천하에 바보짓이니까요. 일껏 위해서 해주었다 손해만 보게 되는 거죠.

오셀로   정말 내가 뭣에 홀렸나? 아내는 행실이 단정한 것 같기도 하고, 부정한 것 같기도 하고, 네 말이 옳은 것도 같고, 거짓말인 것도 같다. 지금 당장 증거를 내놓아라. 달의 여신 다이안의 얼굴같이 깨끗하던 아내의 이름을 더럽혔어. 마치 내 얼굴같이. 밧줄이나, 창검이나, 독이나,

불이나, 사람을 빠뜨리는 냇물이나, 이런 게 있다면 난 참을 수 없어. 확실한 증거가 보고 싶다, 증거가.

이아고 이건 또 지나치게 역정을 내시는군요. 제가 괜히 주둥아리를 깠습니다. 증거를 보시겠단 말씀이죠?

오셀로 보겠느냐고? 꼭 보고야 말겠다.

이아고 그야 보실 수 있죠. 그렇지만 어떻게요? 어떻게 보시겠단 말씀이에요? 어리석은 얼굴을 하고 구경꾼 모양으로 보시겠단 말씀입니까? 그 녀석이 부인을 올라타고 있는 걸 말씀이에요.

오셀로 에잇, 천하에! 아!

이아고 둘이 자고 있는 걸 다른 사람한테 보인다는 것은 어려운 일입니다. 긴 베개를 베고 자는 것을 다른 사람이 본다는 건 너무하니까요. 그럼 어떡할까요? 딱합니다. 어떡해야 속이 시원하실까요? 현장을 보시겠다는 건 안 될 말씀이죠. 설사 그것들이 염소나, 원숭이나, 한창때 늑대나, 술 취한 바보같이 난장판을 벌인다고 해도 말씀이에요. 그렇지만 바로 그런 사실의 문간까지 안내해드릴 정도의 확실한 사정을 말씀드리는 것으로 만족하신다면 말씀드리죠.

오셀로 내 아내가 부정한 짓을 하고 있다는 확증을 보이란 말야.

이아고 내가 왜 이런 일을 맡았을까. 하지만 고지식한 마음에서 이렇게 돼버린 이상 말을 안 할 수 없지. 얼마 전 일입니다만, 카시오하고 같이 자고 있으려니 치통 때문에 잠이 와야죠. 그런데 저, 잠이 들면 마음이 풀려서 비밀을 말해버리는 사람이 있지 않습니까? 카시오가 바로 그렇더군요. 듣고 있자니까, 이렇게 잠꼬대를 하지 않겠어요? "데스데모나, 우리 사랑을 남이 알지 못하도록 주의합시다" 그리고 제 손을 꼭 붙잡고 흔들며 "당신을 사랑합니다" 이러고는 된통 저한테 키스를 했습니다. 마치 제 입술에 뭣이 난 것을 뽑는 것처럼요. 그러고는 제 넓적다리에 다리를 얹고, 한숨을 짓고, 입을 맞추고, 그러고는 또 이러겠죠. "운명도 야속하지. 왜 당신을 무어 같은 것한테 보냈을까?" 하고요.

오셀로 이런 망측한 일이 있담.

이아고 아니, 이건 그 친구의 꿈이에요.

오셀로 하지만 꿈이란 경험한 것을 표시하는 거니까 혐의는 충분하네.

이아고 물론 희미한 증거를 확실히 할 수는 있죠.

오셀로 그년을 갈기갈기 찢어버려야지.

이아고 진정하십쇼. 아직 아무것도 보지 못했으니까요. 부인은 단정한 분인지도 모릅니다. 그런데 부인께서 딸기 무늬 수를 놓은 손수건 가진 걸 보신 일이 있습니까?

오셀로 내가 준 게 있지. 첫 번째 선물이었어.

이아고 전연 몰랐군요. 부인 것에 틀림없습니다만, 그걸 가지고 오늘 카시오가 수염을 닦고 있던데요.

오셀로 만일 그렇다면…….

이아고 만일 그렇다면, 아니 어떤 손수건이건 부인 것인 이상, 그 밖에도 증거가 있으니까, 점점 이상스럽게 되는군요.

오셀로 천하에 못된 놈, 목숨을 사만 개쯤 가지고 있었다면 좋을걸. 하나만이라면 복수를 하기에는 너무 적어. 결국 사실이군. 이것 봐, 이아고. 내 어리석은 연정은 모두 공중으로 날려 보내겠네. 벌써 사라졌어. 무서운 복수의 신이여! 어서 그 시커먼 구렁 속에서 뛰쳐나오라. 아, 사랑이여! 너의 왕관과 심장의 옥좌는 저 잔인무도한 증오에게 던져주라. 가슴이여, 부풀어 올라라. 너는 지금 독사에게 물린 것을 모르는가!

이아고 좀 진정을 하세요.

오셀로 아! 피를. 피, 붉은 피를.

이아고 참으세요. 인제 마음이 변하실지도 모르죠.

오셀로 아니, 안 될 소리지. 저 폰틱 해의 차가운 조수는 그 밀고 나가는 힘이 맹렬하여 한 번도 뒤로 물러선 일이 없고, 프로폰틱 해와 헬레스폰트 해협으로 곧장 흘러가거든. 내 잔인한 생각도 그것과 같네. 일단 작정한 이상은 두 번 다시 뒤는 돌아보지 않겠네. 비굴한 사랑으로 뒷걸음질은 안 해. 내 마음껏 복수를 하기 전에는 절대로 안 돼. 저 변함없는 하늘에 (무릎을 꿇고) 걸고 진심으로 맹세하나이다.

이아고 일어나지 마십시오. (무릎을 꿇는다.) 영원무궁토록 불붙고 있는 하늘의 빛들이여! 굽어 살피소서. 우리를 에워싸고 있는 원소들이여! 이 마당에서 이아고는 그 지혜와 손과 마음의 일체의 작용을 치욕을 받으신 오셀로 장군을 위하여 바칠 것을 맹세합니다. 장군의 명령이라면 어떠한 참혹한 행동이라도 그것을 양심의 지팡이로 삼고 받들겠습니다. (두 사람 일어난다.)

오셀로 내 자네의 호의를 입으로만 감사해하는 게 아니라 기꺼이 고맙게 받겠네. 그 증거로 당장 자네한테 시킬 일이 있어. 사흘 안에 카시오 녀석은 살아 있지 않다고 알려주게.

이아고 분부대로 합죠. 그 친구는 죽은 거나 마찬가집죠. 그렇지만 부인만은······.

오셀로 아, 음탕한 계집, 못된 년 같으니! 그럼 여기서 헤어지세. 난 안으로 들어가서 저 어여쁜 독사를 간단히 죽일 방법을 강구해야지. 앞으로는 자네를 부관으로 삼겠네.

이아고 고맙습니다. 저야 언제나 장군의 부하가 아닙니까.

그들 퇴장.

정말 내가 뭣에 홀렸나? 아내는 행실이 단정한 것 같기도 하고,
부정한 것 같기도 하고, 네 말이 옳은 것도 같고, 거짓말인 것도 같다.
지금 당장 증거를 내놓아라.
달의 여신 다이안의 얼굴같이 깨끗하던
아내의 이름을 더럽혔어.
– 3막 3장

4장 성 앞

데스데모나, 에밀리아, 광대 등장.

데스데모나 이거 봐, 카시오 부관은 어디 거주하시지?

광대 어디서 거짓말하시는지* 말씀드릴 수 없는데요.

데스데모나 그건 왜?

광대 카시오 선생은 군인이신데, 거짓말을 했다가는 모가지가 달아나게요.

데스데모나 내 말은 그게 아냐. 숙소가 어디냔 말야.

광대 거주를 말씀드리는 것은 어디서 제가 거짓말을 하는 것과 같습니다.

데스데모나 쓸데없는 소리.

광대 그분의 숙소는 모릅니다. 아무렇게나 지어내서 아랫마을이니 윗마을이니 하는 건 새빨간 거짓말이 됩니다.

데스데모나 누구한테 물어보고 와.

광대 그럼 물어보고 오죠. 물어본 뒤에 알면 말씀드리죠.

데스데모나 찾거든 잠깐 오시라고 해요. 장군께는 내가 잘 말씀드렸으니까, 순조롭게 될 거라고 말씀드려.

광대 그런 심부름이라면 사람의 지혜로 될 수 있겠죠. 당

---

* '눕다, 거짓말하다'를 뜻하는 lie의 의역으로, 광대의 말장난을 표현했다.

장 해보겠습니다. (퇴장)

데스데모나 에밀리아, 그 손수건을 어디서 잃었을까?

에밀리아 아씨, 전 모르겠습니다.

데스데모나 차라리 금덩어리가 잔뜩 든 지갑을 잃어버렸다면 나았을걸. 무어 장군은 진실한 분이 돼서 의처증 같은 비굴한 마음이 없으시니 다행이지, 그렇지 않다면 얼토당토않은 의심을 품으실 거야.

에밀리아 그렇게 의심이 없으세요?

데스데모나 누가? 그 양반 말이야? 그런 건 그분 고향의 태양이 다 말려버렸을걸.

에밀리아 저기 장군께서 나오십니다.

데스데모나 오늘은 카시오 부관을 불러들인다는 말을 하실 때까지 옆을 떠나지 말아야지. (오셀로 등장) 좀 어떠세요?

오셀로 그저 그렇소. (방백) 감정을 억제하기가 어렵군 ― 당신은 어떻소?

데스데모나 아무 일 없어요.

오셀로 손 좀 만져봅시다. 손이 아주 윤택하구려.

데스데모나 아직 나이도 먹지 않고, 고생을 하지 않았으니까요.

오셀로 이건 사랑이 무르익고 마음이 너그러운 증거요. 뜨겁고 기름기가 도는구려. 이쪽 손은 아예 멋대로 하지 못하게 하고 단식과 기도와 징계를 하고 도를 닦게 해야겠소. 이런 손엔 자칫하면 혈기왕성한 악마가 깃들어서 반란을 일으키거든. 착하고 인정이 많은 손이야.

데스데모나 바른 말씀을 하셨어요. 내 마음을 당신한테 바친 손이니까요.

오셀로 시원시원한 손이오. 예전에는 사랑하는 마음이 있어야 손을 주었건만 요새는 마음 없는 손뿐이야.

데스데모나 모를 말이군요. 그 약속은 어떻게 되셨죠?

오셀로 무슨 약속?

데스데모나 직접 뵙고 말씀드리라고 카시오한테 사람을 보냈어요.

오셀로 눈물이 자꾸 나와서 아파 못 견디겠소. 손수건 좀 주구려.

데스데모나 여기 있어요.

오셀로 아니, 왜 내가 준 게 있지 않소?

데스데모나 지금 안 가지고 있는데요.

오셀로 안 가지고 있다고?

데스데모나 정말 안 가지고 있어요.

오셀로 그게 될 소리요? 그 손수건은 이집트 여자가 어머니께 드린 귀한 물건이오. 그 여자는 마술을 하는 여자기 때문에 남의 마음을 뚫어 볼 수가 있었지. 그 여자가 어머니께 하는 말이 그 손수건을 가지고 있는 동안에는 가지고 있는 사람의 애교가 늘어서 남편의 사랑을 맘대로 차지할 수 있지만, 만일 그걸 잃어버린다든지 다른 사람에게 준다면, 남편은 아내를 싫어하게 되고, 다른 데로 맘을 쓸 거라고 말했소. 어머니는 돌아가실 때 그걸 내게 주시면서 결혼할 때 아내한테 주라고 말씀하셨소. 그래서 당신에게 준 거요. 늘 주의하고, 당신의 그 소중한 눈처럼 위했던 거요. 그걸 잃어버린다든지 남한테 준다면 맞설 수 없는 파멸이 오고 말 거란 말이오.

데스데모나   그게 정말이에요?

오셀로   정말이고말고. 그 수건에는 마력이 깃들어 있소. 태양이 이백 회나 지구를 도는 동안 살아왔다는 마녀가, 신에 통하는 힘을 얻는 순간 그 수건에 수를 놓은 거요. 그 명주를 만들어낸 누에도 신성할뿐더러, 물감도 비법가가 어떤 처녀 미라의 심장에서 빼낸 거요.

데스데모나   그래요? 그게 사실이에요?

오셀로   사실이고말고. 그러니까 주의를 하지 않으면 안 돼.

데스데모나   그럼, 그걸 보지 않았더라면 좋았을걸.

오셀로   그래! 그건 왜?

데스데모나   왜 그렇게 놀라서 물으세요?

오셀로   잃어버렸소? 없어졌어? 어디로 갔는지 모르느냔 말이야.

데스데모나   이를 어쩔까!

오셀로   뭐라고?

데스데모나   아니, 잃어버리진 않았어요. 그렇지만 만일 그렇다면 어떡하죠?

오셀로　　뭐?

데스데모나　잃어버리진 않았어요.

오셀로　　그럼, 가져다 보여주구려.

데스데모나　보여드리고말고요. 하지만 지금은 안 돼요. 아, 알았어
　　　　　　요. 내 청을 안 들어주시려고 말꼬리를 돌리시는 거죠?
　　　　　　그러지 마시고 카시오를 그전대로 해주세요.

오셀로　　손수건을 가지고 와요. 이건 정말 이상한데.

데스데모나　저 좀 보세요. 그만한 사람도 없다니까요.

오셀로　　손수건!

데스데모나　카시오 얘기를 하세요.

오셀로　　손수건 내놔.

데스데모나　처음부터 일생의 운을 당신에게 맡긴 사람이잖아요?
　　　　　　갖은 위험도 같이 겪으셨죠?

오셀로　　손수건!

데스데모나　정말 당신은 너무하세요.

오셀로　　저리 비켜. (퇴장)

에밀리아　장군님께선 의심하시는 것 같군요.

데스데모나　이런 일은 처음이야. 암만해도 그 손수건엔 미묘한 것이
　　　　　　있는 모양이지. 그걸 잃어버렸으니 어떡하면 좋을까.

에밀리아　일이 년 가지고는 남자들의 마음은 모릅니다. 남자는
　　　　　　꼭 위장이나 마찬가지고, 여자는 음식이죠. 배고프면
　　　　　　걸신이 들린 것처럼 우리를 먹고, 배가 부르면 뱉어버

리거든요. 아, 카시오 부관님하고 제 남편이 오는군요.

카시오와 이아고 등장.

이아고 별수 없어. 아씨한테 부탁하는 수밖에. 옳지, 여기 계시
군. 신신부탁해봐요.

데스데모나 카시오 부관님, 별일 없으세요?

카시오 부인, 그 일 때문에 왔습니다. 꼭 좀 힘써주셔서 재생의
길을 열어주십시오. 두고두고 존경하는 장군의 사랑을
받고 싶습니다. 가부간에 빨리 결정해야 되겠습니다.
만일 제 죄가 너무 커서 과거의 공로나 현재의 참회도
소용없고, 앞으로는 충성을 다하겠다고 말씀드려도 저
를 용서해주시지 않는다면, 하여간 그거라도 알려주시
면 감사하겠습니다. 그렇다면 단념하고 다른 길을 생
각해보겠습니다. 운명의 혜택이나 바랄 수밖에 없죠.

데스데모나 어떡하면 좋을까요, 카시오 부관님. 간청해봤지만 장
군께선 기분이 좋지 않으시군요. 보통 때와는 다르셔
요. 기분만큼이나 안색이 변해서 장군인 줄 모를 정도
예요. 정말 맹세코 내 힘껏은 했어요. 너무 주책없이 말
씀드려서 장군께선 불쾌하게 생각하시는군요. 조금만
더 참으세요. 힘 자라는 데까지는 해볼 테니까요. 내 일
보다도 부관님을 위해서 힘쓰겠어요. 그러니 그렇게

아세요.

이아고 장군께서 역정이 나셨습니까?

에밀리아 여기 계시다가 지금 막 들어가셨어요. 어째 이상하시더군요.

이아고 장군이 역정이 나셨다고? 그것 참 이상한데. 난 대포에 맞아 장군의 졸병이 까맣게 하늘로 올라가는 걸 본 일이 있소. 그리고 또 악마가 날뛰는 것처럼 장군의 동생까지도 장군의 바로 옆에서 날려서 없애버렸지. 그런 것에도 꿈쩍 안 하시는데, 역정을 내시다니? 심상치 않은데. 가 뵙고 와야지. 역정 내셨다면 무슨 곡절이 있어.

데스데모나 어서 그렇게 해요. (이아고 퇴장)

필시 베니스에서 무슨 국사에 관한 소식이 왔거나, 이 섬에서 무슨 음모가 발견돼서 그것 때문에 번민하시는지도 모르지. 그럴 땐 으레 아랫사람한테 화풀이를 하게 마련이거든. 그야 더 큰일 때문이겠지만 말이야. 그럴 거야. 손가락 하나가 아프면 그것 때문에 전신이 아파지는 거야. 아니, 남자란 완전무결하다고는 할 수 없어. 신혼 때같이 애지중지해줄 줄만 알았다간 실망하지. 에밀리아, 내가 괜히 이런 소리를 했군. 공연히 샐쭉해서 이러고저러고 장군님을 험구하고. 생각하면 내가 나빠. 장군께서야 무슨 죄가 있어.

에밀리아 아씨 말씀대로 나라에 관한 일이라면 좋겠어요. 아씨

114

한테 당치 않은 의심을 품으신 건 아니겠죠.

데스데모나 이게 무슨 일일까? 의심받을 이유가 있어야 말이지.

에밀리아 의심 많은 사람이 어디 그런 말을 듣습니까? 이유가 있어서 의심하는 게 아니거든요. 의처증이 있기 때문에 의심하는 거죠. 의처증이라는 물건은 스스로 생기는 괴물이에요.

데스데모나 제발 그런 흉측한 것이 장군 마음속에 들어가지 말아야 할 텐데.

에밀리아 그래야 하고말고요.

데스데모나 어디 계실까? 찾아봐야지. 카시오 부관님, 여기서 거닐면서 기다리세요. 기회를 봐서 그 얘길 꼭 꺼내죠. 힘 자라는 데까지 노력해보겠어요.

카시오 감사합니다. (데스데모나, 에밀리아 퇴장)

비앙카 등장.

비앙카 카시오 부관님, 안녕하세요?

카시오 웬일이야, 이런 델 다 오고. 비앙카, 그래, 별고 없어? 그렇지 않아도 지금 찾아가려던 찬데.

비앙카 저는 또 부관님 숙소로 가 뵈려고 했죠. 어쩜 일주일이나 오시질 않아요? 이레 낮 이레 밤, 일백예순여덟 시간, 일각이 여삼추예요. 지치고 또 지치고.

카시오 비앙카, 미안해. 요새 좀 걱정되는 일이 있어서. 쉬 한번 틈을 내서 가리다. 그동안 못 가본 걸 보충하지. 그런데 비앙카! (데스데모나의 손수건을 비앙카에게 주며) 이것대로 모양을 떠주구려.

비앙카 아니, 이건 어디서 난 거죠? 좋은 사람이 생긴 거로군요. 그동안 안 오시더니 다 알았어요. 이렇게까지 된 줄은 몰랐군요. 좋아요, 알았어요.

카시오 모르는 소리 작작해요. 어떤 악마가 그따위로 넘겨짚으라고 했는지 몰라도, 그 악마 얼굴에 되퍼붓구려. 여자한테서 받은 선물인 줄 아는 모양이지? 당치도 않소!

비앙카 그럼 누구 거예요?

카시오 몰라. 내 방에 떨어져 있었어. 수놓은 게 여간 맘에 들지 않는데, 주인이 가지러 오기 전에 — 꼭 가지러 올 거야 — 요대로 본을 떠두고 싶소. 가지고 가서 떠줘요. 다시 만납시다.

비앙카 가라고요! 왜요?

카시오 여기서 장군을 만나기로 했어. 여자하고 있는 걸 보이면 재미없소. 신용 문제니까.

비앙카 그건 왜요?

카시오 당신이 싫어서 그러는 게 아냐.

비앙카 당신은 날 싫어하시죠! 그러지 말고 저기까지 데려다주세요. 그리고 오늘 밤 찾아와주시겠다고 해주세요.

카시오 같이 갔댔자, 몇 발자국 움직이지 못할 텐데. 여기서 일

　　　이 있다니까. 쉬 또 만납시다.

비앙카 그만둬요. 그럼, 할 수 없는 일이죠.

　　　두 사람 퇴장.

4막

1장 키프로스 성 앞

오셀로, 이아고 등장.

이아고 그렇게 생각하십니까?

오셀로 그렇게 생각하느냐고!

이아고 남모르게 키스를 했다면 말입니다.

오셀로 용서할 수 없는 키스지.

이아고 옷을 벗고 한 시간이나 동침한 이상, 설사 나쁜 짓은 전혀 하지 않았다고 해도 말입니까?

오셀로 아니, 옷을 벗고 동침했는데, 나쁜 짓을 안 해? 그건 악마까지도 속이려는 위선이야. 그런 짓을 하는 인간들은 제아무리 그 뜻이 옳다고 해도 악마의 유혹을 받지. 천벌을 받아.

이아고 아무 일도 없었다면 그다지 큰 죄가 될 게 없지 않습니까? 하지만 제가 아내한테 손수건을 준다면…….

오셀로 그래서?

이아고 줘버린 다음엔 아내 것이죠. 아내의 물건인 이상 누굴 주거나 자유가 아니겠습니까?

오셀로 정조는 아내 것이지. 그것도 남에게 줘도 괜찮단 말인가?

이아고 정조야 어디 눈에 보입니까? 안 가지고도 가진 사람이 있습니다. 하지만 손수건은…….

오셀로 아, 그건 잊어버리고 싶었어. 오라, 생각나는군……. 그일이 마치 전염병 걸린 집 지붕 위에 까마귀처럼 불현듯이 치밀어 오르는군……. 그놈이 내 손수건을 가졌다고 했지?

이아고 그랬죠. 그게 어떻게 됐습니까?

오셀로 말끝을 흐리지 마.

이아고 그따위 짓을 하고 있는 것을 봤다고 말씀드렸다고 해서 나쁠 거야 없지 않습니까? 그 작자가 이러고저러고 하는 말을 들었다고 하더라도 말씀이에요. 그런 녀석은 얼마든지 있습니다. 추근추근하게 설복을 시켰든지,

혹은 여자 쪽에서 반해가지고 사족을 못 썼든지 간에, 일단 수중에 넣은 이상, 남자란 다 털어놓고 얘기를 하니까요.

오셀로 그 녀석이 뭐라고 그러던가?

이아고 몇 마디 하더군요. 그렇지만 막상 다짐을 받으면 그런 일 없다고 잡아뗄 겁니다.

오셀로 뭐라고 그랬어?

이아고 저, 이러더군요 ─ 뭐라든가.

오셀로 뭐야? 뭐라고 했어?

이아고 잤다고요.

오셀로 내 아내하고?

이아고 네, 부인하고 같이.

오셀로 그놈을 태웠다고! 태웠다는 건 속였다는 말도 되지. 같이 잤다고! 에잇! 더러워. 손수건 ─ 자백 ─ 손수건! 자백시키고 그 수고 값으로 교살시켜야지. 아니, 교살하고 자백하도록 해야 돼. 아, 온몸이 떨리는군. 이렇게 격렬한 감정이 인간의 마음을 파헤칠 때는 반드시 곡절이 있어. 이렇게 내 가슴을 뒤흔들어놓는 건 웬만한 말 때문은 아냐. 에잇, 코와 코, 귀와 귀, 입술과 입술 ─ 안 될 소리 ─ 자백, 손수건 ─ 아, 미치겠군! (실신해서 쓰러진다.)

이아고 백발백중이다. 내 약의 효력이 발생했어. 이런 어리숙

120

아, 온몸이 떨리는군.

이렇게 격렬한 감정이 인간의 마음을 파헤칠 때는 반드시 곡절이 있어.

이렇게 내 가슴을 뒤흔들어놓는 건 웬만한 말 때문은 아냐.

에잇, 코와 코, 귀와 귀, 입술과 입술 — 안 될 소리 —

자백, 손수건 — 아, 미치겠군!

- 4막 1장

한 녀석쯤 얽어 넣는 건 문제없다. 그 덕택에 얌전하디 얌전한 수많은 여자가 억울한 꼴을 당하는 거지. 장군님, 웬일이십니까? 오셀로 장군님. (카시오 등장) 카시오 부관님이군요.

카시오 웬일인가?

이아고 장군께서 간질병이 나셨어요. 이게 두 번째예요. 어제도 한 번 발작이 일어났습니다.

카시오 관자놀이를 비벼드리게.

이아고 아니, 비비면 안 돼요. 이렇게 혼수상태에 빠지는 병은 가만히 놔둬야지, 건드리기만 하면 입으로 거품을 뿜고 지랄지랄하거든요. 아, 움직이시는데요. 저쪽으로 좀 가 계시지요. 금방 나으실 테죠. 장군님께서 가신 뒤에 꼭 할 얘기가 있습니다. (카시오 퇴장) 장군님, 좀 어떠십니까? 머리를 다치지 않으셨습니까?

오셀로 나를 놀리느냐?

이아고 놀리다니요! 원 그런 말씀을. 대장부답게 모든 운명을 참으십시오.

오셀로 뿔이 나면 그런 남자는 괴물이야. 짐승이지*.

이아고 그렇게 말씀하신다면 번화한 도시에는 수많은 짐승들과 군자연하는 괴물들이 많습니다.

---

* 부정한 아내를 가진 남자의 머리에는 뿔이 난다고 한다.

오셀로 그럼, 그 녀석이 그렇게 말하던가?

이아고 대범하게 생각하십시오. 멍에를 메고 있는 수염 난 남자들*은 너 나 할 것 없이 마차를 끌고 있답니다. 이건 내 것이라고 말은 해도 사실은 공동 침대에서 매일 밤 자고 있는 자들이 몇백만 명이나 있습니다. 장군님은 그만하면 나은 편이죠. 마음 턱 놓고 이불 속에서 음탕한 여자의 입을 맞추고 그걸 천사나 되는 것처럼 생각하는 건 그야말로 지옥의 저주죠. 악마의 그악스런 조롱입니다. 저 같으면 알고 싶은데요. 알면 아는 대로 방법이 있으니까요.

오셀로 옳은 말일세. 그렇고말고.

이아고 잠깐 저쪽으로 가서서 참고 기다리십시오. 아깐 너무도 상심이 되셔서 장군답지 못한 번민을 하셨죠. 그런데 기절하시자마자 카시오가 왔습니다. 그래서 제가 적당히 어루만지고 할 말이 있으니 나중에 오라고 했습죠. 온다고 그랬습니다. 여기 어디 숨으셔서 그 녀석의 얼굴 표정에 나타나는 냉소라든지, 조롱이라든지, 경멸을 주의해 보십시오. 제가 그 사건을 처음부터 다시 물을 테니까요. 어디서 어떻게 어느 정도로 언제부터 부인을 만났는지, 또 언제 만나기로 했는지를 묻죠. 아

---

* 결혼한 남자들을 가리킨다.

시겠어요? 그 녀석의 일거일동을 잘 보십시오. 꾹 참으셔야 됩니다. 그러지 못하신다면 대장부답지 못하고, 분노 때문에 마음을 빼앗긴 분이라고 할 수밖에 없습니다.

오셀로 걱정 말게. 꾹 참고 있지. 하지만 이아고, 얼마든지 잔인한 짓도 할 수 있어.

이아고 좋습니다. 그러나 너무 서두르지 마십시오. 어서 비키세요. (오셀로 숨는다.) 됐어, 카시오 녀석한테 비앙카 얘길 물어야지. 정욕을 팔아서 먹고 입는 계집, 그 녀석한테 죽자 사자라. 많은 사람을 속이고 결국은 한 사람한테 속는 것이 그런 년의 말로지. 그런 얘기를 물으면 카시오란 녀석, 허리를 잡고 웃을걸. 왔다, 왔어. (카시오 다시 등장) 저 녀석이 웃으면 오셀로는 미친놈같이 될걸. 질투에 눈깔이 벌겋게 탄 녀석이니까. 카시오의 웃음이나 몸짓이나 유쾌한 모양이 전부 의심거리가 될 거란 말야. 부관님, 어떻게 됐습니까?

카시오 부관이라고 부르면 마음이 괴롭네. 그 이름일랑 잊어버려, 죽을 지경이니까.

이아고 데스데모나 아씨한테 부탁하면 문제없습니다. (낮은 목소리로) 비앙카의 힘으로 될 수 있는 일이라면 금방이라도 성공할 수 있는 일이 아닙니까?

카시오 그런 천한 계집이 뭘.

오셀로 응, 벌써 웃고 있군.

이아고 그렇게 죽자 사자 하는 여자는 처음 보겠던데요.

카시오 가엾은 계집이지. 정말 나한테 반한 모양이야.

오셀로 웃음으로 슬쩍 넘겨버리는군.

이아고 이거 보세요, 카시오 선생.

오셀로 이제, 그 얘길 꺼낼 모양이로군. 됐어, 됐어.

이아고 그 여자하고 결혼하신다던데 그게 정말입니까?

카시오 하, 하, 하. 별꼴 다 보겠군.

오셀로 승리의 웃음이냐? 못된 놈! 의기양양한 모양이지.

카시오 그것하고 결혼을 해? 갈보 년하고? 설마 내가 그런 바보 줄 아나? 얕잡아보지 말게. 하, 하, 하.

오셀로 저것 좀 봐, 그 얘길 하고 웃는군.

이아고 하지만 모두 당신이 그 여자와 결혼한다고들 하던데요.

카시오 제발, 사람 생으로 잡지 말게.

이아고 그럼, 날 악한으로 생각하시우?

오셀로 날 모욕하는구나. 옳지.

카시오 그건 고 원숭이가 제멋대로 하고 다니는 소릴세. 내가 약속한 게 아니야. 떡 줄 놈은 생각도 안 하는데 김칫국부터 마시는 셈이지.

오셀로 이아고가 눈짓을 하는군. 이제 그 얘기를 꺼낼 모양이지.

카시오 지금도 여기 왔었네. 어디를 가든지 줄줄 쫓아다니거든. 요전에도 베니스 사람하고 바닷가 둑에서 얘기를 하고 있으려니까 거기 그 못난 것이 쫓아와서 글쎄, 목을 이렇게 끌어안질 않겠나, 정말일세.

오셀로 "아, 카시오 씨"라고 한 것 같은 몸짓을 하고 있군.

카시오 매달리지를 않겠나, 기대지를 않겠나, 운다, 잡아당긴다, 끈다! 하, 하, 하!

오셀로 방으로 끌고 들어갔을 때 얘기로군. 네놈의 코를 개한테 던져주고 싶다만 개가 없구나.

카시오 그만 그것하고는 손을 끊어야 되겠네.

이아고 정말요? 저기 옵니다.

카시오 저놈의 팽이가 또 냄새를 피우러 왔군. 코를 찌르거든. (비앙카 등장) 어쩌자고 이렇게 쫓아다니는 거야?

비앙카 당신 같은 사람은 악마 모자한테 쫓겨다니는 게 낫죠. 아까 그 손수건은 어떡하란 말이에요? 내가 참 바보야. 그걸 받아가지고 갔으니. 날보고 수놓은 걸 뜨라고요? 누구 건지 모른다고요? 살짝 당신 방 안에 떨어져 있었다고요? 어떤 홀랑개비가 선사한 걸 테지. 아니, 그래 이 모양을 고대로 뜨라고요? 당신 고거한테 주면 좋지 않아요? 어디서 손에 넣었건 간에 난 그런 건 할 수 없어요.

카시오 왜 그래, 비앙카, 허, 허, 이거 글쎄 왜 그래?

오셀로 옳지, 저건 내 손수건일 테지.

비앙카 오늘 밤에 오실 수 있으면 오셔서 저녁 잡수세요. 그게

126

싫으시면 내가 오셔도 괜찮다고 할 때나 오시죠. (퇴장)

이아고 쫓아가봐요, 어서.

카시오 그래야겠네. 장안에 외치고 다니면 큰일이야.

이아고 거기서 저녁 자시려우?

카시오 그럴 생각일세.

이아고 그럼 다시 만납시다. 긴히 할 얘기가 있으니까요.

카시오 찾아오시게.

이아고 어서 가요. 아무 말 말고. (카시오 퇴장)

오셀로 (앞으로 나오며) 이아고, 저놈을 어떻게 죽이면 좋겠나?

이아고 악마같이 웃어대는 걸 보셨죠?

오셀로 보다뿐인가!

이아고 손수건도 보셨죠?

오셀로 내 손수건이었던가?

이아고 틀림없습니다. 그리고 부인을 바보 취급하는 것도 보셨죠. 부인께서 주신 것을 그 갈보 년한테 준 거랍니다.

오셀로 아홉 해 동안 두고두고 곯려 죽이고 싶네. 아, 그런 훌륭한 여자를! 예쁘고 상냥한 여자지!

이아고 다 잊어버리셔야 합니다.

오셀로 아니, 그년은 썩어 문드러져야 해. 오늘 밤 새로 지옥으로 떨어져야지. 살려둘 수 없어. 내 맘은 돌같이 차가워졌네. 때리면 이 손에 상처가 날 테지. 이 세상에 그렇게 귀여운 게 어디 있을까! 황제 옆에 누워서 이래라저래라 명령을 할 수 있는 여자야.

이아고 장군답지 못하십니다.

오셀로 천하에 죽일 년! 난 사실대로 말하는 거야. 바느질이건, 음악이건, 좀 잘하나. 성난 곰도 고개를 숙일 만큼 이쁜 소리로 노래를 부르거든. 고상하고 풍부한 지혜와 창조력이 있고.

이아고 그러니까 더욱 나쁘죠.

오셀로 천만 배 나쁘지. 그런 데다 얼마나 얌전하다고.

이아고 지나치게 얌전합죠.

오셀로 옳으이. 옳아! 하지만, 얼마나 아까우냔 말이야. 유감천만이야. 안 그런가, 이아고?

이아고 그렇게 못 잊으시면 행실이 부정해도 괜찮은 걸로 생각하시면 되지 않아요? 장군님만 상관하시지 않는다면 아무에게도 관계없는 일이니까요.

오셀로 그년을 갈기갈기 찢어버려야지. 간통을 하다니.

이아고 정말 더러운 일이고말고요.

오셀로 더군다나 내 부하 녀석하고.

이아고 더욱더 나쁘죠.

오셀로 이아고, 오늘 밤 안으로 독약을 구해주게. 이러고저러고 캐물을 생각도 없네. 그 매끈한 몸과 얼굴이 내 결심을 흐려놓으면 안 될 테니까. 알겠나? 오늘 밤이야.

이아고 독약은 그만두시죠. 이불 속에서 목을 조르십쇼. 못된 짓을 해온 그 이불 속에서 말씀이에요.

오셀로 그게 좋겠군. 죗값이니까. 됐어.

이아고 그리고 카시오는 제가 맡죠. 자정까진 좋은 소식 알려
드리죠.

오셀로 그럼, 다 됐네그려. (뒤에서 나팔 소리) 저건 무슨 나팔 소
리야?

이아고 베니스에서 누가 온 게죠. 아, 공작한테서 로도비코 씨
가 오셨습니다. 부인께서도 같이 나오시는데요.

로도비코, 데스데모나, 수행원들 등장.

로도비코 장군, 안녕하십니까?

오셀로 덕택에 잘 있습니다.

로도비코 베니스 정부 공작 각하와 원로원 의원들께서 전하는 거
요. (편지를 준다.)

오셀로 편지는 감사하게 받겠습니다. (편지를 뜯어 읽는다.)

데스데모나 로도비코 오라버니, 별다른 소식이라도 있어요?

이아고 여기서 뵙게 되니 반갑습니다. 키프로스까지 잘 오셨
습니다.

로도비코 고맙네. 카시오 부관도 무고하신가.

이아고 별고 없습니다.

데스데모나 장군하고 부관 사이가 나빠졌어요. 오라버니께서 잘

말씀하시면 해결될 거예요.

오셀로 자신이 있소?

데스데모나 네?

오셀로 (편지를 읽는다.) "이 일은 어김없이 이행하시기 바라며 ……."

로도비코 부르신 게 아냐. 편지를 읽고 계셔. 장군하고 카시오 사이가 벌어졌단 말이지?

데스데모나 정말 재미없게 됐어요. 전대로 되도록 애는 쓰지만 카시오 부관이 가엾어요.

오셀로 에잇, 더러운 것!

데스데모나 네?

오셀로 그래도 좋아?

데스데모나 아니, 역정이 나셨나 봐.

로도비코 편지 때문일 거야. 카시오를 대리로 있게 하고 돌아오라는 명령인가 보던데.

데스데모나 아이, 잘됐군요.

오셀로 그래!

데스데모나 네?

오셀로 사뭇 미쳤군.

데스데모나 왜요?

오셀로 (아내를 때리며) 악마 같은 것.

데스데모나 제가 뭘 잘못했기에.

로도비코	장군, 이건 너무하시오. 내가 이런 걸 보고해도, 베니스에서는 믿을 사람이 하나도 없을 거요. 어서 위로를 해 드리시오. 울고 있지 않소!
오셀로	아, 악마 같은 계집 같으니. 이 우주가 계집의 눈물로 가득 찬다면, 저것이 흘리는 눈물 방울은 방울마다 거짓 눈물일 테지. 사라져!
데스데모나	그렇게 화가 나신다면 가죠. (가기 시작한다.)
로도비코	얼마나 온순한 부인이오! 장군, 돌아오도록 하시오.
오셀로	이거 봐.
데스데모나	네?
오셀로	뭐 할 말이 있으시오?
로도비코	누구요, 나 말이오?
오셀로	그렇소이다. 당신이 부르라고 하셨기에 말이오. 돌기 잘하는 여자죠. 몇 번이고 돌죠. 울기도 잘하고 온종일이라도 웁니다. 거기다 또 누구한테나 양순하죠. 당신 말대로 온순하오. 이루 말할 수 없죠. 실컷 눈물을 흘려. 이 편지는— 간사하게 어디서 그런 눈물이 나와— 일단 돌아오라는 명령이군요. 들어가요. 이따가 부를 테니. 명령대로 베니스로 돌아가겠소이다. 가라니까그래. (데스데모나 퇴장) 카시오에게 대리를 보라고 하죠. 그리고 오늘 밤엔 저녁이라도 같이하시지. 키프로스까지 먼 길을 오시느라고— 에이, 음탕한 년! (퇴장)

로도비코 아니, 저 사람이 바로 원로원에서 원만한 인격자라고 떠받드는 무어 장군이야? 격정 때문에 제정신을 잃은 일이 없다더니. 빗발치는 재앙의 총알도, 난데없이 날아드는 환락의 화살도 그를 해칠 수는 없다는, 바로 그 덕망이 높다는 사람이냔 말이야?

이아고 많이 변하셨답니다.

로도비코 제정신일까? 좀 이상하지 않소?

이아고 보신 대로죠. 저로서는 뭐라고 말씀드릴 수 없습니다. 만일 이러이러하셔야 될 텐데 그렇지 않으시다면 — 제발 그러셨으면 합니다만.

로도비코 부인을 때리다니!

이아고 나쁘고말고요. 그것만으로 끝났으면 좋겠습니다만.

로도비코 늘 그러신가? 그 편지를 보고 화가 나서 갑자기 그런 짓을 했을까?

이아고 제가 보고 들은 것을 제 입으로는 말씀드릴 수 없습니다. 주의해 보시면 제가 말씀드리지 않아도 장군의 거동만으로 아실 겁니다. 뒤를 밟으셔서 어떡하시는지 잘 보십쇼.

로도비코 내가 그만 사람을 잘못 봤어.

그들 퇴장.

2장 성안의 방

오셀로, 에밀리아 등장.

오셀로 그럼 아무것도 못 봤단 말이지?

에밀리아 들은 일도 없고 이상하게 생각한 일도 없습니다.

오셀로 카시오하고 아씨하고 같이 있는 걸 봤을 텐데.

에밀리아 그렇지만, 아무 일도 없었습니다. 두 분 말씀하시는 건 다 들었어요.

오셀로 귀에다 수군대지 않았어?

에밀리아 아뇨.

오셀로 에밀리아보고 자리를 비키라고도 안 하고?

에밀리아 그런 일 없습니다.

오셀로 부채를 가져오라든지 장갑이나 마스크, 또 뭐 다른 걸 가져오라고 하지 않았어?

에밀리아 없습니다.

오셀로 그건 이상한데.

에밀리아 아씨께서 단정하시다는 건 제 목숨을 걸고 보증하겠습니다. 그렇지 않다고 생각하신다면 그 생각은 버리십시오. 그건 억측입니다. 어떤 나쁜 인간이 장군님 머릿속에 그런 걸 넣어드렸다면, 그따위 인간은 독사의 저주로 천벌을 받아야 할 겁니다. 아씨가 정숙하고 결백

하시지 않다면 세상에 행복한 남자는 한 사람도 없을
겁니다. 아씨같이 제일가는 여자가 그런 억울한 꼴을
당하게 되는걸요, 뭘.

오셀로 오시라고 해요, 어서. (에밀리아 퇴장)
그럴싸한 소리야. 하지만 그 정도 말은 뚜쟁이라면 넉
넉히 할 수 있지. 저런 건 눈치가 빨라서 모든 불의와 비
밀의 자물쇠도 되고 열쇠도 되는 계집이야. 그런 게 제
법 무릎을 꿇고 기도를 드리거든. 그런 걸 본 일이 있으
니까.

데스데모나, 에밀리아 등장.

데스데모나 부르셨어요?

오셀로 이리 좀 와요.

데스데모나 무슨 일이세요?

오셀로 어디 눈 좀 봅시다. 날 쳐다봐요.

데스데모나 새삼스럽게 무슨 짓이에요?

오셀로 (에밀리아에게) 늘 하던 대로 하란 말이야. 우리 두 사람
만 남겨놓고 문을 닫아요. 누가 오거든 기침을 하든지
"으흠" 하고 소리를 내든지 해요. 그거 알지? 아까 한 얘
기. 어서 가요. (에밀리아 퇴장)

데스데모나 정말 무슨 말씀이세요? 말씀을 듣고 역정을 내신 건 알

겠는데, 그 이유는 모르겠군요.

오셀로 대체 당신은 뭐요?

데스데모나 당신 아냅니다. 충실한 당신의 아내죠.

오셀로 그렇게 맹세하고 지옥으로나 떨어져. 그 얼굴이 마치 천사와 같아서, 악마들도 무서워 너를 잡지 못할지도 모르니까. 두 번 지옥엘 가야 싸지. 어떤 입으로 깨끗하다는 말이 나와?

데스데모나 하늘이 아시죠.

오셀로 네가 부정한 짓을 했다는 건 하늘이 잘 알고말고.

데스데모나 누구한테? 누구하고? 내가 무슨 짓을 했다고 그러세요?

오셀로 아, 데스데모나, 가버려요. 어서 없어져.

데스데모나 이게 웬일일까! 왜 우세요? 나 때문에 우세요? 이번 소환장을 아버지가 내신 줄 생각하신다면, 그걸로는 날 책망하지 마세요. 당신이 아버지하고 손을 끊으셨다면 나 역시 아버지하고 끊었잖아요.

오셀로 만일 하늘이 고통으로 나를 시험해보고 싶으셨다면, 그리고 온갖 괴로움과 치욕을 이 머리 위에 퍼붓고 가난 속에 입술까지 몸을 잠그고, 내 몸과 내 최대의 희망도 사로잡았다면, 내 마음 한구석에 한 방울의 인내라도 남아 있으련만. 아, 비참하고나! 영원히 남의 조롱거리가 되고, 손가락질을 받는 처참한 몸이 되다니. 하지만 그 정도라면 참을 수도 있는 것. 참고말고. 그러나 내 심장을 간직해두는 곳, 살고 못 살고를 결정짓는 곳, 이 생명의 흐름이 계속되고 마르는 것이 오직 하나에 달린 그 샘에서 추방을 당하다니! 그 샘을 저 더러운 두꺼비의 연못으로 만들어 알을 까는 웅덩이를 만들다니! 아, 인내여! 너도 얼굴색을 바꾸려무나. 너, 앳되고 장미 같은 입술을 한 천사여, 이렇게 된 이상엔 차라리 흉악한 얼굴이 돼버려라.

데스데모나 설마 내 정조를 의심하시는 건 아니겠죠?

오셀로 여름날 푸줏간에서 알을 까면서도 흘레를 하는 파리 떼처럼 단정하지. 에이, 독초 같은 것, 빛깔도 냄새도 아름답지. 이 눈과 코가 아플 지경이다. 차라리 이 세상에 태어나지 않았더라면 좋았어.

데스데모나 나도 모르는 죄가 어디 있어요?

오셀로 이 깨끗한 종이는, 이 훌륭한 책은, '밀매음'이라고 쓰기 위해 만들어진 것이냐? 무슨 짓을 했냐고? 천하에 갈보년 같으니. 네 행동을 입 밖에 내놓을 마련이면 내 뺨을 다시 뚜드려 만들고 부끄러움도 태워버리겠다. 무슨 일을 했냐고? 하늘도 코를 쥐고 달도 눈을 가리고, 뭣이고 만나는 대로 핥아버리는 바람까지도 굴 속으로 숨어서 듣지 않으려고 할 거야. 무슨 일을 했냐고? 뻔뻔스런 밀매음 같으니.

데스데모나 그런 억울한 말씀이 어디 있어요?

오셀로　그럼 밀매음이 아니야?

데스데모나　난 기독교인이에요. 남편을 위해서 행여 이 몸에 더러운 손이 닿을까 더럽힐까 맘을 쓰는 것이 밀매음이 아니라면, 나도 그런 여자는 아니에요.

오셀로　아니, 갈보가 아니야?

데스데모나　아뇨, 난 구원을 받을 몸이니까요.

에밀리아 다시 등장.

오셀로　정말?

데스데모나　이를 어쩌면 좋을까.

오셀로　그럼 안됐소. 난 당신을 오셀로와 결혼한 여우 같은 베니스의 창부인 줄만 알고 있었어. (말소리를 높여) 여봐! 성(聖) 베드로의 반대편 일을 하고 있는 아낙네, 여봐, 지옥의 문지기. 이거 봐, 맞았어. 우리 일은 끝났어. 수고비를 주지. 문이나 잠그고 입 다물고 있으란 말이야. (퇴장)

에밀리아　무슨 생각을 하고 저러실까요? 어떻게 되셨어요? 아씨 웬일이세요?

데스데모나　꿈인지 생신지 모르겠어.

에밀리아　왜 그러세요?

데스데모나　누구 말이야?

에밀리아 장군님 말씀이에요.

데스데모나 장군이라니?

에밀리아 아씨 바깥어른 말씀이에요.

데스데모나 나한테는 서방님도 없어. 아무 말도 마. 울음도 안 나오고, 대답도 할 수 없군. 그저 눈물밖에 나오는 게 없어. 저, 오늘 저녁엔 결혼 때 깔던 시트를 씌워줘요. 알았지? 그리고 이아고 좀 오라고 해.

에밀리아 도무지 영문을 모르겠어. (퇴장)

데스데모나 이렇게 되는 것도 당연한 일이야. 당연하고말고. 내가 무슨 짓을 했길래 손톱만 한 일까지도 결이 나가지고 야단이실까.

에밀리아, 이아고를 데리고 등장.

이아고 부르셨습니까? 무슨 일이 있었습니까?

데스데모나 난 말할 수 없어. 어린애를 가르치려면 손쉬운 온건한 일부터 시작해야지. 나무라는 것도 그래야 되지 않아? 난 야단맞는 어린애 같으니까.

이아고 그런데 무슨 일이십니까?

에밀리아 장군께선 아씨한테 차마 입에 못 담을 말씀을 하셨어요. 아씨 같은 분이 어떻게 그런 더러운 소리를 들으세요, 글쎄.

이렇게 되는 것도 당연한 일이야. 당연하고말고.

내가 무슨 짓을 했길래 손톱만 한 일까지도 결이 나가지고 야단이실까.

− 4막 2장

데스데모나 내가 그런 여자 같아 보여?

이아고 어떤 여자 말입니까?

데스데모나 지금 에밀리아 말대로 장군이 말씀하셨다는 그런 여자 말이오.

에밀리아 밀매음이라고 그러셨어요. 술 취한 거지라도, 그런 지독한 말은 그냥 데리고 사는 여편네한테도 못해요.

이아고 왜 그런 말씀을 하셨을까요?

데스데모나 몰라, 하여간 난 그런 여자가 아니니까.

이아고 울지 마십시오. 진정하세요. 이런 변이 있나!

에밀리아 문벌이 뜨르르한 댁에서 혼담이 그렇게 와도 연락부절이더니, 아버님도, 나라도, 동무도 다 버리신 게 겨우 밀매음 소리를 들으시기 위한 거란 말이에요? 그렇게 생각하면 왜 울음이 안 나오겠어요?

데스데모나 내 팔자가 기구해 그렇지.

이아고 장군께서도 망령이시지. 어떻게 그럴 생각이 나셨을까요?

데스데모나 글쎄, 하느님께선 아시겠지.

에밀리아 제 생각이 틀렸다면 목을 매 죽여도 좋아요. 이건 틀림없이 심통 맞은 악한이 교묘한 수단을 써서 비위를 맞추고, 자리를 탐내서 꾸민 수단일 거예요. 틀림없어요.

이아고 못난 소리 그만둬. 그런 놈이 어디 있어. 당할 소린가.

데스데모나 만일 그런 사람이 있다면 하늘이여, 용서하소서.

140

에밀리아 목매는 밧줄이여, 그런 인간을 용서해주십시오란 말이 죠? 그따위 녀석의 뼈다귀는 지옥귀신이 질겅질겅 씹 어놓는 게 좋아. 갈보라니, 될 소리야. 누구하고, 어디 서, 언제, 어떻게, 무슨 증거가 있어요? 필시 장군께선 속으신 거야. 어떤 불한당한테, 천하에 악독하고 가증 스러운 녀석한테 속으신 거야. 하느님, 제발 그런 녀석 을 이 자리에 보여주십시오. 그리고 착한 사람들 손에 매를 들게 하고, 그 악한들을 벌거벗기어 짓이겨서 온 통 이 세상을 끌고 다니게 해주십시오. 동쪽 끝에서 서 쪽 끝까지.

이아고 큰 소리 내지 마.

에밀리아 밉살스런 녀석들! 당신을 들쑤셔가지고, 나하고 장군 사이가 이상하다고 생각하게 만든 것도, 틀림없이 그 런 녀석들일 거예요.

이아고 그 천치 같은 소리 좀 작작해.

데스데모나 나 좀 봐요, 이아고. 어떡하면 장군의 기분을 고쳐드릴 수 있을까? 지금 좀 장군한테 갔다 와요. 난 정말 뭣 때 문에 그러시는지 모르겠어. 이렇게 무릎을 꿇고 ─ 만 일 내가 남편을 배반하고 나쁜 짓을 한다면, 또 마음으 로나 행동으로나 눈, 귀, 어느 감각으로든지 제 남편 이 외의 사람을 사랑하는 일이 있다면, 또는 지금 이 자리 에서 혹은 과거에, 혹은 앞으로 ─ 설사 남편이 저를 거지같이 취급하고 버리는 한이 있어도— 꿈에라도 남편을 사랑하지 않는 일이 있다면 모든 즐거움을 이 몸에서 모조리 뺏어주십시오. 이렇게 억울하게 당하는 건 괴로워. 이러다간 죽을지도 모르지. 그렇지만 내 일편단심은 변할 수 없어. '밀매음'이란 소리가 어떻게 나올까. 입에 담기도 더러운 말. 온 세계 영광을 독차지한다고 해도 그런 더러운 이름이 붙는 일을 어떻게 하느냔 말야.

이아고 진정하십쇼. 장군께선 한때 기분이실 겁니다. 아마 나랏일로 기분이 좋지 못하셔서 부인께 화풀이를 하시는 거겠지요.

데스데모나 그렇다면 얼마나 좋겠어.

이아고 그러신 것뿐입니다. 걱정 마세요. (뒤에서 나팔 소리) 저녁 잡수실 시간입니다. 베니스에서 온 손님들이 들어오시기를 기다리고 있습니다. 어서 들어가십쇼. 울지 마시고. 이제 다 좋아집니다. (데스데모나와 에밀리아 퇴장. 로데리고 등장) 로데리고, 웬일이야?

로데리고 아니, 자넨 날 골리는 셈인가?

이아고 그건 또 무슨 말씀이슈?

로데리고 자넨 하루 종일 요리조리 발라맞추고 내 소원을 들어주기는커녕 도리어 안 되게 하고 있는 게 아닌가? 이제 나도 이 이상 참을 수 없네. 내가 못났어. 여태까지 바보같이 따라다녔지만, 그것도 마지막이야.

이아고 　이거 봐요, 내 말 좀 들어봐요.

로데리고 　귀청이 뚫어지도록 들었네. 자네는 언행이 일치하지
　　　　　않아.

이아고 　그건 너무하신데요.

로데리고 　사실이 그런 걸 어쩌나? 난 인제 털터리가 됐어. 데스데
　　　　　모나한테 전한다고 자네가 가지고 간 보석만 가지고도
　　　　　도 닦는 여승이라도 수중에 넣을 수 있을 게 아닌가? 데
　　　　　스데모나가 그걸 받고 금방 만나자고 했다더니, 대체
　　　　　몇 해 후에나 만나게 되누?

이아고 　정히 그러시다면 좋아요, 글쎄.

로데리고 　글쎄로는 일이 끝나지 않을걸. 좋아요는 다 뭔가. 정말
　　　　　가증스럽단 말야. 자넨, 날 우려먹었어.

이아고 　맘대로 하세요, 좋아요.

로데리고 　좋을 거 없어. 난 이대로 데스데모나를 만나서 얘기할
　　　　　테니까. 보석을 돌려준다면 난 이까짓 떳떳치 못한 사
　　　　　랑을 청산할 작정이지만, 그 보석이 안 돌아온다면 자
　　　　　네가 물어내야 해.

이아고 　알아듣겠습니다.

로데리고 　꼭 그리하겠다는 걸세.

이아고 　암, 그래야만 대장부죠. 참, 선생이 달리 보입니다. 생각
　　　　　을 고쳐야겠군요. 로데리고 씨, 악수합시다. 당신이 날
　　　　　원망하는 것도 무리가 아냐. 하지만 이 일만큼은 하노

라고 했으니까요.

로데리고 뭐 흔적이 나타났어야 말이지.

이아고 하긴 그랬을 겁니다. 그러니까 선생이 의심하시는 것도 일리가 있어요. 그렇지만 만일 저 뭣이 있다면 말이에요, 전과는 달라서 지금은 있으실 텐데, 그 저 결심 말이에요. 용기 말씀이죠. 그 용기가 있다면 그걸 오늘 밤 나한테 보여주시는 게 어떨까요? 만일 내일 저녁 데스데모나가 선생 손에 안 들어간다면 배반한 죄로, 날 이 세상에서 몰아내고, 무슨 방법을 강구해서라도 이 목숨을 없애버려도 좋아요.

로데리고 그래, 대체 뭐야? 할 수 있는 일이냔 말이야?

이아고 베니스에서 사절이 왔는데 말이죠, 카시오가 오셀로의 대리를 보게 됐어요.

로데리고 정말인가? 그럼 오셀로하고 데스데모나는 베니스로 돌아가겠군.

이아고 무어는 모레타니아로 가거든요. 뭐 특별히 여기에 있어야 될 이유가 없는 한, 천하일색 데스데모나도 같이 간답니다. 이쯤 됐으니 못 가게 하기 위해서는 카시오를 없애버리면 되거든요.

로데리고 없애버리다니?

이아고 오셀로의 자리에 못 앉게 한단 말이오. 골통을 한 대 갈겨서요.

로데리고   그래, 그걸 날보고 하란 말인가?

이아고   그렇죠. 자신을 위해서 이로운 일을 감행할 용기가 있다면 말이에요. 그 녀석은 오늘 밤 창녀 집에서 저녁을 먹어요. 나도 그리 가리다. 놈은 아직도 호박이 넝쿨째 굴러떨어진 것도 모르고 있거든. 만일 거기서 돌아오는 걸 지키고 있으면 말이오, 내가 자정에서 한 시 사이로 하도록 꾸밀 테니까 말이오. 그거야말로 독 안에 든 쥐지. 나도 가까이 있다가 거들죠. 둘이서 쥐 잡듯 합시다. 어리둥절해 있지 말고, 같이 해요. 그 녀석을 죽이지 않으면 안 될 이유를 알아들을 만큼 더 얘기해드리지. 저녁 먹을 시간이 됐는걸. 어두워지는데. 자, 어서.

로데리고   얘기를 구체적으로 들어야겠네.

이아고   시원하게 얘기해드리지.

그들 퇴장.

3장   성안의 다른 방

오셀로, 로도비코, 데스데모나, 에밀리아, 수행원들 등장.

로도비코   이제, 그만 들어가시죠.

오셀로 괜찮습니다. 난 걷는 게 좋아서요.

로도비코 장군 부인도 그만 쉬시지. 폐를 많이 끼쳤군.

데스데모나 이렇게 와주셔서.

오셀로 먼저 가시죠. 참, 여보…….

데스데모나 네?

오셀로 당신은 일찌감치 자요. 금방 돌아올 테니. 아무도 방에 없도록 하고. 알았소?

데스데모나 알았어요.

오셀로, 로도비코, 수행원들 퇴장.

에밀리아 장군께선 좀 어떠세요? 아까보다 풀리신 것 같군요.

데스데모나 금방 오신다고 하셨어. 먼저 자라고. 에밀리아도 일찍 돌려보내라는 거야.

에밀리아 저를 없도록 하라고요?

데스데모나 그러셨어. 그러니까 내 잠옷 갖다 놓고, 가서 자요. 비위를 거스르면 안 될 테니.

에밀리아 왜 하필 그런 분을 만나셨을까!

데스데모나 난 그렇게 생각하지 않아. 사랑하니까 무뚝뚝해도 좋고, 야단을 만나도, 무서운 눈으로 쏘아봐도 — 이 핀 좀 빼줘 — 다 좋아 보이거든.

에밀리아 아까 말씀하신 시트는 깔아놓았어요.

데스데모나 아무래도 좋아. 참 사람은 어리석기 짝이 없지! 내가 만일 에밀리아보다 먼저 죽거든 저 시트로 싸줘요.

에밀리아 그게 무슨 말씀이세요?

데스데모나 친정어머니께서 부리시던 바바리라는 계집애가 있었는데, 애인이 미쳐가지고 바바리를 버렸어. 바바리는 늘 '버들 노래'를 불렀지. 오래된 노래지만 바바리의 신세를 읊은 것 같았어. 바바리는 그 노래를 부르면서 죽었거든. 오늘 밤엔 웬지 그 노래가 생각나는군. 암만해도 한쪽 어깨 위에 고개를 떨구고, 죽은 바바리같이, 그 노래를 불러야만 될 것 같군그래. 그럼 어서 가서 자요.

에밀리아 잠옷을 가져올까요?

데스데모나 아니, 이 핀이나 좀 뽑아줘. 로도비코 선생은 훌륭한 분이지!

에밀리아 참 잘생기셨어요.

데스데모나 구변도 좋지 않아?

에밀리아 베니스의 어떤 여자는 그분의 입을 맞출 수 있다면, 팔레스타인까지라도 맨발로 쫓아가겠다고 했어요.

데스데모나 (노래한다.)

　　애처로워 시커모어 그늘 아래 외로운 처녀

　　부르라 푸른 버들잎 노래를

　　가슴에 손을 얹고 무릎에 머리

　　부르라 버들잎 노래를

흐르는 시냇물도 소리 맞추네.

부르라 버들잎 노래를

흘리는 눈물에 바위도 시름없네—

이걸 다 저리 치워……. (또 부른다.)

부르라 버들잎 노래를—

어서 가봐, 장군님께서 금방 오실 테니……. (또 부른다.)

부르라 버들잎 반가운 손길

원망은 어리석어 내 못난 탓

아니, 틀렸네……. 누가 문을 두드리지 않아?

에밀리아 　바람이에요.

데스데모나 　(노래한다.)

님의 사랑 거짓 사랑 그 님 말씀 무엇인가.

부르라 버들잎 노래를

내 다른 여자 사랑하거든

다른 사내 동침하란 말씀…….

어서 가서 자요. 눈이 가렵군. 눈물이 나오려나?

에밀리아 　그런 게 아녜요.

데스데모나 　그렇다던데. 아, 남자란, 남자란 알 수 없어……. 에밀리
아, 어떻게 생각해? — 세상에 그런 몹쓸 짓을 해서 남
편의 이름을 더럽힐 여자가 있느냔 말야?

에밀리아 　있기야 있을 테죠.

데스데모나 　온 세계를 다 준다고 해도 그런 짓은 안 할 테지?

하느님, 설사 나쁜 짓을 듣고 보더라도 그걸 본뜨지 말고,
오히려 제 자신의 잘못을 고치는 습관을 기르도록 해주소서.

- 4막 3장

에밀리아 그럼, 아씨는 안 하시겠어요?

데스데모나 하늘의 빛에 맹세하고라도 그런 짓을 어떻게 해?

에밀리아 저도 하늘빛 아래서는 못해요. 하지만 어두운 데서야 어때요?

데스데모나 이 지구를 준다고 해도 그런 짓을 어떻게?

에밀리아 이 세계야 얼마나 큽니까? 손톱만 한 일을 저지르고 그렇게 큰 걸 받을 수만 있다면야!

데스데모나 그럴 리가 없어. 그런 짓은 안 할 테지.

에밀리아 왜 안 해요? 무슨 흔적이 있나요. 하고 나서 그런 일은 없었다고 하면 될 게 아녜요? 그야 물론 쌍가락지라든지, 명주 서너 필, 저고리, 속옷, 모자 정도의 값싼 것하고는 바꿀 수 없죠. 하지만 온 세계를 준다면야 잠깐 다른 남자쯤 보는 거야 누군들 안 하겠어요? 그렇게 해서 내 남편을 군주로 만들 수 있다면 말이에요. 그걸 위해서라면 저 연옥에라도 들어가겠어요.

데스데모나 이 세계를 준다고 해서 그런 짓을 할 바엔 차라리 죽어버리지.

에밀리아 잘못이래야 이 세상의 잘못이죠. 그 보수로 이 세계가 아씨 것이 된다면 그건 결국 아씨 세계 안의 잘못이 아닌가요? 그렇다면, 마음대로 어떻게든지 할 수 있지 않아요?

데스데모나 그런 여자가 있을라고.

에밀리아 한 다스는 있을 거예요. 아니, 그런 짓을 해서 생긴 자식

들로 이 세상을 들끓게 만들 만한 숫자는 있을 거예요. 그렇지만 여자가 그런 짓을 하는 건 남편이 나빠서 그런 거예요. 남편 노릇은 안 하고 다른 년 치마에 주머닐 톡톡 털어놓거든요. 제멋대로 의처증이나 품고 떠들어대죠. 우리를 꼼짝 못하게 만들고, 때리고, 심술맞게 잔돈 주는 것도 줄이는 짓을 하니까요. 여자라고 죽어지내란 법은 없지 않아요? 고분고분한 것도 한도가 있어요. 해볼 때도 있어야죠. 참새도 쩍하고 죽더라고, 여편네는 눈이 없습니까, 코가 없습니까? 시고 단 걸 맛볼 줄도 알거든요. 뭣 때문에 남자는 이 여자 저 여자 갈아대는지 모르죠. 꼭 장난 같아요. 반했다고 해서 그럴 수도 있겠죠. 한때 바람이 나서 그럴 수도 있겠죠. 그럼, 여편네라고 좋아할 줄도 모르고, 반할 줄도 모르란 법이 있어요? 그러니까 남자도 여편네를 위해야죠. 정신 못 차리면 버릇을 가르쳐줘야 돼요. 여자가 나쁜 짓을 하는 건, 남자가 그런 본을 보여줬기 때문이니까요.

데스데모나 어서 가서 자요. 하느님, 설사 나쁜 짓을 듣고 보더라도 그걸 본뜨지 말고, 오히려 제 자신의 잘못을 고치는 습관을 기르도록 해주소서.

그들 퇴장.

5막

1장 키프로스의 거리

이아고, 로데리고 등장.

이아고 이 노점 뒤에 서 있어요. 그 녀석이 올 때가 됐어. 칼을
빼가지고 있다가 보기 좋게 해치우란 말야. 어서어서,
겁낼 거 없다니까. 내가 옆에 있지. 소원 성취하느냐, 못
하느냐는 여기 달렸거든. 그러니까 잘 생각하고 맘을
단단히 먹어요.

로데리고 내 옆에 꼭 있게. 칼이 빗나갈지도 모르니까.

이아고 여기 있겠다니까. 배에다 힘을 주고 다릿심을 내요. (물

러선다.)

로데리고 이런 일이란, 그다지 맘이 끌리지 않지만, 저 친구 말도 일리가 있어. 그까짓 거 뭐, 사람 하나 없어지는 것밖에 더 있나. 이렇게 칼을 뺀 이상 그 녀석 목숨은 내 것이야.

이아고 저 여드름(풋내기)을 아프도록 비벼놓았더니, 터지게끔 된걸. 좌우간 저 녀석이 카시오를 죽이든지, 카시오가 저 녀석을 죽이든지, 또 서로 싸우다 두 놈이 다 죽든지, 이래도 좋고 저래도 좋아. 로데리고가 살면 데스데모나에게 준다고 속여먹은 돈과 보석을 내놓으라고 할거야. 안 될 소리지. 또 카시오가 산다면 그 녀석 하는 일이 훌륭해서 내 꼴이 추하게 돼. 그런 데다 무어 녀석이 내가 한 말을 카시오한테 해버린다면? 아, 이건 위험 천만인데. 살려둬선 안 돼. 집어치워야지. 온 모양이군.

카시오 등장.

로데리고 걸음걸이가 꼭 그녀석인데. 틀림없어 — 이놈아, 내 칼 받아라. (카시오를 찌른다.)

카시오 하마터면 큰일날 뻔했다. 옷이 두꺼우니 망정이지, 어디 네놈은 얼마나 두껍게 입었나 시험해보자. (칼을 빼가지고 로데리고에게 상처를 입힌다.)

로데리고 　아이쿠! (이때 이아고가 뒤에서 카시오의 다리를 찌르고 퇴장)

카시오 　이제 죽을 때까지 병신이로구나. 사람 살류. 살인이오, 살인! (쓰러진다.)

오셀로 등장.

오셀로 　카시오 목소린데. 이아고가 약속을 이행한 모양이군.

로데리고 　아, 난 악한이야!

오셀로 　암, 그렇고말고.

카시오 　사람 살려요. 불 좀 비쳐. 의사는 없소?

오셀로 　그　녀석이야……. 이아고란 놈 과연 용감하고 의협심이 있어. 내가 받은 모욕을 이렇게 생각해주고. 나도 배운 점이 있어. 간부 년, 네 샛서방 놈은 벌써 죽었다. 네 운명도 금방이야. 창부 같으니. 기다려라. 사람을 호리는 그 눈도 내 마음에서 사라졌어. 네가 더럽힌 음탕한 침대를 네 음탕한 피로 물들여주마. (퇴장)

로도비코, 그라치아노 등장.

카시오 　아니, 야경도 없나? 지나가는 사람도 없어? 사람 살류. 살인이오.

그라치아노 　무슨 일이 있었나 본데. 누가 소리를 지르지 않아요?

154

카시오 사람 살류.

로도비코 저건……?

로데리고 아, 내가 몹쓸 놈이야.

로도비코 신음하는 소리가 몇 사람 되는 모양인데, 음산한 밤이
군요. 섣불리 가까이 갔다간 위험해요. 안심찮으니, 몇
사람 더 올 때까지 기다립시다.

로데리고 아무도 없소? 이렇게 피가 나면, 난 죽어.

로도비코 이거 원!

이아고, 횃불을 들고 등장.

그라치아노 셔츠 바람으로 횃불을 들고 오는 사람이 있군. 칼도 가
지고.

이아고 누구냐? 사람 살리라고 외치는 건 누구냐?

로도비코 우린 모르오.

이아고 소리 지르는 걸 못 들으셨습니까?

카시오 여기요, 여기. 어서 좀 살려줘.

이아고 어떻게 된 일이에요?

그라치아노 저건 오셀로 장군의 기수가 아닌가!

로도비코 그렇군요. 용감한 친구죠.

이아고 누가 이렇게 처량하게 소리를 지르고 있어?

카시오 이아곤가? 악한들한테 당했네. 어떻게 좀 해주게.

이아고 　아니, 부관님 아니십니까! 어떤 죽일 놈들이 이따위 짓
　　　　을 했어요?

카시오 　한 녀석은 근처에 있을 걸세. 달아나지 못했을걸.

이아고 　괘씸한 놈들! 당신들은 누구요? 이리 와서 거들어주시지.

로데리고 　여기요, 사람 살류.

카시오 　저놈이야, 그중 한 녀석은.

이아고 　에이, 살인마! 악한! (로데리고를 찌른다.)

로데리고 　아, 이아고 놈! 개 같은 자식!

이아고 　어둠 속에서 사람을 죽이다니 — 그 악당들은 어디로
　　　　갔어? — 오늘 밤따라 왜 이렇게 쥐죽은 듯이 고요할
　　　　까! — 살인이오, 살인 — 노형들은 누구요? 대체 어느
　　　　편이오?

로도비코 　사람을 보고 말하게.

이아고 　아니, 로도비코 선생이 아니십니까?

로도비코 　그렇네.

이아고 　실례했습니다. 카시오가 악한한테 당했군요.

그라치아노 　카시오가!

이아고 　여봐요, 어떠슈?

카시오 　다리가 부러졌네.

이아고 　원, 저런 일이! 불 좀 들어주시오. 내 셔츠로 다친 델 맵
　　　　시다.

비앙카 등장.

비앙카 왜들 이러세요? 누가 소리를 질렀어요?

이아고 누가 소릴 질렀느냐고?

비앙카 카시오! 이게 웬일이세요! 카시오! 카시오!

이아고 이 뻔뻔스런 갈보 같으니! 카시오 부관, 누가 당신을 찔렀는지 짐작하시겠소?

카시오 몰라.

그라치아노 참 안됐소. 지금 그대를 찾아오던 길인데.

이아고 양말 대님 좀 빌려주십쇼. 그리고 저 들것 같은 게 있으면 메고 가기가 좋겠는데요.

비앙카 기절하시네. 카시오! 이를 어쩌나!

이아고 여러분, 암만해도 이 여자가 공범인 것 같습니다. 카시오 부관, 조금만 더 참으세요. 횃불을 가까이 대주십시오. 아는 사람일지도 모를 일이야. 아니, 이게 웬일이야? 한고향 사람이 아닌가! 로데리고 같은데, 틀림없군. 이런 변이 있나— 로데리고!

그라치아노 베니스에 사는?

이아고 바로 그렇습니다. 아십니까?

그라치아노 알지.

이아고 그라치아노 선생님이셨군요. 용서하십시오. 이런 변사가 일어나서 그만 알아뵙질 못했습니다. 죄송합니다.

그라치아노 만나서 반갑군.

이아고 부관은 어떠슈? 어서 들것을 가져와요.

그라치아노 로데리고라고!

이아고 예, 그 사람입니다. (들것을 들고 들어온다.) 됐어, 됐어.
그 들것을 이리. 누가 좀 조심해서 메고 가주세요. 난 장
군의 주치의를 불러올 테니까요. (비앙카에게) 이거 봐.
그래 봐야 소용없을걸. 카시오 부관, 여기 죽어 넘어진
사람은 내 친구였군요. 당신한테 무슨 원한이라도 있
었습니까?

카시오 없어. 전연 모르는 사람이야.

이아고 (비앙카에게) 얼굴이 백짓장 같군그래. 저쪽으로 메고
가주세요. (카시오와 로데리고를 메고 나간다.) 두 분은 잠
깐 기다려주십시오. 네 안색이 좋지 않아. 저 여자의 독
한 눈초리를 보세요. 그렇게 쏘아봐도 소용없어. 말 안
하고는 못 배길걸. 저걸 좀 보세요. 잘 보세요. 나쁜 짓
이란 혓바닥을 놀리지 않더라도 저절로 나타나는 법입
니다.

에밀리아 등장.

에밀리아 여보, 웬일이에요? 어떻게 된 거예요?

이아고 카시오 부관이 로데리고 일당들에게 캄캄한 데서 칼을

맞았어. 큰일 날 뻔했지. 로데리고는 죽고.

에밀리아 가엾어라. 카시오 부관도 다치시다니.

이아고 이건 저 여자 짓이야. 여보, 카시오 부관이 어디서 저녁을 먹었는지 알아보고 와요. (비앙카에게) 그 말을 듣고 떠는군.

비앙카 우리 집에서 잡수셨어요. 그렇지만 그것 때문에 떠는 건 아니에요.

이아고 옳지. 네 집에서 자셨다고? 그럼 체포할 테다. 나하고 같이 가.

에밀리아 더러운 갈보 같으니.

비앙카 난 갈보가 아네요. 욕을 퍼붓고 있는 당신과 마찬가지로 떳떳한 여자예요.

에밀리아 나같이? 더러워!

이아고 여러분, 저쪽으로 가서 카시오가 치료받는 걸 보십시다. 여봐, 비앙카, 물어볼 게 또 있으니, 같이 가. 여보, 당신은 냉큼 성안으로 들어가서 장군님 내외분께 이 일을 알려드려요. 어서들 가시죠. (방백) 오늘 밤엔 성패가 결정이 되렸다.

모두 퇴장.

2장 성안의 침실

데스데모나, 침대에서 자고 있고 촛불이 켜져 있다.

오셀로 등장.

오셀로 그것 때문이야, 진정 그것 때문이야. 순결한 별들아, 그것을 입 밖에 내지 않게 해다오. 그것 때문이야. 그러나 아내의 피는 흘리지 말자. 백설보다 희고, 설화 석고보다 매끄러운 아내 살결에 상처는 내지 말자. 하지만 살려줄 수는 없어. 살려둔다면 다른 남자들을 농락할 테지. 촛불을 끄고, 다음엔 이 촛불을 끄고 ─ 타오르는 촛불아, 너는 껐다가도 뉘우치면 다시 켤 수도 있어. 그러나 온갖 수공을 들여 만든 자연의 본보기 ─ 그대의 촛불은, 한번 꺼버리면 또다시 그 빛을 일으키는 프로메테우스의 불을 찾아볼 수 없지. 한번 따버리면 이 장미는 두 번 다시 피어날 길이 없다. 시들어버릴 테지. 나무에 매달렸을 때 향기를 맡자. (키스한다.)
아, 향기로운 입김, 정의의 신도 이 냄새를 맡는다면 칼을 부러뜨릴지도 몰라. 또 한 번, 또 한 번. 죽어도 이대로 있어다오. 죽여놓고 사랑하지. 또 한 번만. 이게 마지막이다. 이 향기에 그 독소가 웬일일까. 내 어찌 울지 않으랴! 그러나 이 눈물은 잔인한 눈물. 아니 이 눈물은

아, 향기로운 입김, 정의의 신도 이 냄새를 맡는다면
칼을 부러뜨릴지도 몰라. 또 한 번, 또 한 번.
죽어도 이대로 있어다오. 죽여놓고 사랑하지.
또 한 번만. 이게 마지막이다.

- 5막 2장

성스런 눈물. 사랑하기에 더욱 미운 것. 눈을 뜨는군.

데스데모나 누구예요? 당신이에요?

오셀로 그렇소.

데스데모나 어서 주무세요.

오셀로 밤 기도는 올렸소?

데스데모나 네.

오셀로 하늘의 용서를 아직 안 받은 죄가 있으면 지금 기도를 드려요.

데스데모나 왜 그런 말씀을 하세요?

오셀로 빨리 해요. 잠시 거닐고 있을 테니. 각오 없는 자를 죽이고 싶지는 않소. 그건 안 되지. 당신의 영혼을 죽이고 싶지는 않소.

데스데모나 죽이신다고요?

오셀로 그래.

데스데모나 그렇다면 하느님, 이 몸을 용서하소서.

오셀로 아멘, 저도 충심으로 빕니다.

데스데모나 그렇게 말씀하신다면 설마 저를 죽이지는 않겠죠.

오셀로 글쎄.

데스데모나 그렇지만 난 겁이 나요. 눈을 그렇게 굴리실 때는 으레 무서운 일을 하시니까요. 무섭긴 해도 그 이유는 모르겠어요. 잘못한 게 없으니까요. 그러나 어쩐지 무서워요.

오셀로 저지른 죄를 생각해봐.

데스데모나 당신을 사랑하는 죄밖엔 없어요.

오셀로 그래, 그것 때문에 죽어야 돼.

데스데모나 사랑하기 때문에 죽인다는 건 안 될 말씀이죠. 왜 그렇게 아랫입술을 깨무세요? 온몸을 떨고 계신 것을 보니, 무슨 무서운 일을 하시려는 거죠? 그런 전조 같군요. 하지만 설마 저를 죽이지는 않으실 테죠.

오셀로 잠자코 가만히 있어.

데스데모나 네. 왜 그러세요?

오셀로 내가 준 그 손수건은 카시오 놈에게 줬지.

데스데모나 절대로 주지 않았어요. 불러다 물어보세요.

오셀로 정신 차려. 거짓 맹세를 해서는 안 돼. 죽음의 침상에 누워 있는 거야.

데스데모나 그렇지만 아직 죽진 않았어요.

오셀로 아니, 금시 죽어야 돼. 그러니까 있는 대로 죄를 고백해. 하나하나 맹세를 하고 부인한다고 해도 네 죄를 다 알기 때문에 괴로워하는 이 마음은 어떡할 수 없어. 네 목숨은 그만이야.

데스데모나 그럼, 주여, 저에게 자비를 베푸소서!

오셀로 아멘.

데스데모나 그럼 당신도 나를 살려주세요. 난 한 번도 당신한테 나쁜 짓 한 게 없어요. 카시오 씨를 사랑하다니 될 소린가

요? 그건 하느님이 용서하실 수 있는 인정에서 우러나
온 거예요. 그분한테 물건이라고는 준 게 없어요.

오셀로 당치 않은 소리. 그 녀석이 내 손수건 가진 걸 확실히 봤
어. 거짓 맹세를 하면 안 되지. 너는 내 마음을 돌로 만
들었어. 희생이 다 무슨 소용이 있느냐! 이렇게 되면 죽
이는 수밖에 없지. 확실히 손수건을 봤어.

데스데모나 그럼, 어디서 주운 거죠. 난 절대로 준 일이 없어요. 오
라고 해서 사실 얘길 들어보세요.

오셀로 벌써 다 말했어.

데스데모나 뭐라고 그랬어요?

오셀로 너를 수중에 넣었다고.

데스데모나 어떻게요? 간통을 했단 말이에요?

오셀로 그래.

데스데모나 그렇게 말할 리가 있나요.

오셀로 그 녀석 입은 벌써 막혀버렸어. 충실한 이아고란 놈이
해치웠으니까.

데스데모나 이 일을 어째! 그럼 죽었어요?

오셀로 그 녀석 머리카락에 목숨이 붙어 있다고 해도 이 사무
친 원수를 갚을 길이 없소.

데스데모나 허무하군요. 그분은 배반당했고 나까지 결국 파멸이
군요.

오셀로 에이, 갈보 년 같으니. 내 앞에서 그놈을 위해 눈물을

홀려?

데스데모나 날 내쫓으시고 죽이지는 마세요.

오셀로 자빠졌어, 더러운 년!

데스데모나 내일까지 기다려주세요. 오늘 밤만은 살려주세요.

오셀로 대들면…….

데스데모나 반 시간만이라도…….

오셀로 이렇게 된 이상엔 기다릴 수 없지.

데스데모나 한마디 기도 올릴 동안만이라도요.

오셀로 이미 늦었어. (아내의 목을 조른다.)

에밀리아 (뒤에서) 장군님, 장군님, 열어주세요. 장군님!

오셀로 저건 무슨 소리야? 아직 죽지 않았나? 숨이 끊어지지
않았나? 잔인한 나지만 자비심마저 없지는 않아. 오래
괴롭히고 싶진 않아. 이렇게, 이렇게.

에밀리아 (뒤에서) 이거 보세요, 장군님, 장군님!

오셀로 누구야?

에밀리아 (뒤에서) 장군님, 말씀드릴 게 있어요.

오셀로 저건 에밀리아군. 금방 열어주지. 죽었구나. 카시오가
죽었다는 얘기나 하려는 걸 테지. 지금 막 소리가 나더
니. 이젠 움직이지 않나? 무덤처럼 고요하군. 들어오라
고 할까? 괜찮을까? 또 움직이지 않나? 아냐. 어떡하면
좋을까? 들어오면 아내한테 말을 걸 테지. 아내, 아내라
니? 나한테 아내는 없어. 어쩌면 좋단 말인가? 가슴이

미어질 것만 같군. 지금이라도 굉장한 월식이나 일식이 일어나, 이 지구도 천지이변에 놀라서 입을 열 것만 같은걸.

에밀리아 (뒤에서) 여쭐 말씀이 있습니다, 장군님.

오셀로 내가 잊어버리고 있었군. 들어와, 에밀리아. 잠깐 기다려. 지금 열어줄 테니. 휘장을 쳐놔야지. 어디 있어? (문을 연다.)

에밀리아 등장.

무슨 일이야?

에밀리아 장군님, 저기서 무시무시한 살인 사건이 있었어요.

오셀로 아니, 지금?

에밀리아 지금 금방요.

오셀로 그건 저 달의 위치가 잘못되어, 다른 때보다 지구에 가까워졌기 때문에 사람 맘이 변해서 그런 거야.

에밀리아 카시오 선생이 로데리고라는 베니스 청년을 죽였어요.

오셀로 뭐, 로데리고가 죽었어? 카시오도 죽었나?

에밀리아 아뇨. 그분은 죽지 않았어요.

오셀로 카시오가 안 죽었다고! 계획이 어긋난걸. 원수를 갚은 줄만 알았더니, 입맛이 쓰다.

데스데모나 억울해, 난, 억울하게 죽어.

166

에밀리아	아니, 저 울음소린 뭐예요?
오셀로	뭐 말야?
에밀리아	이를 어쩌면 좋을까! 저건 아씨 목소리였어. 누가 좀 와 줘요. 사람 살려요. 아씨 한 번 더 말씀하세요. 아씨, 어서 말씀 좀 하세요.
데스데모나	난 억울하게 죽어.
에밀리아	누가 이런 짓을 했어요?
데스데모나	아무도. 내가 한 짓이야. 잘 있어요. 장군께 말씀 잘 드려요. 잘 있어! (죽는다.)
오셀로	뭣 때문에 죽였을까?
에밀리아	그걸 누가 알겠어요?
오셀로	내가 죽인 게 아니라고 아씨가 그랬지?
에밀리아	네. 이대로 보고해야지.
오셀로	아씨는 거짓말을 했기 때문에, 저 불붙는 지옥으로 떨어진 거야. 내가 죽였어.
에밀리아	그렇다면 더욱더 아씨는 천사고 당신은 악마예요.
오셀로	못된 짓을 한 갈보였어.
에밀리아	당신은 아씨를 배신했어요. 악마야.
오셀로	저것은 물같이 들뜬 계집이었어.
에밀리아	아씨를 나쁘다고 하는 당신이야말로, 불처럼 막돼먹었어요. 천사 같으신 정숙한 부인을!
오셀로	카시오하고 간통을 했으니까. 네 남편에게 물어봐. 이

유 없이 이렇게까지 했다면 내가 지옥엘 가지. 자세한
건 네 남편이 잘 알고 있어.

에밀리아　내 남편이요?

오셀로　그래.

에밀리아　아씨가 나쁜 짓을 하셨다고요?

오셀로　그래, 카시오하고. 만일 간통을 안 했다면 설사 하늘이
티끌 없는 황금석으로 다른 세계를 만들어 아내와 바꾸
자고 해도 난 안 듣지.

에밀리아　내 남편이!

오셀로　그래, 제일 먼저 알려준 건 네 남편이었어. 정직한 친구
니까 행실이 단정치 못한 건 구더기 징그러워하듯 미워
하지.

에밀리아　내 남편이!

오셀로　여러 말 마. 네 남편이라고 하지 않았어?

에밀리아　아씨, 사랑을 미끼 삼아 이따위 짓을 저질렀군요. 내 남
편이 아씨보고 행실이 나쁘다고!

오셀로　그래, 네 남편이야. 알았어? 나한테 충실한 네 남편, 이
아고야.

에밀리아　그런 말을 했다면 그 못된 영혼이 날마다 조금씩 썩어
들어가는 게 좋아요. 그따위 거짓말이 어디 있어. 아씨
는 이 몹쓸 더러운 남자를 뭣 때문에 그처럼 사랑하셨
을까!

오셀로 옳지!

에밀리아 맘대로 발악을 해보시우. 분에 넘치는 부인을 얻은 것
도 모르고 이따위 짓을 해?

오셀로 잠자코 있지 못해?

에밀리아 나를 해치진 못할걸. 어쩔 테야? 천치 같은 인간! 바보!
무지막지한 인간! 이게 무슨 짓이야. 그따위 칼을 무서
워할 줄 알고! 보고를 해야지. 골백번 죽어도 괜찮아.
누가 좀 오세요. 이거 보세요. 무어가 아씨를 죽였어요.
사람이 죽었어요, 사람요.

몬타노, 그라치아노, 이아고, 기타 여럿 등장.

몬타노 무슨 일이야? 장군, 무슨 일입니까?

에밀리아 여보, 잘 왔수. 당신은 다른 사람의 살인죄를 뒤집어쓰
고도 태연하구려.

그라치아노 어떻게 된 거요?

에밀리아 여보, 당신도 남자라면 이 악한에게 그건 거짓말이라
고 해요. 당신이 아씨 욕을 했다면서요. 그럴 리가 있나.
당신이 그런 악당일 수는 없어. 어서 말하세요. 답답해
죽겠어요.

이아고 난 생각한 대로 말한 거야. 엉뚱한 얘기를 한 게 아니거
든. 장군도 그럴싸하게 들으셨으니까.

에밀리아 아씨가 행실이 부정하다고 말하셨어요?

이아고 그랬지.

에밀리아 그따위 거짓말을. 거짓말도 분수가 있지. 그따위 거짓
말을 해! 카시오하고 내통했다고요? 카시오하고요?

이아고 카시오하고지. 입 다물어.

에밀리아 가만히 있을 수 없어요. 말을 해야지. 아씨는 저 침상 위
에서 돌아가셨어요.

전원 아니, 뭐라고!

에밀리아 당신이 그따위 말을 했기 때문에 살해당한 거예요.

오셀로 여러분, 그렇게 미심쩍게 생각하실 거 없소이다. 사실
이니까요.

그라치아노 이런 해괴한 일이 있나?

몬타노 이런 놀라운 일이!

에밀리아 천하에 악독한 일도 있지. 아, 극악스러워. 이제 생각이
나는군. 어쩐지 그런 것 같더라니. 이건 악독한 계책이
야. 이런 슬픈 모습을 보고 살아서 무얼 해. 악한 세상!

이아고 이거, 미쳤나? 당장 집으로 가!

에밀리아 여러분. 제 말씀 좀 들어주세요. 남편을 따르는 것이 당
연하겠지만, 지금은 못하겠어요. 이거 봐요. 난 다시는
집으로는 안 갈 거예요.

오셀로 어, 어, 어! (침대에 쓰러진다.)

에밀리아 그렇게 엎드려서 실컷 우시우. 아무 죄도 없는 천사 같

은 분을 죽이다니.

오셀로 (일어나며) 아니, 이것은 간통을 했어. 오신지 몰랐습니다, 아저씨. 제 처는 저기 누워 있습니다. 지금 제 손으로 숨을 끊어놓았지요. 무시무시한 일입니다.

그라치아노 가엾은 데스데모나, 아버지께서 먼저 돌아가신 게 다행이다. 네 결혼 때문에 아버지께서는 종시 상심하시어, 슬퍼하신 나머지 일찍 돌아가셨지. 만일 더 사시다가 이런 꼴을 보셨다면 걷잡을 수 없는 행동을 하셨을 거야. 필시 하늘의 사자를 저주하여 쫓아버리시고, 어떤 무서운 죄를 범하셨을지도 모르지.

오셀로 죽은 것에 대해서는 안됐습니다만, 저것이 카시오하고 허구한 날 내통을 했다는 것은 이아고가 잘 알고 있습니다. 카시오가 자백을 했으니까요. 저것은 내가 사랑의 첫 선물로 준 물건을 애욕의 대가로 간부 놈에게 줬습니다. 그놈이 손에 쥐고 있는 것을 봤습니다. 손수건이에요. 선친께서 전에 어머니께 드린 선물이었습니다.

에밀리아 이를 어떡하면 좋을까! 이걸 어쩌면 좋아?

이아고 주둥아리 닥치지 못해.

에밀리아 말을 해야만 되겠어요. 잠자코 있으라고요! 모진 북풍처럼 거침없이 말하겠어요. 하늘이, 사람이, 악마가, 아니, 천하 없는 것이 다 야단을 쳐도 말을 하겠어요.

이아고 못나게 굴지 말고 집으로 가.

에밀리아   난 안 가요.

이아고, 칼로 에밀리아를 찌르려고 한다.

그라치아노   이게 무슨 짓이야? 여자한테 칼을 쓰다니!
에밀리아   이 천치 바보, 무어 장군아. 지금 말한 손수건은 내가 주
워서 남편한테 줬어. 하도 추근추근하게 훔쳐달라고
해서 이상하게 생각은 했지만.
이아고   저 빌어먹을 년이!
에밀리아   손수건을 카시오에게 줬다고? 당치도 않은 소리야. 내
가 주워서 남편에게 줬어요.
이아고   거짓말 작작 해, 이것아.
에밀리아   백번 죽어도 거짓말은 안 해요. 여러분, 거짓말이 아닙
니다. 이런 천치 살인마! 이런 못난 인간한테 저런 천사
같은 부인이!
오셀로   하늘엔 천둥을 일으키는 돌밖에 다른 돌은 없는가? —
이 간악무도한 놈!

이아고에게 달려들고 이아고는 뒤에서 에밀리아를 찌르고
달아난다.

그라치아노   이아고 부인이 쓰러지는군. 이아고가 죽였어.

172

에밀리아   그렇습니다. 저를 아씨 옆에 눕혀주세요.

그라치아노   아내를 죽이고 달아났어.

몬타노   천하의 악당이로군. 이 칼을 받으세요. 무어한테서 뺏은 거예요. 선생은 문밖에서 잘 지키시오. 무어를 밖으로 내보내서는 안 됩니다. 차라리 죽여버리지. 난 이아고 놈을 쫓아갈 테니까, 천하에 죽일 놈!

몬타노, 그라치아노 퇴장.

오셀로   풋내기까지 내 손에서 칼을 뺏아가다니! 난 용기까지 잃어버렸나? 아, 인간이 지녀야 할 명예마저 없어진 이 마당에, 군인의 영예인들 남아 있을 리 없지. 다 없어져라.

에밀리아   아씨, 그 노래를 부르시더니 무슨 전조였나 봐요. 제 목소리가 들리세요? 전 백조같이 노래를 부르면서 죽겠어요. (노래 부른다.)

버들잎, 버들잎 ―

무어 장군님, 아씨는 깨끗한 분이었습니다. 당신께 모든 것을 다 바친 분이었죠. 바른 소리 하는 사람은 천당으로 가죠. 그러니까 나도 맘먹은 것을 얘기하고 죽어요. 난 죽어요. (죽는다.)

오셀로   이 방엔 칼이 또 하나 있어. 스페인 빙하에서 뚜드려 만든 칼이야. ― 여기 있군. 아저씨, 밖으로 내보내주세요.

그라치아노 (뒤에서) 억지로 나오면 위험해. 맨주먹으로는 어쩔 수 없지.

오셀로 그럼, 우선 이걸 보시고 말씀하세요. 그렇지 않으면 빈 손으로라도 상대할 겁니다.

그라치아노 왜 그래?

오셀로 보십시오. 칼은 저도 가지고 있습니다. 이렇게 좋은 칼은 좀체 허리에 차본 일이 없습니다. 그렇게 막으시지만, 이 바른팔과 칼로 이십 명의 방해도 물리친 경험이 있죠. 아, 그러나 쓸데없는 호언입니다. 운명이 가로막습니다. 이제는 다 끝났습니다. 제가 비록 칼을 쥐고 있습니다만, 두려워 마십시오. 이것이 내 일생의 마지막 길. 내 마지막 배가 닿는 곳. 놀라서 물러나십니까? 걱정하실 건 없습니다. 이 가슴에 동심초 한 가지만 겨누신대도 저는 물러가겠습니다. 갈 곳이 어딘가? 오셀로는 어디로 간단 말인가? 어디 그 얼굴을! 가엾은 아내. 창백한 그 모습! 저 최후 심판 날, 같이 만나면 그 얼굴빛이 내 혼을 하늘에서 떨어뜨려 아귀들의 밥을 만들테지. 아, 차디차구나! 그대의 정조와 같이 식어버렸어! 천하에 극악무도한 놈! 악마들이여! 이 천사의 모습을 보지 못하도록 날 채찍질해 쫓아다오. 저 모진 바람 속에 나를 휘몰아가다오. 유황불 속에 나를 태워다오. 불바다 속에 던져주렴. 데스데모나, 데스데모나! 죽어버렸어! 아, 아!

로도비코, 몬타노, 들것에 실린 카시오, 그 뒤에 관리들이 이아고를 체포하여 등장.

로도비코 이런 경솔한 짓을 하다니, 그 불행한 사람은 어디 있소?

오셀로 그건 오셀로라는 사람이었습니다. 여기 있습니다.

로도비코 그 독사 같은 놈은 어디 있소? 이리 끌어내시오.

오셀로 그놈의 발을 내려다보니, 전설에 나오는 악마와는 다르군요. 정말 악마라면 죽일 수도 없겠지.

이아고를 찌른다.

로도비코 저 칼을 뺏으시오.

이아고 피는 나와도 치명상은 아닙니다.

오셀로 그게 서운할 것도 없다. 살려두고 싶어. 나는 죽는 게 편할 것 같으니 말이다.

로도비코 오셀로 장군, 그렇게 착하던 당신이 이런 악한 자의 간계에 넘어가다니, 뭐라고 말해야 좋을지 모르겠소이다.

오셀로 뭐라고 말씀하셔도 좋습니다. 정당한 살인이라고만 해 주신다면. 난 증오 때문에 죽인 것이 아니라, 오직 정의를 위해서 한 것입니다.

로도비코 이놈이 죄상을 거의 자백했습니다. 이놈과 공모하고 카시오를 죽이려고 하셨소?

오셀로 그렇습니다.

카시오 장군님, 미움을 받을 이유라고는 없습니다.

오셀로 지금은 다 알고 있네. 용서하게. 뭣 때문에 저놈이 내 영육을 이렇게 구렁텅이 속에 틀어박았는지 저 악당 당사자보고 물어보십시오.

이아고 물어볼 거 없습니다. 그만큼 아셨으면 되지 않습니까? 지금부터는 입을 열지 않겠습니다.

로도비코 아니, 기도도 안 할 테냐?

그라치아노 매질을 하면 말할 테지.

오셀로 말 안 하는 게 상책이야.

로도비코 아직 모르시는 모양이군. 아까부터 일어난 일을 말씀드리죠. 여기 죽은 로데리고의 주머니에서 발견한 편지가 있습니다. 여기 또 하나. 여긴 로데리고의 필적으로 카시오를 암살할 계획이 적혀 있습니다.

오셀로 죽일 놈!

카시오 천인공노할 일이로군.

로도비코 여기 또 하나 불평을 늘어놓은 편지가 있습니다. 이것도 로데리고의 주머니에 있었습니다. 필시 저 악당에게 보낼 편질 텐데, 보내기 전에 이아고를 만나 감언에 넘어간 것 같군요.

176

갈 곳이 어딘가? 오셀로는 어디로 간단 말인가? 어디 그 얼굴을!
가엾은 아내. 창백한 그 모습!
저 최후 심판 날, 같이 만나면 그 얼굴빛이 내 혼을 하늘에서 떨어뜨려
아귀들의 밥을 만들 테지. 아, 차디차구나! 그대의 정조와 같이 식어버렸어!
천하에 극악무도한 놈! 악마들이여!
이 천사의 모습을 보지 못하도록 날 채찍질해 쫓아다오.

– 5막 2장

오셀로 천하에 못된 놈! 카시오, 자넨 어떻게 내 아내의 손수건을 손에 넣었지?

카시오 제 방에서 주웠습니다. 방금 이아고가 자백하는 걸 들어보니 계획적으로 일부러 넣어놓았다고 하더군요.

오셀로 아, 난 바보였어! 바보였어! 바보!

카시오 그리고 로데리고의 편지 속에 이아고를 원망하는 구절이 있습니다. 거기 보면 야경 보던 날 밤, 로데리고가 저한테 싸움을 건 것은 이아고가 시킨 짓이었습니다. 그것 때문에 제가 파면된 거죠. 아까 죽은 줄 알았던 로데리고가 숨을 돌리더니, 이아고가 자기를 찌른 것, 지시한 것을 다 얘기했습니다.

로도비코 이렇게 된 이상엔 이곳을 떠나 우리하고 동행하셔야겠소. 이 지위는 내놓으셔야 되고 카시오 부관이 대신 키프로스의 통치를 맡아볼 것이오. 이놈은 오래오래 괴롭힐 수 있는 그런 방법이 있다면 그리 엄벌에 처하겠습니다. 당신은 이번 범행의 성질을 베니스 정부에 보고할 때까지는 감방 생활을 면치 못하시겠소. 자, 범인을 데려가.

오셀로 잠깐, 가시기 전에 한 말씀드리겠습니다. 이 몸이 미미하나마 국가에 바친 충성은 잘 아실 겁니다. 아니. 그 말씀은 드리지 않겠습니다. 단지 이 불우한 소행을 상고하실 때에는 조금도 넘치지 말고 행여 고의로 무고하시지 마시고, 사실대로 말씀해주십시오. 분별은 없으나, 진정으로 그 아내를 사랑한 사나이며, 결코 사람을 의심치 않되, 속임수에 넘어가 마음을 걷잡을 수 없었던 사나이, 무지한 인도 사람같이, 온 겨레를 주고도 바꿀 수 없는 진주를 제 손으로 버린 사나이, 울어야 될 때에도 좀체 울지 않던 눈에서 아라비아 고무의 진 같은 눈물을 떨어뜨린 사나이라고 말씀해주십시오. 그리고 이런 말씀도 적어주십시오. 그전 알레포에 있을 때, 두건을 쓴 못된 터키 놈이 베니스 사람을 때리고 우리 나라를 모욕했을 때, 나는 못된 놈의 멱살을 잡고 찔렀다고요. 이렇게. (자기 몸을 찌른다.)

로도비코 처참한 죽음이군요.

그라치아노 지금까지 얘기했던 것이 무효가 되었군.

오셀로 당신을 죽이기 전에 키스를 했지. 오직 이 길밖에 없소. 자살을 하고 키스를 하면서 죽는 길밖에……. (침대에 쓰러져 죽는다.)

카시오 이런 일이 있을 것만 같았습니다만, 칼을 가지고 계신 줄은 몰랐습니다. 참 용감한 분이었죠.

로도비코 (이아고에게) 이 스파르타 개 같은 놈, 괴로움과 배고픔과 거친 바다보다도 잔인한 놈, 이 침상 위의 무참한 시체 더미를 봐라. 모두가 네놈 짓이야. 차마 눈 뜨고 볼수 없군. 덮읍시다. 그라치아노 아저씨께서는 여기 머

무르셔서 무어 장군의 재산을 압수하십시오. 아저씨께
서 상속받으실 거니까요. 그리고 카시오 총독, 이 악한
의 심판은 당신께 일임합니다. 시간, 장소, 고문의 방법
일체를 주관하십시오. 나는 곧 배에 올라 이 참변의 진
상을 본국 정부에 보고해야겠습니다.

모두 퇴장.

템페스트

등장인물

알론소 나폴리 왕

세바스티안 알론소의 아우

프로스페로 밀라노의 공작

안토니오 밀라노 공작의 자리를 빼앗은 그의 아우

페르디난드 나폴리 왕의 아들

곤잘로 강직한 노(老) 고문관

아드리안, 프란시스코 귀족

칼리반 야만적이고 추악한 노예

트린쿨로 광대

스테파노 주정뱅이 주방장

선장

수부장

수부들

미란다 프로스페로의 딸

에어리얼 공기의 요정

아이리스, 세레스, 주노 6 요정들이 분(扮)함

바다의 요정들

초동들

프로스페로의 시중을 드는 다른 요정들

장소

바다의 선상 및 무인 고도

1막

1장 바다의 선상(船上)

뇌성 번개와 폭풍 소리가 들린다. 선장과 수부장 등장.

선장 수부장!

수부장 여기 있습니다. 어떻습니까?

선장 여봐, 수부들한테 부지런히 하라고 이르게. 정신 차리
지 않으면 암초에 걸린단 말야. 어서어서. (퇴장)

수부들 등장.

수부장 여보게들, 기운을 내, 기운을. 꼭대기 돛을 내리란 말야. 선장 호각 소리를 잘들 듣게. 바람아, 어디 몰아칠 자리가 있거든 찢어지도록 불어봐라.

알론소, 세바스티안, 안토니오, 페르디난드, 곤잘로, 기타 등장.

알론소 이봐, 수부장, 조심하게. 선장은 어디 있지? 용감하게 하란 말야.

수부장 어서 선실로 내려가시죠.

안토니오 선장은 어디 있나?

수부장 선장 말이 안 들리십니까? 일을 방해하고 계시군. 선실로 가세요. 오히려 폭풍을 거들고 계시단 말씀이야.

곤잘로 하, 그만 조용해.

수부장 바다가 조용해야죠. 어서들 가세요. 폭풍이나 천둥이 임금님인들 무서워할 줄 아십니까? 선실로 가시죠. 아무 말씀 마시고! 방해하지 마시라니까요.

곤잘로 여봐, 이 배에 굉장한 분들이 타고 있다는 걸 알아야 해.

수부장 내 몸뚱어리보다 더 굉장한 것이 있을라고요? 당신은 대단한 감투를 쓰고 계신 분이군요. 당신 명령대로 이 무시무시한 풍랑이 가라앉는다면 다시는 밧줄을 쓸 필요도 없게요. 명령해보세요. 그게 통하지 않거든 여태

여보게들, 기운을 내, 기운을.
꼭대기 돛을 내리란 말야.
선장 호각 소리를 잘들 듣게.
바람아, 어디 몰아칠 자리가 있거든 찢어지도록 불어봐라.
- 1막 1장

까지 산 것만 고맙게 생각하시고 선실에 들어앉으시지. 언제 무슨 일이 일어날지 모르니까요. ― 기운을 내, 여보게들 ― 어서 비키시라니까요. (퇴장)

곤잘로 저 친구 말을 들으니 든든하군. 물에 빠져 죽을 표정은 아닌데. 교수대에서 죽을 관상이야. 운명의 여신이여, 저놈을 목매달아 죽여주소서. 저놈의 운명의 밧줄을 우리의 닻줄로 만들어야지. 지금 우리 밧줄은 믿을 것이 못 되니까 말야. 저놈이 교수형을 당할 팔자가 아니라면 우리 체면은 말이 안 돼.

모두 퇴장.
수부장 등장.

수부장 꼭대기 걸 내려! 그래, 더 내려! 내리고 큰 돛으로 해보란 말야.

무대 뒤에서 외치는 소리.

빌어먹을, 떠들기는! 폭풍이나 호령보다도 더 큰 소릴 내는군.

세바스티안, 안토니오, 곤잘로 등장.

아니, 또 무슨 일이슈? 우리보고 하던 일 집어치우고 빠져 죽으란 말씀이슈? 물속에 가라앉고 싶으신 모양인가?

세바스티안 시끄러워, 아가리 닥치지 못해, 어따 대고 그따위 소리야!

수부장 그럼, 우리 대신 해보시지.

안토니오 어디서 천하에 배워먹지 못한 놈, 누구 앞에서 큰소리야! 네놈이나 빠져 죽는 걸 무서워하지, 우린 무섭지 않아.

곤잘로 배가 호두 껍데기보다 약하고, 미약한 계집애처럼 틈이 난대도, 저자는 빠져 죽지는 않아. 내가 보증해.

수부장 배를 돌려라, 돌려! 돛 두 개를 올려! 멀찌감치 바다로 다시 나가자! 육지에서 멀리 떠나버려!

수부들, 흠뻑 젖어서 등장.

수부장 큰일 났군! 기도를 올립시다. 기도를, 마지막이야!

수부들 퇴장.

수부장 그럼, 빠져 죽는 수밖에 없단 말인가?

곤잘로 왕과 왕자도 기도 중이시오! 우리도 기도합시다. 피차 같은 처지니까.

세바스티안   이거 사람 미치겠군.

안토니오   이건 주정뱅이들 때문에 목숨을 뺏기는 거나 마찬가지야. 난도질을 해서 죽일 놈! 너 같은 놈은 밀물 썰물이 열 번 계속되는 동안 조수에 떠다니게 했으면 좋겠다!

곤잘로   저놈은 교수형을 받을 놈이야. 설사 바닷물이 온통 저자의 교수형을 반대하고, 입을 크게 벌려 저놈을 삼키려고 한대도 익사할 놈은 아냐.

무대 뒤에서 떠들썩한 소리 들린다. "살려줘!" "산산조각이 난다, 산산이 부서진다!" "잘 있어라, 아내와 아들딸들아!" "아우야, 잘 있거라!" "부서진다, 부서져!"
수부장 퇴장.

안토니오   우리 모두 왕을 따라 침몰합시다.

세바스티안   대왕께 마지막 작별인사를 합시다.

안토니오와 세바스티안 퇴장.

곤잘로   불모의 땅 한 줌이라도 좋으니 망망대해와 바꾸고 싶다……. 긴 히스와 갈색 골단초 따위가 무성한 황무지라도 무방해. 하느님 뜻이라면 거역할 수 없지. 하지만 물에 빠져 죽는 것보다는 육지에서 죽고 싶구나.

퇴장.

2장 섬, 프로스페로의 동굴 앞

프로스페로와 미란다 등장.

미란다 아버지, 아버지의 마법으로 이렇게 바다를 성나게 하셨으면 이번엔 다시 달래세요. 파도가 치솟아 하늘의 뺨을 치고, 저 불을 꺼버리지 않는다면 지금이라도 악취 나는 검은 찌끼 같은 비를 퍼부을 것만 같군요. 남들이 고통을 받는 걸 보고 저도 괴로웠어요. 훌륭한 배가 산산조각이 났어요. 귀한 분도 타고 있었을 텐데요. 외치는 소리가 제 가슴을 아프게 했어요. 가엾어라, 모두들 죽다니! 제가 힘을 지닌 신이라면, 저 훌륭한 배와 그 안의 선객들을 삼키기 전에 바다를 말려버리겠어요.

프로스페로 심란해할 것 없다. 놀랄 건 없어. 아무 일도 없으니 마음을 놓으란 말이다.

미란다 얼마나 슬픈 일이에요!

프로스페로　괜찮대도. 다 너를 위해서 한 일이다. 너 때문이지. 넌 아무것도 모른다. 내가 어디서 왔는지도 너는 모르지. 이 누추한 동굴의 주인인 초라한 프로스페로보다 지위가 높은 아비라는 것도 넌 모르고 있어.

미란다　더 알려고 맘을 쓰지도 않았죠.

프로스페로　이제 너한테 알릴 때가 왔다. 이 마법의 옷을 벗겨다오. 됐다. (옷을 벗어놓는다.) 아가, 거기 앉아라. 눈물을 닦아. 안심하라니까. 저 끔찍스런 파선 광경을 보고 네 마음이 몹시 아팠겠지만, 내가 미리 마법을 써서, 문제없도록 해놓았으니까. 아무도— 배 안의 한 사람도, 아니, 머리카락 하나 없어지지 않았다. 배가 침몰할 때 비명이 들리긴 했지. 앉아라, 할 얘기가 있다.

미란다　아버지는 여러 차례 제 신분 얘기를 시작하시다간 그만두셨어요. 그리고 제가 여쭤보면 "기다려, 아직은 안 돼" 이렇게 말씀을 맺으셨죠.

프로스페로　이제는 얘기할 때가 됐다. 귀를 기울이고 잘 들어라. 너는 이 동굴로 오기 전 일을 기억하겠니? 아마 기억이 안 날 게다. 만 세 살도 안 됐으니까.

미란다　아니, 기억할 수 있어요.

프로스페로　뭘? 집이나 사람 생각이 나니? 무엇이건 생각나는 것이 있으면 말해보렴.

미란다　오래오래 전이죠, 그냥 꿈 같아요. 확실한 기억이라고

190

아버지, 아버지의 마법으로 이렇게 바다를 성나게 하셨으면 이번엔 다시 달래세요.
파도가 치솟아 하늘의 빰을 치고, 저 불을 꺼버리지 않는다면
지금이라도 악취 나는 검은 찌끼 같은 비를 퍼부을 것만 같군요.
남들이 고통을 받는 걸 보고 저도 괴로웠어요.

― 1막 2장

는 할 수 없지만, 네다섯 여자들이 저를 돌봐주지 않았
어요?

프로스페로 그랬지, 다섯 명도 더 돼. 어떻게 그 생각이 나니? 그 밖
에 어둡고 아득한 지난날에 보이는 게 없느냐? 여기 오
기 전 일을 기억한다면, 어떻게 여기로 오게 됐는지도
생각이 날 게 아니냐?

미란다 그건 기억이 안 나요.

프로스페로 십이 년 전만 해도, 미란다야, 십이 년 전엔 너의 아버지
는 밀라노의 공작이었다. 권력이 당당한 군주였어.

미란다 당신이 제 아버지가 아니세요?

프로스페로 너의 어머니는 부덕이 있는 분이었는데 네가 내 딸이라
고 그랬다. 그리고 너의 아버지는 밀라노의 공작, 그 밑
에 무남독녀 공주님이 있었지.

미란다 세상에! 어떤 불행한 일로 이쪽으로 오게 됐을까요? 혹
시 이리 온 게 잘된 걸까요?

프로스페로 행불행이 함께였지. 네 말대로 불행하게 쫓겨났다만
다행히 이 섬에 정착하게 된 거야.

미란다 정말 가슴이 아프군요. 기억은 잘 나지 않지만 저 때문
에 얼마나 심려하셨겠어요. 다음 얘길 해주세요.

프로스페로 내 아우이자 네 삼촌인 안토니오가 말이다, 내 말을 잘
들어라 — 동기간에 그럴 수가 있었는지 — 이 세상에
너 다음으로 아끼고 국사까지 맡겼더니만 — 당시 모든

영토 가운데서 밀라노가 첫째가는 나라였고, 프로스페
로는 공작의 으뜸, 위엄이 당당한 데다 인문 예술에서
따를 자가 없었다. 난 그런 일에만 전념하고 국사는 네
삼촌에게 맡겨버렸기 때문에, 나랏일에서 점점 멀어지
고, 남몰래 연구에 몰두할 무렵―속 검은 네 삼촌이―
내 말을 듣고 있니?

미란다 열심히 듣고 있어요.

프로스페로 일단 집권하자 소청을 받아들이는 일이건 거절하는 일
이건, 누구를 등용하거나 눈에 거슬리는 자를 억눌러
내쫓는 일이건, 만사에 익숙해지자 내가 채용했던 사
람들을 제 맘대로 처리했어. 자리를 바꿔놓질 않나, 신
규 채용을 하질 않나, 관과 관리의 열쇠를 한손에 쥐고,
모든 사람들이 듣기 좋은 말로 아첨을 하게 만들었지.
결국 이 공작이라는 나무줄기를 덮어버리고, 싱싱한
생명의 피를 빠는 담쟁이가 되어버렸단 말이다. 듣지
않는구나!

미란다 듣고 있어요, 아버지.

프로스페로 잘 들어라. 이와 같이 나는 현세의 임무를 등한시하고
들어앉아 수양을 하고 있었다. 하기야 은퇴하지만 않
았다면 속세의 명예가 문제였겠느냐만, 흉측한 네 삼
촌에게 나쁜 마음을 먹게 했어. 착한 부모가 나쁜 자식
을 낳듯이, 내가 그렇게 믿었건만, 네 삼촌에게 정반대

로 불의의 마음을 품게 했단 말이다. 끝없이 한없이 믿었지. 삼촌은 이렇게 군주의 옷을 입자, 내 세입은 물론 내 권력이 행사하던 모든 것을 차지했다. 늘 망언하는 버릇이 있는 자가, 마침내는 자신을 속이고 이를 정당화하는 법이다. 네 삼촌도 내 대리로서 모든 권위를 갖추고 표면상 군주나 다름없었기 때문에, 자신이 정말로 공작이라고 생각한 나머지, 점점 야망이 커져서— 듣고 있니?

미란다 그런 말씀을 들으면 귀머거리도 귀가 뚫리겠어요.

프로스페로 명실공히 간격을 없애기 위해서 기어이 정식으로 밀라노 공작이 되려고 했어. 나를, 마치 서재 하나가 영토보다 크다고 생각하는 인간, 도저히 군주로서의 통치력이 없는 인간으로 생각하고, 권력에 굶주린 나머지, 삼촌은 나폴리 왕에게 조공을 드리는가 하면, 그 왕관 앞에 머리를 굽혔다. 아직 한 번도 외국에 굴한 적이 없는 우리 나라가, 이게 무슨 꼴이냐, 이런 굴욕을 당하다니!

미란다 이를 어쩌나!

프로스페로 나폴리 왕하고 맺은 조약과 그 결과를 듣고 나서, 그래도 동기간이라고 할 수 있는지 말해다오.

미란다 죄송하지만 할머니를 의심하고 싶군요. 착한 어머니가 악한 아들을 낳는 수도 있겠죠.

프로스페로 나폴리 왕은 나와는 원수였기 때문에 조약을 통해 삼촌의 청을 받아들이고, 액수는 알 수 없지만, 일정한 조공을 바치고 신하가 된다면 우리 부녀를 추방하고 밀라노의 국토와 모든 명예직을 삼촌에게 주겠다고 약속했어. 그래서 삼촌은 반란군을 징집하고, 미리 작정했던 어느 날 밤중에 밀라노의 성문을 열었단 말이다. 그리고 칠흑 같은 밤중에, 명령을 받은 관리들이, 울고불고하는 너와 이 아비를 성 밖으로 내쫓았지.

미란다 이를 어쩔까! 그때 어떻게 울었는지 기억이 나지 않는군요. 지금 다시 울고 싶어요. 그 말씀을 들으니 눈물이 안 나올 수 없어요.

프로스페로 조금 더 들으면 지금부터 할 일을 알게 될 거야. 그렇지 않다면 내 얘긴 동떨어진 게 되니까.

미란다 왜 그때 그 사람들이 우릴 죽이지 않았을까요?

프로스페로 잘 물었다. 그런 의문이 생겼을 거야. 그자들이 감히 죽이진 못했지. 국민들이 얼마나 날 위했다고. 그렇게까지 잔인한 짓은 못했어. 하지만 음모를 그럴싸하게 은폐했지. 결국 그자들은 우리 부녀를 배에 몰아 싣고 바다 가운데로 나가더니, 미리 준비한 조그만 썩은 배에 우릴 옮겨 실었지. 그 배라는 게 밧줄도 없고 돛과 돛대도 없고, 쥐들도 본능적으로 알아차리고 달아날 물건이었다. 난 성난 파도에 대고 외쳐보았다. 휘몰아치는 바람에 한숨을 보냈을 때, 바람도 동정하고 한숨을 돌려보냈지. 동정이 오히려 원수 같았어.

미란다 저 때문에 얼마나 애태우셨겠어요!

프로스페로 너야말로 나를 수호해준 천사였지. 내가 억제할 수 없
는 슬픔 속에 신음하면서 넘치는 눈물로 바닷물을 불리
고 있을 때, 너는 하늘이 내려주신 용기를 얻어 웃고 있
었어. 네 얼굴을 보자 죽었던 힘이 되살아나고, 난 어떤
고난이 닥치더라도 견뎌내겠다고 결심했다.

미란다 어떻게 상륙하게 됐어요?

프로스페로 하느님의 섭리지. 식량이건 음료수건 다 있었어. 이건
다 그때 우리를 호송하던 나폴리의 귀족 곤잘로가 자비
를 베푼 거야. 먹을 것 외에 좋은 옷과 리넨, 기구와 일
용품을 줘서 요긴하게 썼다. 그것뿐이겠니, 내가 책을
사랑하는 줄 알고, 나라 땅보다도 소중히 여기는 책 여
러 권을 서재에서 꺼내다 줬어.

미란다 그분을 만나보고 싶군요!

프로스페로 (마법의 옷을 다시 입으며) 때가 됐다. 가만히 앉아서 고난
의 바다 얘기를 끝까지 들어라. 이 섬에 닿자 내가 선생
이 돼서 너를 가르쳤다. 헛된 시간을 낭비하는 다른 공
주들은 받지도 못할 훌륭한 교육이지. 가정교산들 더
가르칠 수 있었겠니.

미란다 고마우신 아버지! 그런데 아버지, 뭣 때문에 이렇게 태
풍을 일으키셨어요? 어서 말씀해주세요. 아직도 가슴

이 뛰어요.

프로스페로 그럼 이것만 얘기하마. 이상한 인연으로 운명의 여신
이 이제는 내 편이 돼서 원수들을 이 해안으로 끌어들
인 거야. 내 영광의 절정은 한 개 행운의 별에 달려 있다
는 걸 알고 있다. 이제 그 별의 힘을 소홀히 한다면 내
운명은 쇠퇴일로를 걷게 될 거야. 이젠 그만 물어라. 졸
린 게로구나. 자는 게 좋으니 어서 자거라. 자지 않을 수
없을걸.

미란다 잠든다.

어서 와, 어서. 다 됐다. 에어리얼, 오라니까, 어서.

에어리얼 등장.

에어리얼 안녕하십니까, 선생님. 무슨 일이십니까? 나는 일이건,
헤엄치는 일이건, 불 속에 뛰어드는 일이건, 뭉게구름
을 타는 일이건, 명령에 따라 임무를 수행하겠습니다.

프로스페로 요정아, 내가 분부한 대로 태풍은 일으켰느냐?

에어리얼 하나 빼놓지 않았습니다. 무서운 불덩어리가 되어 왕
의 배에 올라, 뱃머리고 갑판이고 중갑판, 선실마다 다
니며 간을 서늘하게 해줬죠. 여기저기서 분신이 돼 타

오르기도 하고요. 중간 돛대며 돛가름대며, 사장(斜檣)이며, 동시에 분신이 돼 타오르다가 다시 한덩어리가 되어 타올랐죠. 무시무시한 청천벽력의 안내역인 조브 신의 번갯불이 제아무리 빠르다 해도 그렇게 빠르지는 못할 겁니다. 번개와 뇌성벽력이 저 위력이 당당한 대해를 포위하여 사나운 파도를 떨게 했죠. 정말이지 해신의 삼지창도 떨렸습니다.

프로스페로 용감한 요정이로군! 그런 소동이라면 제아무리 용맹스런 자라도 미치지 않을 수 없었겠군.

에어리얼 저만큼 미친 듯이 열띠어 단말마적인 행동을 했습니다. 수부 외에는 전부 거친 파도에 뛰어들어 마침 불붙고 있는 배를 떠났죠. 왕자 페르디난드는 머리털을 대나무처럼 곤두세우고, "지옥의 악마들이 내습했다"고 외치면서, 제일 먼저 뛰어내렸습니다.

프로스페로 음, 내 말대로 잘했다! 그건 육지에 가까운 데였겠지?

에어리얼 아주 가까운 뎁니다.

프로스페로 하지만 다들 무사한가?

에어리얼 머리카락 하나 없어지지 않았습니다. 흠뻑 젖은 옷은 더럽기는커녕 더 깨끗해졌죠. 그리고 선생님 명령대로, 여러 패로 나누어 이 섬 여기저기 헤쳐놓았습니다. 왕자만은 혼자 상륙시키고, 아무도 모르는 곳에 데려다 놓았습니다만, 이렇게 풀이 죽어 팔짱을 끼고 앉아

안녕하십니까, 선생님. 무슨 일이십니까?
나는 일이건, 헤엄치는 일이건,
불 속에 뛰어드는 일이건, 뭉게구름을 타는 일이건,
명령에 따라 임무를 수행하겠습니다.

- 1막 2장

서 한숨만 내쉬고 있습니다.

프로스페로 왕이 탄 배의 수부들은 어떻게 처리했어? 그리고 나머지 놈들은?

에어리얼 왕의 배는 무사히 대놓았습니다. 언젠가 선생님께서 아닌 밤중에 저를 부르시고, 연중 폭풍이 부는 악마의 섬에서 이슬을 따오라고 하신 바로 그 깊숙한 곳에 배를 감춰놨죠. 수부 놈들은 모두 맨 아랫간에 몰아넣고요. 그러지 않아도 고단해하는 그놈들에게 주문을 외워 아주 잠재워버렸죠. 그리고 제가 헤쳐놓았던 나머지 놈들은 다시 모였습니다. 풀이 죽어 나폴리를 향해 지중해로 떠났습니다. 배가 깨져서 왕이 죽은 줄 알았기 때문이죠.

프로스페로 에어리얼, 임무를 완수했군. 하지만 할 일이 또 있다. 몇 시지?

에어리얼 정오가 지났습니다.

프로스페로 적어도 두 시간은 지났을걸. 지금부터 여섯 시까지 사이를 유효적절하게 이용해야 돼.

에어리얼 또 일이 있습니까? 저한테 일을 시키실 마련이면 약속을 잊어버리지 마십시오. 아직도 약속 이행을 안 하셨거든요.

프로스페로 아니, 왜 시무룩해? 그래, 소원이 뭐냐?

에어리얼 절 놓아주십시오.

당시의 네 고통은 내가 잘 안단 말이야.
네 신음을 듣고 승냥이도 가엾어 울어대고,
사나운 곰의 가슴도 뚫릴 정도였어.
그건 지옥의 죄인에게 내려진 고통이어서,
시코랙스 자신도 다시 풀 수 없었지.
그때 내가 신음을 듣고 가서,
술법을 써서 소나무를 빠개고 너를 빼놓았단 말이다.

– 1막 2장

프로스페로   기한이 되기도 전에? 이제 그만이라는 말이냐?

에어리얼   여태까지 정성껏 해드리지 않았습니까? 제가 어디 거짓말을 했습니까, 실수를 했습니까, 불평불만 없이 받들었죠. 기한을 일 년 줄여주신다고 약속하셨죠.

프로스페로   혹심한 고통에서 너를 구해내줬는데, 잊어버렸느냐?

에어리얼   그럴 리가.

프로스페로   잊어버렸어. 심해의 조수 밑으로 들어가고, 매운 북풍을 타고, 서리로 굳어진 땅속을 파고 들어가는 것쯤이 대단한 봉사라고 생각하느냐?

에어리얼   그렇지 않습니다.

프로스페로   거짓말 마, 못된 놈아, 넌 마녀 시코랙스를 잊어버렸지? 늙고 악의에 차서 꼬부랑 할망구가 된 마녀 말이야.

에어리얼   잊어버리지 않았습니다.

프로스페로   잊어버렸어. 시코랙스는 어디서 났지? 어서 말해봐.

에어리얼   아르지에서요.

프로스페로   아, 그래? 너 같은 놈에겐 한 달에 한 번씩 지난 일을 얘기해줘야지, 그렇지 않으면 잊어버린단 말야. 그 못된 마녀 시코랙스는 온갖 못된 짓에다, 듣기에도 끔찍한 마술을 쓴 죄로, 너도 알다시피 아르지에서 쫓겨났단 말야. 공로를 봐서 목숨만은 살려줬지. 안 그래?

에어리얼   그렇습니다.

프로스페로   선원들이 임신 중인 파란 눈 요귀를 이 섬으로 호송해

놓고 가버렸어. 그때 넌 네 말대로 시코랙스의 하인이었단 말야. 한데 너는 원체 건드리기만 해도 부서질 것 같은 요정이었기 때문에, 마녀의 명령을 거절하고 억센 일을 하지 않았단 말야. 그래서 마녀는 노발대발해서 힘센 부하의 도움을 받아, 소나무를 쪼개고 너를 그 틈바구니에 넣어버렸어. 너는 그 틈에 끼여서 십이 년이나 고통을 받았단 말이다. 그러는 동안 마녀는 죽고 너는 그대로 남아서 마치 물방아 수레한테 얻어맞는 것처럼 신음했지. 당시 이 섬엔 사람이라곤 하나도 없었다. 있었다면 늙은 마녀가 낳은 주근깨 천지인 새끼 하나였어.

에어리얼 그 아들 칼리반이죠.

프로스페로 알긴 아는군. 내가 지금 부리고 있는 칼리반 말이다. 당시의 네 고통은 내가 잘 안단 말이야. 네 신음을 듣고 승냥이도 가엾어 울어대고, 사나운 곰의 가슴도 뚫릴 정도였어. 그건 지옥의 죄인에게 내려진 고통이어서, 시코랙스 자신도 다시 풀 수 없었지. 그때 내가 신음을 듣고 가서, 술법을 써서 소나무를 뻐개고 너를 빼놓았단 말이다.

에어리얼 알았습니다, 선생님.

프로스페로 또 뭐라고 두덜대면, 참나무를 쪼개고 마디 천지인 기둥 나무 속에 너를 끼워놓고, 열두 해 겨울을 짖어대게 만들겠다.

에어리얼 용서합쇼, 선생님. 그저 명령에 복종하고 고분고분 일

하겠습니다.

프로스페로 그렇게 해, 이틀 후엔 놓아주지.

에어리얼 역시 선생님이시죠. 그럼 뭘 할까요? 분부하십쇼. 뭘 할

까요?

프로스페로 가서 바다의 정령으로 둔갑을 해. 나한테만 보이도록

하고, 다른 사람 눈엔 보이지 않도록 해. 어서 둔갑하고

이리 와. 빨리 가!

에어리얼 퇴장.

애, 일어나거라! 잘 잤다. 일어나!

미란다 아버지 얘기가 신기해서 졸고 말았어요.

프로스페로 정신을 차려, 어서. 칼리반 놈한테 가보자. 그놈 대답이

늘 불손하단 말야.

미란다 아주 못됐어요, 보기도 싫은걸요.

프로스페로 하지만 지금 형편으로는 손이 아쉽다. 불을 때지, 나무

를 해오지, 이모저모로 부려먹을 수 있거든. 여봐, 칼리

반, 진흙덩이 같은 놈아, 대답해!

칼리반 (뒤에서) 여기 나무가 많아요.

프로스페로 이리 나오라니까. 할 일이 있다. 거북아, 나와.

에어리얼이 바다의 정령으로 둔갑하고 등장.

근사하군! 맵시가 있어! 이거 봐, 내 말을 들어!

에어리얼 네, 알았습니다. (퇴장)

프로스페로 이 주리를 틀 놈, 악마하고 늙은 마녀가 점지한 놈아,
나와!

칼리반 등장.

칼리반 어머니가 더러운 늪지에서 까마귀 날개로 쓸어 모은 독
한 이슬이, 두 인간 머리 위에 쏟아져라! 남서풍이 불어
서 온통 부어터져라.

프로스페로 그따위 소리 하면, 오늘 저녁 온몸이 비틀리고 옆구리
가 결려서 숨도 못 쉴걸. 잔 귀신들이 밤중에 쏟아져 나
와서 널 못살게 굴걸. 벌집 쑤시듯 온몸을 쑤셔댈 거야.
한번 쏘이면 벌한테 쏘이는 것보다 더 아프지.

칼리반 밥 먹는 놈을 왜 불러내. 이 섬은 내 섬이야. 우리 어머
니 시코랙스가 준 건데, 당신이 빼앗았어. 처음 왔을 땐
내 머릴 쓰다듬고 아껴줬지. 열매를 물에 타서 줬거든.
밤낮으로 불타고 있는 큰 빛은 무엇이며 작은 빛은 무
엇인지 가르쳐줬죠? 그래, 난 당신이 좋아서 섬의 좋은
것들을 다 얘기해줬죠. 맑은 샘과 저수지와 불모지, 옥

토. 내가 바보였어. 어머니의 모든 마술인 ─ 두꺼비, 딱
정벌레, 박쥐가 두 인간에게 들러붙어라! 처음엔 내가
왕 노릇을 했더니만, 이제 와서는 나 혼자 하인 노릇을
도맡아하게 되다니. 당신은 나를 이 딱딱한 바위 속에
처박아놓고 섬을 몽땅 차지했지.

프로스페로 이 거짓말쟁이 놈, 넌 매질이나 해야 움직이는 놈이야.
상냥하게 대하면 막무가내란 말야. 더러운 놈이지만
불쌍하게 생각하고 받아들여, 내 동굴에 재워주었더
니, 내 딸에게 못된 짓을 하려고 했것다.

칼리반 하하, 분하게 됐어! 당신이 방해를 했으니 망정이지, 이
섬을 칼리반 새끼들로 꽉 채울 수 있었을 텐데.

프로스페로 지긋지긋한 놈, 못된 짓은 무엇이고 다 배우면서, 좋은
인상은 눈곱만큼도 찾아볼 수 없군. 난 너를 측은히 여
겨 말을 가르치느라고 수고를 하고, 시간마다 무엇이
고 가르쳐줬다. 네 입으로 하는 말이 무슨 말인지도 모
르고, 짐승처럼 횡설수설했을 때도, 뜻이 통하는 말로
의사소통이 되도록 해주지 않았느냐. 그랬는데도, 네
놈의 비천한 천성은 백번 가르쳐줘도 고쳐지지 않았기
때문에, 선량한 사람과는 같이 살 수가 없었단 말이다.
그러니까 이 바위 속에 넣어두는 것은 당연해. 감옥에
처넣어도 시원찮을 놈이야.

칼리반 말을 가르쳐주긴 했지만, 덕택에 욕하는 건 알지. 말 가

르쳐준 벌로 단독(丹毒)에나 걸려라!

프로스페로 썩 비켜, 마녀 종자 같으니! 빨리 나무나 해와. 다른 일
이 또 있으니까. 이놈, 아니꼽단 말이냐? 명령을 게을리
한다든지, 마지못해 한다면, 손발에 쥐가 나게 하고, 뼈
가 쑤시게 하고, 짐승들도 네 신음을 듣고 무서워 떨 정
도로 혼내주겠다.

칼리반 그건, 제발. (방백) 복종할 수밖에 없지, 굉장한 마술
을 쓰니까. 어머니의 수호신 세테보스도 꼼짝 못한다
니까.

프로스페로 그래, 이놈, 빨리 가!

칼리반 퇴장.

페르디난드 등장, 에어리얼은 사람 눈에 보이지 않는 정령
의 모습으로 기악을 연주하고 노래하면서 다시 등장.

에어리얼 (노래한다.)

여기 모래밭으로 와서

손에 손을 잡으라.

절하고 입 맞출 때,

물결도 잠들지니,

춤추라 사뿐사뿐.

반복하라, 정령들아,

들으라, 들으라!

(여기저기서 후렴)

멍, 멍!

집지기 개가 짖네.

(또다시 후렴)

멍, 멍.

들으라, 들으라, 저 소리

거만한 수탉 우는 소리

꼬끼오, 꼬끼오.

페르디난드 저 노래는 어디서 들려오는 것일까? 공중에서 나는 소리인가, 땅속에서 나는 소린가? 이젠 안 들리는군. 이 섬의 신에게 바치는 노래겠지. 기슭에 앉아 부왕의 조난을 슬퍼할 무렵, 저 음악이 바다에서 다가와, 감미로운 음조로 노한 파도와 내 슬픔을 진정시켜줬어. 그리고 노래를 따라, 아니 노랫소리에 끌려 이리 오자, 벌써 사라져버렸거든. 아니, 또 시작되는데.

에어리얼 (노래한다.)

다섯 길 물속에 그대 어른 누웠나니,

당신 뼈 산호 되고,

당신 눈 진주 되었네.

그 옥체 삭지 않고,

바다의 조화 속에,

저 노래는 어디서 들려오는 것일까?

공중에서 나는 소린가, 땅속에서 나는 소린가?

이젠 안 들리는군. 이 섬의 신에게 바치는 노래겠지.

기슭에 앉아 부왕의 조난을 슬퍼할 무렵,

저 음악이 바다에서 다가와,

감미로운 음조로 노한 파도와 내 슬픔을 진정시켜줬어.

— 1막 2장

귀하고 신비한 것 되었네.

바다의 정령들 조종 울리나니.

(후렴)

딩, 동.

아, 조종 소리 ― 딩, 동.

페르디난드 저 노래는 익사하신 아버지를 애도하는 노래군. 이건 사람의 짓이 아닌데. 저 소리도 땅속에서 나오는 소리가 아냐. 이번엔 저 위에서 들리는데.

프로스페로 눈썹을 들어 올리고, 저기 무엇이 보이는지 말해봐라.

미란다 뭐예요? 정령인가요? 여기저기 둘러보네요. 정말이지 씩씩하게 생겼군요. 하지만 정령인데요.

프로스페로 정령이 아냐. 먹고 자고 우리와 같이 오관을 가지고 있어. 저 청년은 조난당한 배에 있었다. 미를 좀먹는 벌레와도 같은 슬픔에 잠겨 있지 않다면, 네가 보고 호남이라고 말할 거야. 잃어버린 일행을 찾으려고 헤매는 거야.

미란다 성인(聖人)이라고 부르고 싶어요. 저렇게 고상한 사람을 본 일이 없으니까요.

프로스페로 (방백) 내 생각대로 돼가는군. 정령아, 기특하다. 이렇게 해준 보수로 이틀 안에 놓아주마.

페르디난드 틀림없이 저건 마술의 음악을 주관하는 여신일 거야. 저, 이 섬에 살고 계신 분입니까? 전 여기서 어떻게 하면 좋을지 가르쳐주십시오. 뒤늦게 묻습니다만, 제일 궁금하다오. 처녀인지 아닌지 말씀해주십시오. 신비로운 분이로군!

미란다 신비로울 건 없어요. 전 처녀예요.

페르디난드 나와 같은 말을 쓰는군. 그 말을 사용하는 곳에만 있다면, 난 그 말을 쓰는 사람들 중에서 누구보다도 신분이 높은 사람이오.

프로스페로 아니, 높은 신분이라고? 나폴리 왕이 그 소리를 들으면 어떻게 되겠소?

페르디난드 이렇게 한 몸밖에 없는데, 나폴리 왕의 이야기를 듣는 것은 신기하군. 이제는 말하는 것도 슬퍼하는 것도 나 혼자요, 내가 곧 나폴리 왕이니까. 부왕이 조난당하시는 것을 목격한 이래, 이 눈이 마를 사이가 없소.

미란다 이를 어쩌면 좋아!

페르디난드 사실이오. 모든 귀족들과 밀라노 공작 부자 분도 다 같이.

프로스페로 (방백) 진짜 밀라노 공작 부녀는 그렇지 않다는 걸 말할 수도 있지만, 시기상조야. 저것들이 첫눈에 서로 반했거든. 기특한 에어리얼, 이 수고비로 놓아주마. ……잠깐, 한마디. 당신 말은 잘못된 것 같은데. 잠깐만 저리.

미란다 무엇 때문에 아버지는 저렇게 사납게 말씀하실까? 저이는 내가 세 번째 본 사람이야. 처음으로 그리워한 분이지. 제발 아버지께서도 나처럼 상냥하게 대해주셨으면!

페르디난드 아직 아무에게도 애정을 바치지 않은 처녀라면, 그대를 나폴리 왕비로 맞겠소.

프로스페로 잠깐만, 한마디 더. (방백) 서로 마음이 사로잡혀 있군. 하지만 저들의 빠른 사랑의 길에 장애물을 놓아야지. 너무 손쉽게 손에 넣으면 소중히 여기지 않을 테니까……. 또 할 얘기가 있소. 내 말을 귀담아들으란 말이오. 자네는 자격도 없는 이름을 사칭하고 이 섬에 간첩으로 들어왔지? 주인인 내 손에서 섬을 뺏으려는 게 아닌가?

페르디난드 절대로 그렇지 않습니다.

미란다 저런 몸속에 악이 살아 있을 리는 없어요. 악마가 그처럼 아름다운 집을 지닐 수 있다면, 착한 마음도 같이 살려고 애쓰겠죠.

프로스페로 이리 와. ……저 친구를 두둔할 필요는 없다, 범인이니까. ……자, 목과 다리에 수갑을 채우고 바닷물을 먹일 테다. 민물 섭조개, 마른 나무 뿌리, 도토리 껍질이나 먹고 따라와.

페르디난드 천만에. 그런 대우는 안 받겠소. 호락호락하지는 않지.

그는 칼을 빼앗아 들고 치려고 하나, 프로스페로의 마술로 꼼짝 못한다.

미란다 아버지, 너무 심하게 하지 마세요. 점잖은 사람인데요.
흉악한 사람 같진 않아요.

프로스페로 뭐라고? 새끼손가락이 엄지손가락을 가르칠 셈이냐?
……칼을 집어넣어, 역적 같은 놈! 허풍만 떨고 치지 못
하는 걸 보면 양심이 죄의식에 사로잡혔군. 어서, 그 자
세를 풀어. 이 지팡이를 휘두르면 그 칼을 떨어뜨릴 수
있으니까.

미란다 아버지, 그만해두세요.

프로스페로 비켜, 옷을 붙잡지 마.

미란다 용서해주세요. 제가 증인이 되겠어요.

프로스페로 잠자코 있어. 더 말하면 야단치겠다, 미워할 것까지는
없고. 협잡꾼을 거들다니. 조용히! 저런 놈 같은 남자가
없는 줄 아니? 네가 만났다는 인간이란 이놈과 칼리반
뿐이지. 어리석은 것! 다른 사람들과 비교하면 이놈은
칼리반이나 마찬가지야. 다른 사람들은 이놈하고 비교
하면 다 천사지.

미란다 그렇다면 제 애정은 가장 천하군요. 이 사람보다 더 홀
륭한 사람을 만나고 싶은 욕심은 없어요.

프로스페로 자, 내 말대로 해. 네 근육은 어릴 때로 다시 돌아갔어.
이젠 힘 못 쓴다.

페르디난드 　정말 그렇네. 꿈꿀 때처럼 정신도 꼼짝 못하게 됐어. 아버지가 돌아가시고, 힘도 못 쓰게 되고, 친구도 다 잃어버렸고, 이자가 이렇게 날 꼼짝 못하게 위협해도 괜찮아. 하루 한 번 감옥 창살을 통해서 이 처녀를 볼 수만 있다면. 여기 말고 다른 세계는 어디고 맘대로 사용해라, 한 간 감방이 넓은 천지 같으니까.

프로스페로 　(방백) 마술이 듣는군. (페르디난드에게) 자, 가자……. 에어리얼, 잘했다! (페르디난드에게) 따라와! (에어리얼에게) 또 할 일이 있다.

미란다 　걱정 마세요. 아버지는 말씀보다는 좋은 분이에요. 오늘은 다른 때와는 다르시군요.

프로스페로 　산바람처럼 자유롭게 해주마. 그 대신 내가 하라는 대로 해라.

에어리얼 　한마디 안 놓치고 하겠습니다.

프로스페로 　자, 따라와 — 이놈을 두둔하지 마.

모두 퇴장.

214

2막

1장 섬의 다른 곳

알론소, 세바스티안, 안토니오, 곤잘로, 아드리안, 프란시
스코, 기타 등장.

곤잘로 (왕에게) 폐하, 기뻐하십시오. 한시름 놓으셨으니까요.
저희도 마찬가지죠. 살아 나온 것만도 천만다행이니
까요. 이런 슬픔은 흔히 있는 일입니다. 허구한 날 수부
의 아내, 상선의 선장, 그 화물의 주인이 저희와 같은 악
운에 부딪힙니다. 하지만 저희처럼 기적적으로 살아난
사람은 백만 명에 두서넛 뿐일 겁니다. 그러하오니 현

찰하시어, 이 기쁨으로 슬픔을 위로하십시오.

알론소　잠자코 있소.

세바스티안　(방백) 위로가 무슨 소용이야, 식은 죽 같은 거지.

안토니오　(세바스티안에게) 한데 마치 문병객처럼 위로의 말을 그치지 않는군요.

세바스티안　(안토니오에게) 보시오, 자꾸 지혜의 시계 태엽을 갈고 있소. 이제 곧 치는 소리가 날 거요.

곤잘로　(왕에게) 폐하.

세바스티안　(안토니오에게) 하나 쳤소. 세 시요.

곤잘로　슬픔이 찾아올 때는 이를 환대할지니, 이는 환대하는 자에게…….

세바스티안　(들으라는 듯이) 한 냥짜리군.

곤잘로　(세바스티안에게) 정말 한량없는 슬픔이지. 생각했던 것보다 옳은 말씀을 하셨소.

세바스티안　(곤잘로에게) 생각했던 것보다 재치 있게 받으시는군.

곤잘로　(왕에게) 그러하오니…….

안토니오　(방백) 정말 쓸데없는 소리를 지껄이는군.

알론소　(곤잘로에게) 그만해두시오.

곤잘로　네, 그만두겠습니다. 하지만…….

세바스티안　(안토니오에게) 입을 다물지 못할걸.

안토니오　(세바스티안에게) 저 친구하고 아드리안 중에 누가 먼저 울 것 같소? 내기를 합시다.

216

폐하, 기뻐하십시오. 한시름 놓으셨으니까요.

저희도 마찬가지죠. 살아 나온 것만도 천만다행이니까요.

이런 슬픔은 흔히 있는 일입니다.

허구한 날 수부의 아내, 상선의 선장, 그 화물의 주인이

저희와 같은 악운에 부딪힙니다.

하지만 저희처럼 기적적으로 살아난 사람은

백만 명에 두서넛 뿐일 겁니다. 그러하오니 현찰하시어,

이 기쁨으로 슬픔을 위로하십시오.

– 2막 1장

세바스티안 늙은 닭이지.

안토니오 병아리야.

세바스티안 좋아. 내기는 무엇을 걸고?

안토니오 웃음.

세바스티안 좋소.

아드리안 (왕에게) 이 섬은 어딘가 황량한 것 같고…….

세바스티안 핫, 핫, 핫. 이겼어, (안토니오에게) 받으시오.

아드리안 사람 사는 데 같지 않고, 접근하기 어려운 것 같습니다.

세바스티안 하지만…….

아드리안 하지만…….

안토니오 그 말을 뺄 수 없지.

아드리안 사시장철 신비롭고, 부드럽고, 감미로운 섬인 것 같습니다.

안토니오 (방백) '사시장철' 감미로운 계집애가 있었지.

세바스티안 암, 저 친구가 점잖게 언명하신 대로 신비로웠지.

아드리안 (왕에게) 그런 데다 바람이 향기롭게 숨쉽니다.

세바스티안 (방백) 바람도 폐가 있나? 그럼 폐가 썩은 모양이지.

안토니오 늪지에서 만든 향수인지도 모르지.

곤잘로 (왕에게) 여긴 살기에 편리한 게 무엇이고 있습니다.

안토니오 (방백) 아무렴, 사는 데 필요한 게 없는 것뿐이지.

세바스티안 암, 그런 건 전혀 없거나, 눈곱만큼 있을 뿐이지.

곤잘로 (왕에게) 풀이 무성하고 싱싱합니다. 얼마나 푸릅니까!

안토니오 (방백) 그래서 땅바닥이 황갈색이로군.

세바스티안 (방백) 제비똥만큼 푸른 데가 있고 말씀이야.

안토니오 그러니까 그다지 틀리진 않았지.

세바스티안 아무렴, 그다지 틀리진 않았어도 송두리째 틀렸지.

곤잘로 (왕에게) 하지만 신기한 것은 ─ 정말 믿을 수 없을 정도로 신기한 것은…….

세바스티안 (방백) 신기하다는 건 믿을 수 없지.

곤잘로 확실히 저희 옷이 바닷물에 빠졌는데도, 선명하고 빛이 나질 않습니까. 짠물로 더럽혀지기는커녕 오히려 새로 물들인 것 같습니다.

안토니오 (방백) 주머니가 말을 한다면 거짓말이라고 할걸.

세바스티안 암, 또는 알고도 슬쩍 주머니 속에 접어둘지도 모르지.

곤잘로 (세바스티안에게) 제 생각으로는 저희들 옷은 클라리벨 공주님께서 튀니스 왕과 결혼하실 때, 그러니까 아프리카에서 처음 입었을 때처럼 청신한데요.

세바스티안 훌륭한 결혼이었지? 그 덕택에 이렇게 번영하는 모양이지?

아드리안 튀니스에선 그런 훌륭한 왕비를 모신 일이 없었죠.

곤잘로 과부 다이도 왕비 이후엔 없었지.

안토니오 (방백) 과부라고? 당치도 않아! 왜 과부 얘긴 꺼낼까? 과부 다이도라!

세바스티안 홀아비 이니애스까지 꺼내면 어때? 이거 야단났군.

아드리안 (곤잘로에게) 과부 다이도라고? 그러니까 생각이 나는 군. 다이도는 카르타고 여왕이지, 튀니스 왕비가 아닙 니다.

곤잘로 그 튀니스가 곧 카르타고요.

아드리안 카르타고?

곤잘로 카르타고라니까.

안토니오 (세바스티안에게) 저 친구 말솜씨는, 앰피온의 오묘한 하 프 소리 이상이군.

세바스티안 그 소리가 테베 성을 쌓았다더니 집까지 쌓을 정도야.

안토니오 다음엔 또 무슨 난사(難事)를 가능하게 만들지 모르 겠군.

세바스티안 아마 이 섬을 주머니에 넣고 가서 사과 대신 아들한테 줄 거요.

안토니오 그리고 그 씨를 바다에 뿌려서 많은 섬을 낳을 모양이지!

곤잘로 (왕에게) 폐하!

안토니오 (방백) 마침 잘됐군.

곤잘로 (왕에게) 지금 막 저희들은, 저희들 옷 빛깔이, 지금 왕 비로 계신 공주님의 혼례식 때와 마찬가지로 변함이 없 다고 얘기하던 참입니다.

안토니오 그런 훌륭한 왕비는 처음이라고요.

세바스티안 (안토니오에게) 과부 다이도는 제외하고 말이오.

안토니오 아, 과부 다이도? 응, 과부 다이도!

곤잘로	(왕에게) 이 조끼는 제가 처음 입었을 때와 같지 않습니까? 생각하기 나름이죠.
안토니오	생각하기 나름이라니 용하게 생각해냈군.
곤잘로	공주님 혼례식에서 제가 입었을 때처럼 말입니다.
알론소	듣고 싶지도 않은데 그런 말을 내 귓속에 틀어박아야 소용없어. 딸을 그런 데로 출가시키지 않았다면 좋았을 것을! 거기서 돌아오다 아들을 잃어버렸거든. 딸도 잃어버린 거나 마찬가지지. 이탈리아에서 이렇게 멀리 떨어져 있으면 다시는 못 만날 게 아닌가. 아, 나폴리와 밀라노를 이어받을 아들아, 너는 어떤 괴이한 물고기의 밥이 되었는가!
프란시스코	아니, 살아 계실 겁니다. 왕자님께서 파도를 억누르고 그 등에 타신 것을 봤으니까요. 물결을 걷어차고 옆으로 헤치며, 산더미같이 밀려오는 노도를 무찌르셨습니다. 늘 용감하게 파도 위로 머리를 드시고, 두 팔을 노 삼아 물결을 차내며 기슭으로 다가가셨죠. 마치 절벽도 허리를 굽히고 팔을 벌려 왕자님을 맞아들이는 것 같았습니다. 틀림없이 살아서 상륙하셨을 겁니다.
알론소	아니, 죽었어.
세바스티안	이 커다란 불행에 대한 감사는 직접 본인께서 받으시죠. 인과응보예요. 형님께선 공주를 유럽에 주시지 않고, 아프리카에 버리시더니, 귀양 보내신 거나 마찬가지죠.

그러니까 공주가 눈물짓는 것도 무리가 아닙니다.

알론소 잠자코 있어.

세바스티안 우리 모두 무릎 꿇고, 달리 생각해보시라고 간청했어요. 공주도 마음에 내키지 않지만, 부모의 명령이라 어떻게 해야 좋을지 망설였죠. 암만해도 페르디난드는 죽었을 겁니다. 밀라노와 나폴리에는, 이번 사고 때문에 데리고 갈 남자보다도 더 많은 과부가 생겼죠. 이건 다 형님의 잘못입니다.

알론소 가장 큰 손실도 내 잘못이야.

곤잘로 세바스티안 공, 사실대로 말씀하신다고 해도 그렇게 말씀하셔서야……. 때와 장소가 있지 않습니까. 상처엔 고약을 발라드려야지 비벼대면 안 됩니다.

세바스티안 말 잘했군.

안토니오 (세바스티안에게) 외과의사답게 말이야.

곤잘로 (왕에게) 폐하, 그렇게 우울해하시면 저희들 얼굴에도 구름이 낍니다.

세바스티안 구름이 낀다고?

안토니오 아주 고약하군.

곤잘로 (왕에게) 제가 만일 이 섬을 식민지로서 개척하게 된다면…….

안토니오 (방백) 쐐기풀 씨나 뿌리겠지.

세바스티안 (방백) 아니면 소루쟁이나 접시꽃이라도.

222

곤잘로	그리고 왕이 된다면 뭘 할까요?
세바스티안	(방백) 술이 없으니 주정뱅이는 면하겠지.
곤잘로	그 나라에선 무엇이든지 지금과는 반대로 하겠습니다. 어떠한 매매도 허가하지 않겠습니다. 관리도 없고, 문학도 모르고, 빈부도 없고, 주종 관계도 없습죠. 계약, 상속, 경계, 토지의 구획, 경작, 포도밭도 없고요. 금속, 곡물, 술, 기름도 없고, 직업도 없습니다. 남자들은 전부 놀죠. 여자들도 그렇습니다, 순진 결백하고. 군주권이라는 것도 없습니다.
세바스티안	(방백) 그런데도 왕이 되겠다는 거지.
안토니오	군주권이 없으면서…… 그 나라는 처음하고 끝이 일치하지 않는군.
곤잘로	만인 공용의 필수품은, 땀 흘리고 노력하지 않아도, 대자연이 공급해준다는 거지. 반역, 중죄, 창검도 필요 없고, 칼과 총도 소용없고, 기계 하나 쓰지 않는다는 거야. 그런데도 이 자연이, 오곡이 무르익어서 천진난만한 국민을 먹여살린단 말씀이야.
세바스티안	자기 신하들은 결혼도 안 하나?
안토니오	안 하죠, 모두 빈들거리니까. 창부, 건달뿐이지.
곤잘로	전 완전무결한 정치를 하겠습니다. 황금시대는 문제도 안됩니다.
세바스티안	폐하 만세!

안토니오   곤잘로 만세!

곤잘로   그리고 폐하!

알론소   그만해둬. 아무 흥미도 없는 얘기를 하네그려.

곤잘로   지당한 말씀이십니다. 전 그저 시시한 일을 재미있다고 웃어대는 이 양반들에게, 웃음거리를 제공한 것뿐입니다.

안토니오   우린 당신을 비웃는 거요.

곤잘로   시시한 농담에 나 같은 사람이 명함이나 들이대겠소? 그러니 어서 계속하시지. 하지만 허공보고 짖는 격일걸.

안토니오   한 대 맞았는걸.

세바스티안   큰대자로 엎어지진 않았어.

곤잘로   용감무쌍한 신사들이시군. 만일 사 주일 정규 회전이 아니고 오 주일 동안 달이 변하지 않고 계속한다면, 궤도에서 달을 빼내기라도 하겠는걸.

에어리얼, 보이지 않게 등장, 엄숙한 음악을 연주한다.

세바스티안   아무렴. 그러곤 박쥐 사냥이나 나갈 생각이오.

안토니오   (곤잘로에게) 아, 노여워 마슈.

곤잘로   노하다니, 어리석게 그런 분별없는 짓은 안 합니다. 우스운 소리라도 해서 날 재워주시겠소? 굉장히 졸립군요.

안토니오 어서 주무슈, 얘기할 테니.

알론소, 세바스티안, 안토니오 외에는 모두 잔다.

알론소 아니, 금방 잠이 들었나? 나도 두 눈과 함께 이 괴로운
생각을 덮어버렸으면. 암만해도 졸음이 오는 것 같아.

세바스티안 졸리면 주무셔야죠. 슬프면 잠이 안 오는 법입니다마
는, 자면 위로가 되죠.

안토니오 주무시는 동안 저희 둘이 모시고 있겠습니다.

알론소 고맙소. 잠이 쏟아지는군. (잠든다.)

에어리얼 퇴장.

세바스티안 이상하지, 엔간히들 졸린 모양이야.

안토니오 기후 탓이죠.

세바스티안 그렇다면야 우리 눈까풀도 내려앉아야 할 게 아니겠
소. 난 자고 싶지 않은데.

안토니오 나도. 내 신경은 활기에 차 있으니까요. 저 사람들은 합
의를 본 것처럼 곯아떨어졌군요. 벼락이나 맞은 것처
럼 쓰러져버렸어. 어떻게 될까요. 세바스티안 공……
어떻게 될까요? 그만둡시다. 하지만 귀공의 얼굴엔 앞

일이 나타나 있는 것 같은데요. 천재일우의 기회가 귀공을 기다립니다. 귀공의 머리 위에 금관이 떨어지는 걸 보는 것만 같군요.

세바스티안 아니, 공은 깨어 있는 거요?

안토니오 내 말이 안 들리세요?

세바스티안 안 들리긴. 확실히 잠꼬대야. 공은 꿈속에서 말하시는 게 아니오? 무슨 말씀이시지? 자면서 눈을 크게 뜨고 있다니 묘한 잠이군. 서서 말하고 움직이고…… 그런데도 잘 자다니.

안토니오 세바스티안 공, 행운을 잠재우고 있는 겁니다……. 아니, 죽이고 있는 거죠. 깨어 있으면서 눈을 감고 있는 겁니다.

세바스티안 확실히 코를 골고 계시군. 그 소리에 의미가 있소?

안토니오 난 여느 때보다 진지하오. 내 말을 들으시겠으면 공도 진지하셔야지. 그렇게 하면 공은 현재의 세 배는 훌륭해질 거요.

세바스티안 흠, 나는 잔잔한 물이오.

안토니오 그러면, 흐르는 방법을 가르쳐드리지.

세바스티안 가르쳐주슈. 썰물이라면 타고난 게으름뱅이라 잘 알죠.

안토니오 한데 농담이 진담이라고, 지금은 핵심을 찌르고 있소. 그걸 아신다면야. 언중유골이란 그런 것이 아니겠소? 사실 움츠러들기 잘하는 사람들은, 자신의 소심증과

게으름 때문에 밑바닥에서 흐르기 마련이죠.

세바스티안 더 계속하시오. 확고한 눈의 표정이라든지 뺨의 빛엔 곡절이 있소이다. 산기가 진통을 가져오는 모양이죠.

안토니오 그렇습니다. 이 건망증에 걸린 분이 말씀입니다. 땅속에 묻힌 거나 마찬가지로 잊힐 위인이지만 — 하긴 저 친구는 입심이 좋은 친구라서 설복시키는 덴 선수입니다만 — 왕자는 살아 있다고 왕에게 납득시키고 있습니다만, 여기서 잠자코 있는 자가 헤엄을 칠 수 없는 거나 마찬가지로, 왕자가 익사하지 않았다는 건 있을 수 없는 일이죠.

세바스티안 죽지 않았다는 희망을 가질 수는 없죠.

안토니오 그 희망이 없다는 데서 공의 큰 희망이 생기는 거죠. 그쪽에 희망이 없으니까 이쪽에 큰 희망이 있는 거죠. 큰 야망도 그 이상 뚫어 볼 수 없고, 발견할 수 없을 정도의 희망이란 말씀입니다. 페르디난드 왕자가 익사했다는 것은 나와 같은 의견이시겠죠?

세바스티안 죽었소.

안토니오 그렇다면 나폴리의 계승자는 누가 될까요?

세바스티안 클라리벨.

안토니오 튀니스 왕비 말입니까? 인간이 백 살을 사는 것보다 멀리 떨어져 있는 분이지. 태양이 우체부 노릇을 하지 않는 한 편지 한 장 받을 수 없는 분 — 달 속 사람으론 늦지 — 갓난애가 수염이 나서 면도칼을 턱에 댈 때까지 소식을 듣지 못할 분 말입니까? 그분을 만나고 돌아오는 길에, 바다가 삼켰다가 토하는 바람에 되살아 나온 사람도 있지만, 그 인연으로 우리 모두 연극을 하게 된 거죠. 아까 일어난 일은 프롤로그라고나 할지, 앞일은 우리 손에 달렸으니까 우리가 결정지어야 됩니다.

세바스티안 당치 않은 말씀. 조카딸이 튀니스의 왕비라는 건 사실이오. 나폴리의 계승자이기도 하죠. 튀니스와 나폴리 사이에는 상당한 공간이 있겠지만요.

안토니오 공간이야말로, 한 자 한 치마다 이렇게 외치는 것 같군요. "클라리벨이 어떻게 우리를 지나쳐서 다시 나폴리까지 돌아갈 수 있을까? 그러니 클라리벨은 튀니스에 머물러 있고, 세바스티안이나 희망을 갖도록 하시지." (자는 사람들을 보고) 이건 온통 죽은 거나 마찬가지군. 지금보다 나빠질 것도 없어요. 자고 있는 사람 외에 나폴리를 통치할 사람이 있습니다. 이 곤잘로만큼 시시한 얘기를 떠들어낼 귀족은 많이 있죠. 나도 못지않게 지껄일 수는 있습니다. 공도 내 생각과 같았으면 좋겠소만! 저들의 잠이 공의 출세를 마련해주는 것이 아니겠습니까! 제 말을 아시겠소?

세바스티안 알 것 같소.

안토니오 이런 행운이 기다리고 있는데 만족하시지 않습니까?

228

세바스티안 공은 당신 형 프로스페로를 추방하셨지?

안토니오 그렇소. 전에 입던 옷보다 이 옷이 얼마나 잘 어울리오? 당시 형의 하인들은 내 동료들이었소. 이젠 내 하인들이지만.

세바스티안 하지만, 양심상…….

안토니오 흥, 양심이란 어디 있소? 양심이 동상(凍傷)이라면 부드러운 슬리퍼라도 신겠소만, 내 가슴속엔 양심이라는 신(神)은 없소. 나와 밀라노 공작 사이에 양심이 스무 개 있다 해도, 나를 훼방놓기 전에 사탕으로 굳었다가 녹아버릴 거요. 여기 당신 형이 누워 계시오. 마치 죽은 것처럼 보이오만, 정말 죽은 것이라면 흙덩어리에 지나지 않소. 내가 이 충성된 칼을 세 치만 쓴다면 영원히 잠들게 만들 수 있소. 동시에 귀공이 우리 할 일을 힐난하지 못하도록, 이 한 줌 늙은 신중파를 이렇게만 해치운다면, 영원히 눈감게 할 수 있을 겁니다. 나머지 놈들은 우유 핥는 고양이처럼 우리가 하라는 대로 할 거요. 몇 시건 명령하는 대로 종을 칠 겁니다.

세바스티안 난 공의 예를 따르겠소. 공이 밀라노를 손에 넣었듯이, 나도 나폴리를 차지하겠소. 칼을 빼시오. 한칼의 대가로, 그대가 치르는 조공에서 해방시켜주지. 그리고 내가 왕이 되어, 끝내 사랑해주리다.

안토니오 같이 뺍시다. 내가 손을 들어 올리거든 귀공도 들어 올려, 곤잘로를 해치우시오.

그들 칼을 뽑는다.

세바스티안   하지만 한마디만!

그들 저만큼 가서 귀엣말을 주고받는다.
에어리얼, 보이지 않게 다시 등장하고 기악 소리와 노랫소
리 들린다.

에어리얼   스승님께선 술법을 통해서 친구이신 당신의 신변이 위
태로운 것을 아시고, 이분들을 살리기 위해서 나를 보
내신 겁니다. 그렇지 않다면 모처럼의 계획이 수포로
돌아가니까요. (곤잘로의 귀에 대고 노래한다.)
여기 코 골고 누운 동안,
백주(白晝)의 흉계가
기회를 엿보나니,
목숨이 아까울진대,
잠을 깨어 경계하오.
잠을 깨오, 잠을 깨오!

안토니오   즉각 해치웁시다.

곤잘로   (눈을 뜬다.) 착하신 천사들이여, 폐하를 보호해주소서!

230

아니 어떻게 되신 거야? (알론소를 흔든다.) 일어나십시오! 칼은 뭣 때문에 빼가지고들 계시지? 무시무시한 얼굴을 하고 계시군.

알론소　(눈을 뜬다.) 왜 그래?

세바스티안　(왕에게) 주무시는 동안 호위하고 서 있노라니까 지금 막 들소가, 아니 사자가 으르렁대는 것 같은 무서운 소리가 들렸습니다. 그래서 깨신 게 아닙니까? 제 귀에도 무시무시하게 들렸는데요.

알론소　아무 소리도 못 들었어.

안토니오　도깨비도 놀래줄 만한 무서운 소리였습니다. 지진이 나는 것 같은! 사자란 사자는 모두 한꺼번에 으르렁대는 소리였습니다.

알론소　곤잘로, 그대는 들었소?

곤잘로　확실히 저는 콧노래를 들었습니다. 묘한 노래더군요. 그래서 잠을 깼죠. 깨서 폐하를 흔들고 소리쳤습니다. 눈을 떠보니까 두 분이 칼을 빼가지고 있었습니다. 소리가 나긴 났죠. 사실입니다. 경계하는 것이 좋겠습니다. 혹 여기를 떠나시는 것이 어떨까요? 칼을 빼십시다.

알론소　여기를 떠나서 아들의 행방을 찾읍시다.

곤잘로　맹수들로부터 그분을 보호해주시옵소서! 틀림없이 이 섬에 계실 겁니다.

알론소　안내하라.

에어리얼 프로스페로 선생님께 이걸 알려드려야지. 그럼, 폐하, 무사히 왕자님을 찾으러 가십시오.

모두 퇴장.

2장 섬의 다른 곳

칼리반, 나무를 잔뜩 짊어지고 등장, 천둥소리 들린다.

칼리반 태양이, 웅덩이와 늪지와 낮은 땅에서 빨아올린 모든 독소가, 프로스페로 위에 쏟아져서, 속속들이 병투성이로 만들어다오. 그자의 요정들이 듣고 있을지 모르지만 욕을 안 할 수 있어야지. 그것들도 프로스페로가 명령하지 않으면, 나를 꼬집거나, 도깨비 장난으로 날 놀래주거나, 수렁 속에 처박거나, 햇불 모양으로 나를 이끌어 어둠 속에서 길을 잃게 할 수는 없지. 하지만 사사건건이 나를 괴롭히거든. 어떨 땐 원숭이로 둔갑을 해서 이를 드러내고 캑캑거리고 물어뜯는가 하면, 고슴도치로 둔갑을 해서 맨발로 가는 길에 자빠져서 바늘로 발바닥을 찌른단 말야. 살모사 떼한테 에워싸이는 때도 있거든. 갈라진 혓바닥으로 식식 울어대기 때문

태양이, 웅덩이와 늪지와 낮은 땅에서 빨아올린 모든 독소가,
프로스페로 위에 쏟아져서, 속속들이 병투성이로 만들어다오.
그자의 요정들이 듣고 있을지 모르지만 욕을 안 할 수 있어야지.
그것들도 프로스페로가 명령하지 않으면, 나를 꼬집거나,
도깨비 장난으로 날 놀래주거나, 수렁 속에 처박거나,
횃불 모양으로 나를 이끌어 어둠 속에서 길을 잃게 할 수는 없지.

─ 2막 2장

에, 미칠 지경이란 말야.

트린큘로 등장.

야, 이것 봐라! 영감의 요정이 왔군. 나무를 늦게 가져 온다고 날 괴롭히러 왔구나. 넙죽 엎드려야지. 내가 눈에 띄지 않을 거야. (엎드린다.)

트린큘로 여긴 비를 그을 숲도 없고 관목도 없는데, 또 폭풍우가 몰려올 것 같은걸. 바람 속에서 꾸르릉 노래를 하는군. 저기 검은 구름, 저 큰 놈은 우스꽝스런 술통 같군그래. 금방이라도 술이 쏟아져 나오겠는걸. 아까처럼 천둥이 친다면 머리를 어디다 감출까? 저기 저 구름은 통물을 내쏟을 것이 틀림없어. 이건 뭐야? 사람인가? 물고기인가? 죽었나? 살았나? 생선이야, 생선 냄새긴 한데 썩은 냄새가 나는군. 괴상망측한 냄새로군. 신선한 게 아니라 찝찌레한 냄새야. 괴상한 물고기라! 전에도 간 일이 있지만, 영국에 가서 이 생선을 간판에 그린다면, 도시구경 온 촌뜨기들이 저만큼 은전을 내놓으렷다. 이 괴물로 한밑천 모을 수 있을 거야. 괴상한 짐승만 있으면 문제없어. 영국에선 절름발이 거지한테는 한 푼 적선하지 않아도, 괴물 구경하기 위해서는 은전 열 푼도 아끼지 않는다니까. 사람 발 같은데! 지느러미는 팔 같

234

고! 어렵쇼, 따뜻한데! 지금까지의 고찰은 포기다. 일단 중지. 이건 생선이 아니라, 이 섬 인간이로군. 지금 막 벼락을 맞은 거야.

천둥소리.

폭풍우가 또 몰려오는군. 이놈 저고리 속으로 기어들어가는 것이 상책이다. 피할 곳이라곤 없는데. 진퇴양난일 때는, 낯선 친구하고 한 이불 속에서 사귀게 된단 말이야. 뇌우가 그칠 때까지 여기서 이렇게 뒤집어쓰고 있어야겠군. (칼리반의 저고리 속으로 기어 들어간다.)

한 손에 술병을 든 스테파노, 노래하며 등장.

스테파노　내 다시는 바다로 가지 않으리니,
　　　　　여기 기슭에서 죽겠노라……
　　　　　장례식에서 부르는 노래치고는 쩨쩨하군. 하지만 재미가 깨소금 맛이지. (술을 마신다.)
　　　　　선장과 청소 당번과 수부장과 나와 장포장(掌砲長)과 그 조수가,
　　　　　몰과 멕과 마리안과 마저리를 사랑했으되,
　　　　　아무도 케이트를 좋아하지 않았네.

그녀의 째지는 소리가.

"경을 칠 놈"이라고 선원에게 외쳤기 때문.

타르나 송진 냄새는 싫다는 것,

그러나 양복장이는,

그녀의 가려운 곳을 긁어준다나.

자, 모두들 바다로 가세.

그것이나 경을 치라지.

이것도 쩨쩨한 노래군. 하지만 재미가 깨소금 맛이지.

(술을 마신다.)

칼리반　아이고, 잘 봐주슈.

스테파노　왜 그래? 이거 악마가 몇 마리야? 야만인과 인도 놈들을 미끼로 농간을 부리는 건가? 그 네 다리를 무서워하려고 익사를 면했던 게 아냐. 이런 얘기가 있지 않나. "생김생김이 근사해서, 네 발로 걷는 자는 절대로 물러나지 않는 법"이라고. 한데 이 스테파노 선생께서도 콧구멍으로 숨을 쉬는 동안은 절대로 물러나지 않지.

칼리반　요정이 날 괴롭히는군. 아!

스테파노　이건 이 섬의 네 발 달린 괴물이군. 학질에 걸린 모양이지. 이자가 어디서 우리 말을 배웠을까? 우리 말을 하니 학질을 고쳐줘야겠군. 고쳐서 길을 들여가지고, 나폴리로 데리고 갈 수만 있다면, 쇠가죽만 신는 왕한테 선물로 바칠 수 있을 거야.

사람 발 같은데! 지느러미는 팔 같고!

어럽쇼, 따뜻한데! 지금까지의 고찰은 포기다. 일단 중지.

이건 생선이 아니라, 이 섬 인간이로군. 지금 막 벼락을 맞은 거야.

- 2막 2장

칼리반 제발 살려주슈. 앞으론 나무를 빨리 나를 테니.

스테파노 한창 오한이 나는 모양이로군. 말하는 게 대중없는데.
         술 한잔 줘야겠군. 술 마신 일이 없다면 이 술로 열(熱)
         이 내릴 거야. 학질을 떼주고 길만 들이면 비싸게 팔아
         먹을 수 있어. 사고 싶은 놈이 있다면야 상당한 대가를
         치르도록 해야지.

칼리반 아직은 날 괴롭히지 않았지만 금방 시작할 테지. 떨고
        있는 걸 보면 알 수 있어. 프로스페로의 마술이 옮은 모
        양이야.

스테파노 이리 와. 입을 벌려. 고양이야, 말을 하게 할 수 있는 약
         이 있다. 입을 벌려. 이걸 먹으면 떨지 않는단 말이야.
         감쪽같지. (칼리반에게 술을 준다.) 난 네 편이란 말야.

트린큘로 듣던 목소리인데, 저건 확실히 — 하지만 그 친군 빠져
         죽었는데. 그렇다면 이것들은 악마야. 와, 살려주시옵
         소서!

스테파노 다리가 넷인 데다 두 가지 소리라……. 맵시 있는 괴물
         이군. 앞쪽 목소리는 친구를 좋게 얘기하는 것 같은데,
         뒤쪽 목소리는 못된 말만 지껄여대는걸. 이 술병에 든
         것으로 학질을 고칠 수 있다면 한번 고쳐봐야지. 자!
         (술을 준다.) 그만 마셔. 네놈 저쪽 아가리에다 부어줄
         테니.

트린큘로 스테파노!

스테파노 다른 아가리가 날 부르는 모양인가? 아이구, 살려줍쇼. 이건 악마지 괴물이 아냐. 달아나야겠는걸. 긴 숟가락이 없으니 악마를 먹을 수가 있어야지.

트린큘로 스테파노! 자네가 스테파노라면 내 몸에 손을 대고 말을 해주게. 난 트린큘로야— 겁낼 거 없어— 자네 친구 트린큘로야.

스테파노 정말 트린큘로면 이리 나오게. 작은 발을 잡아당기겠네. 어떤 쪽이든 트린큘로의 다리라면 이것들이겠지. (칼리반의 옷 속에서 트린큘로를 끌어낸다.) 진짜 트린큘로로군! 아니, 어떡하다 이 천치한테 갇힌 신세가 됐나? 저것이 트린큘로를 내지를 수 있나?

트린큘로 난 이 녀석이 벼락맞은 줄 알았지. 한데 스테파노, 자넨 빠져 죽지 않았나? 빠져 죽진 않았군. 폭풍우는 지나갔나? 난 폭풍우가 무서워서 죽은 천치의 저고리 속에 숨어 있었지. 여보게 스테파노, 그럼 나폴리 사람이라곤 우리 두 사람만 살았네그려.

스테파노 제발 빙빙 돌리지 말게. 속이 뒤집힐 것 같네.

칼리반 (방백) 저것들이 요정이 아니라면 굉장한 사람들인 모양이지. 저건 훌륭한 신이야, 하늘에서 만든 술을 가지고 있거든. 그 앞에 무릎 꿇어야지.

스테파노 자넨 어떻게 살았나? 어떻게 이리 왔어? 어떻게 오게 됐는지 이 술병에 맹세하고 말하게. 난 선원들이 내던

진 술통을 타고 살아 나왔어. 이 술병에 걸고 맹세하지. 이 병은 상륙한 후에 나무껍질로 내가 손수 만든 거야.

칼리반 그 병에 맹세코 앞으로 당신의 하인이 되겠습니다. 그 술은 이 땅의 술이 아닌 것 같으니까요.

스테파노 이거 봐! 어떻게 살았는지 맹세하고 말하란 말야.

트린큘로 오리처럼 헤엄쳤지. 오리처럼 헤엄칠 수 있다니까.

스테파노 그럼, 이 성경에 키스해. (술을 준다.) 자넨 오리처럼 헤 엄친다지만 거위같이 생겼네.

트린큘로 스테파노, 이것 조금 더 있나?

스테파노 한 통 전부 있지. 내 술광은 해변 바위 속이야. 거기다 술을 감춰뒀지. 여봐, 여덟 달 반아, 학질은 어떤가?

칼리반 당신은 하늘에서 떨어지지 않았수?

스테파노 난 달에서 왔다. 옛날엔 달 사람이었어.

칼리반 달 속에 있는 걸 본 일이 있지. 얼마나 존경했다고. 우리 아가씨가 당신하고 당신 개하고 숲을 보여주더군.

스테파노 자, 그대로 맹세해, 성경에 키스하고. 내 금방 여기다 새 것을 부어주지, 어서.

칼리반, 마신다.

트린큘로 아니, 이건 형편없는 괴물이군. 이런 걸 무서워하다니 시시한 괴물이야. 달 사람이라고? 동쪽을 서쪽이라고

다리가 넷인 데다 두 가지 소리라……. 맵시 있는 괴물이군.
앞쪽 목소리는 친구를 좋게 얘기하는 것 같은데,
뒤쪽 목소리는 못된 말만 지껄여대는걸.
이 술병에 든 것으로 학질을 고칠 수 있다면 한번 고쳐봐야지.
– 2막 2장

해도 믿는 너절한 괴물이란 말이야. 잘도 취했구나, 이 괴물아, 정말!

칼리반 이 섬에서 곡식 잘되는 곳은 전부 보여드리죠. 그리고 당신 발을 핥으리다. 내 신이 돼주시우.

트린큘로 정말 만만찮은 주정뱅이 괴물인데. 자기 신이 잠든 동안 술병을 훔칠 놈이로군.

칼리반 당신 발을 핥겠다니까요. 맹세코 당신 시종이 되겠소.

스테파노 그럼 이리 와. 무릎 꿇고 맹세해.

트린큘로 세상에 이런 천치가 어디 있담. 배꼽 뺄 일이로군. 정말 너절한 괴물이야. 한 대 쳤으면 좋겠는데…….

스테파노 자, 핥아라.

트린큘로 취했으니 칠 수도 없고. 지긋지긋한 놈!

칼리반 기가 막힌 샘터를 가르쳐드리죠. 맛있는 열매도 따드릴게요. 생선도 잡아오고 나무도 많이 해오죠. 지금 내 상전은 못된 놈이거든요. 이젠 그놈에겐 나무 한 개비도 안 가져다주겠어요. 당신을 따라가겠어요. 당신은 훌륭한 분이야.

트린큘로 보잘것없는 주정뱅이를 신선처럼 떠받들다니 괴물이군.

칼리반 돌능금 밭으로 안내해드리죠. 그리고 이 긴 손톱으로 땅콩을 파드리죠. 어치 둥지도 보여드리고요. 그리고 재빠른 원숭이 잡는 방법도 가르쳐드릴게요. 개암나무

숲으로도 안내하고, 바위에서 갈매기 새끼도 잡아다 드리죠. 같이 가시겠소?

스테파노 잔말 말고 안내나 해. 트린큘로, 왕하고 다른 일행도 다 죽었으니 우리가 여기를 차지하세. 자, 내 술병을 들어. 트린큘로 군, 다시 병을 채우기로 합시다.

칼리반, 술에 취해서 노래한다.

칼리반 잘 있어, 영감, 잘 있어, 잘 있어.

트린큘로 괴물이 짖어대는군! 주정뱅이 괴물!

칼리반 다시는 생선을 잡지 않으리.

땔나무도 막무가내로 안 하지.

명령도 아랑곳없네.

상도 안 닦고 접시도 씻지 않으리.

반, 반……카……칼리반은,

새 주인이 생겼네.

새로 하인을 구하시지.

얼씨구, 해방이야, 얼씨구 해방이야! 해방이야, 얼씨구 해방이야!

스테파노 그 괴물 됐는데! 자, 안내해라.

모두 퇴장.

3막

1장 프로스페로의 동굴 앞

페르디난드, 통나무를 메고 등장.

페르디난드 괴로운 일에도 기쁨이 있는 법이니, 기쁨은 괴로움을 덜어주는 것. 천한 일도 하기에 따라서는 고상한 것일 진대, 비천한 일이 훌륭한 결말을 가져오는 법이야. 내가 하는 이 천한 일은 힘들고 싫은 일이긴 하지만, 아가씨가 죽은 자에게 생명을 불어넣고, 고된 일에 기쁨을 주는 한, 아무렇지도 않아. 정말 그 처녀는 심술궂은 아버지에 비하면 열 배는 상냥해. 늙은이야말로 가혹하기 짝이 없어. 몇천 개의 통나무를 날라다가 쌓아 올리라는 거지. 어기면 처벌한다는 거야. 내가 일하는 걸 보고 처녀는 눈물지으면서, 이런 천한 일은 나같이 고상한 사람이 할 짓이 못 된다는 거야. 어서 일을 해야지. 하지만 즐거운 생각을 하면 힘드는 줄 모르겠어. 나는 이러한 생각으로 바쁘니까.

미란다 등장. 프로스페로가 뒤에 떨어져서 보고 있다.

미란다 어떡하면 좋아, 너무 힘들여 하지 마세요. 쌓아 올리라는 나무 위에 벼락이라도 쳐서 타버렸으면 좋겠군요. 내려놓고 쉬세요. 나무가 타면 당신을 괴롭힌 죄로 눈물짓겠죠. 아버지께선 연구하시느라고 여념이 없으시니까 어서 쉬세요. 세 시간 동안은 걱정 없어요.

페르디난드 아가씨, 해가 지기 전에 맡은 일을 해치워야죠.

미란다 쉬시는 동안 제가 나르겠어요. 이리 주세요.

페르디난드 안 될 말이죠. 내가 쉬고 아가씨가 이런 불명예스런 일을 한다면, 차라리 내 근육을 찢고 등골이 부서지는 것이 좋겠습니다.

미란다 당신이 해서 좋은 일이라면, 내가 해서 안 될 게 없지 않아요? 내가 훨씬 수월하게 할 거예요. 당신은 마지못해 하지만, 나는 좋아서 하는 거니까요.

프로스페로 (방백) 고거, 사랑이 전염됐군. 이렇게 찾아오는 걸 보면 알 수 있거든.

미란다 피로해 보이는군요.

페르디난드 그렇지 않습니다. 아가씨가 옆에 계시면 저녁이라도 신선한 아침 같습니다. 저, 이름을 가르쳐주십시오. 기도를 올릴 때 당신 이름을 부르고 싶어서 그럽니다.

미란다 미란다 ― 아버지, 이름을 말했어요. 용서하세요.

페르디난드 아름다운 이름이군요, 미란다! 정말 아름다운 이름이에요. 이 세상 어떤 보물보다도 훌륭한 이름입니다. 과거에 많은 여인을 관심을 가지고 봐왔고, 그 아름다운 화음에 열심히 귀를 기울여 황홀해본 일이 많습니다. 몇몇 여인의 장점을 좋아했죠. 하지만 어딘가 결점이 있어서, 본래 지니고 있는 미덕에 금이 가는 것이 보통이었습니다. 하지만 당신은 완전무결해서 모든 사람의 장점을 전부 지니고 계십니다.

미란다 나는 같은 여성도 아는 사람이 없어요. 여자 얼굴이라고는 거울에 비친 내 얼굴밖에는 몰라요. 남자라고는 당신하고 아버지 외에는 만나 본 일이 없는걸요. 그러니까 다른 데 사람들의 얼굴이 어떻게 생겼는지 모르지만, 내 소중한 정조에 맹세코, 당신 이외의 다른 사람과 사귀고 싶지도 않고, 당신보다 좋은 모습을 상상할 수도 없어요. 하지만 말을 마구 했군요. 아버지 분부를 잊

나는 같은 여성도 아는 사람이 없어요.

여자 얼굴이라고는 거울에 비친 내 얼굴밖에는 몰라요.

남자라고는 당신하고 아버지 외에는 만나 본 일이 없는걸요.

그러니까 다른 데 사람들의 얼굴이 어떻게 생겼는지 모르지만,

내 소중한 정조에 맹세코, 당신 이외의 다른 사람과 사귀고 싶지도 않고,

당신보다 좋은 모습을 상상할 수도 없어요.

- 3막 1장

고 있었어요.

페르디난드 미란다, 사실을 말한다면 나는 왕자요. 왕일지도 모르지. 아니, 그렇게 되고 싶지는 않지만. 내 입술에 파리가 들러붙는 것을 용납할 수 없는 것처럼, 이렇게 나무나 나르는 일은 정말 참을 수 없소. 진정 당신을 만난 순간, 당신에게 뛰어가 무슨 일이고 해드리고 싶었소. 이 마음을 노예 삼아 당신께 봉사했던 것이오. 당신을 위해서라면 꾹 참고 나무를 나르리다.

미란다 저를 사랑하세요?

페르디난드 천지신명이시여, 제가 말씀드리려는 말의 증인이 되어주시고, 진실을 말하게 될 때 더욱 은총을 내려주소서. 만일 거짓이라면, 저에게 내리신 은총을 재앙으로 바꿔놓으셔도 좋습니다. 나는 이 세상 만물을 초월해서 그대를 사랑하고 귀중히 여기고 존경하오.

미란다 내가 바본가, 기쁜 일에 눈물이 나다니.

프로스페로 (방백) 깨끗하고 아름다운 두 애정의 결합이로군. 드문 일이지. 천사들이여, 두 사람의 앞날에 은총을 내려주소서!

페르디난드 왜 우시오?

미란다 저 자신이 보잘것없는 존재가 돼서요. 드리고 싶어도 드리지 못하고, 없으면 죽을 정도로 갖고 싶은 것도 받을 수 없기 때문이죠. 하지만 쓸데없는 소리야. 사랑을 감추려고 하면 할수록 더 크게 보이거든. 수줍어하는 마음아, 없어져라! 그리고 있는 대로 깨끗한 마음으로 말하게 해다오. 저하고 결혼해주신다면 전 당신 아내예요. 그렇지 않으시다면 처녀로 죽겠어요. 아내로 맞아들이지 않는다면 의사가 있으시건 없으시건 당신의 시녀가 되겠어요.

페르디난드 사랑스런 미란다! 언제까지나 이렇게.

미란다 그럼, 제 낭군이 되시겠어요?

페르디난드 그렇소. 노예의 몸이 해방되는 기쁨과도 같은 기쁨이오. 자, 이 손으로.

미란다 제 마음도 이 손과 함께— 그럼, 반 시간 후에 다시 뵙겠어요.

페르디난드 그럼, 다시.

페르디난드와 미란다, 따로따로 퇴장.

프로스페로 저들처럼 벅차게 기뻐할 수는 없지만, 이런 기쁨은 처음이로군. 가서 마법책을 읽어야지. 저녁 먹기 전에 여러 가지 계획을 짜놔야 해.

퇴장.

2장 섬의 다른 곳

칼리반, 스테파노, 트린큘로 등장.

스테파노 잔소리 말게. 술통이 비면 물이라도 마시지. 그전엔 한 방울도 안 마신다. 그러니 어서 해치우란 말야. 머슴 놈 괴물아, 날 위해서 마셔.

트린큘로 괴물 머슴이라고! 대체 이놈의 섬은 어떻게 된 거야? 이 섬엔 사람이라곤 다섯 놈밖에 없다는데. 우리가 그 중 셋이란 말씀야. 나머지 두 놈 머릿속도 우리 같다면 전국이 갈지(之)자렷다.

스테파노 괴물 머슴아, 마시라면 마셔. 자네 눈은 송장 눈처럼 대가리에 붙어서 요지부동일세그려.

트린큘로 그럼 대가리에 붙어 있지, 어디 붙나? 궁둥이에 붙여놓으면 그야말로 근사한 괴물일 테지.

스테파노 머슴 놈, 술독에 빠져서 혓바닥이 안 돌아가는군. 나로 말씀드리면 바다도 날 못 마시지. 난 육지에 도착하기까지 삼십오 리나 헤엄쳤단 말일세. 이리 밀리고 저리 밀리고. 여봐, 자네는 내 부관으로 해주지. 그렇지 않으면 기수 노릇이나 해.

트린큘로 부관이 좋아. 기수는 안 되지.

스테파노 괴물 씨, 우린 뛰어서 도망치는 게 아냐.

트린큘로 걸을 수도 없네. 개처럼 드러누워서 짖지도 못하지.

스테파노 여봐, 여덟 달 반아, 뭐라고 한 번만이라도 해봐, 근사한 놈이라면.

칼리반 안녕하슈? 나리 구두를 핥겠수. 저 친구한텐 심부름해 주지 않겠어. 저건 병아리 오줌이야.

트린큘로 거짓말 마, 무식한 놈. 유사시에는 순경하고도 일전을 불사한다. 이것아, 주정뱅이 물고기야. 오늘 나만큼 마신 인간치고, 병아리 오줌 같은 놈이 있다던? 반은 물고기에, 반은 괴물인 주제에 어따 대고 대포를 놓아?

칼리반 홍, 날 조롱하는군! 나리, 저놈을 그대로 내버려두세요?

트린큘로 나리라고? 타고난 천치로군.

칼리반 저것 좀 봐, 또 업신여기는군. 물어뜯어서 죽여버리세요, 나리.

스테파노 트린큘로, 말조심하게. 말 듣지 않으면, 옆의 나무에 목매달아. 저 괴물은 내 하인이니까 모욕하면 안 된단 말야.

칼리반 나리, 고마워요. 아까 부탁한 거 한 번 더 들어주슈.

스테파노 암, 들어주지. 무릎을 꿇고 다시 말해봐. 난 서 있을 테니. 트린큘로도 서 있고.

에어리얼, 보이지 않게 등장.

칼리반 아까 말한 대로 내 주인은 지독한 놈이거든요. 그자는 마술산데, 술법을 써가지고 나한테서 이 섬을 뺏었단 말씀이오.

에어리얼 거짓말.

칼리반 거짓말하는 건 너야, 광대 원숭이야. 나리는 장사니까 너 같은 건 때려죽인다. 난 거짓말하지 않아.

스테파노 트린큘로, 이 이상 저 친구 얘기하는 데 방해하면 이를 분질러 놓을 테다.

트린큘로 아니, 누가 뭐랬어?

스테파노 그럼 입 다물고 가만히 있어. 그 다음 얘길 해.

칼리반 마술로 이 섬을 차지했다니까요. 나한테서 뺏었단 말이에요. 당신 같으면 복수를 할 수 있을 거야. 하고말고. 하지만 이 친구는 어림없지.

스테파노 그건 그렇지.

칼리반 그렇다면 나리가 여기 우두머리가 되고, 난 그 밑에서 일하겠수.

스테파노 그럼 어떡하면 좋다? 그자한테로 날 안내해줄 텐가?

칼리반 그럭합죠. 자고 있는 곳으로 안내해줄 테니, 그놈 대가리에 못이라도 박을 수 있을 거요.

에어리얼 거짓말. 안 되지.

칼리반 이 얼룩이 애송이야! 걸레쪽 같은 놈! 나리, 저놈을 한 대 치고 술병을 뺏어주십쇼. 술만 없으면 짠물밖에 마실 게 없지. 시냇물 있는 데를 가르쳐주지 않을 테니까.

스테파노 트린큘로, 그쯤 해두는 게 안전해. 한마디라도 더 괴물한테 방해를 하면, 알지? 자비고 나발이고 없어. 건대구처럼 짓이겨놓을 테다.

트린큘로 아니, 내가 어쨌다는 거야? 가만히 있는데. 저만큼 떨어져 있어야겠군.

스테파노 이 친구가 거짓말한다고 그러지 않았나?

에어리얼 거짓말이야.

스테파노 그래? 이거나 먹어라! (트린큘로를 때린다.) 이게 먹고 싶거든 언제고 또 거짓말쟁이라고 해.

트린큘로 거짓말쟁이란 말 하지 않았네. 자네, 돌았나? 제대로 알아듣지도 못해? 빌어먹을 술병! 그놈의 술병 때문이야. 염병에나 걸릴 괴물이야. 그놈의 손모가지 악마한테나 잘려라!

칼리반 하, 하, 하!

스테파노 자, 그 다음 얘길 해. ……저만큼 가 있어.

칼리반 늘씬하게 두들겨주슈. 나중에 나도 패줘야지.

스테파노 저쪽으로 가. ……어서 계속해.

칼리반 지금 말씀드린 대로 그 녀석은 오후만 되면 잠자는 버릇이 있거든요. 그러니까 우선 그자의 마술책을 뺏어버리고 머리를 때려 부술 수 있단 말씀이에요. 나무 토막으로 골통을 산산조각을 낼 수도 있고, 막대기로 배때기를 찌를 수도 있죠. 칼로 모가지를 끊어놓을 수도 있고요. 어쨌든 마술책을 뺏는 걸 잊어버리면 안 되우. 책만 뺏으면 그놈도 나나 마찬가지로 바보니까, 요정 하나 맘대로 부리지 못하죠. 그것들도 나처럼 그 녀석을 지긋지긋하게 미워한다우. 그놈의 책을 태워버려야 돼요. 그자는 자기 말마따나 근사한 마술 도구를 가지고 있어서 집을 지니면 그것으로 장식하겠단 거예요. 그리고 중요한 것은 그자의 딸이 미인이라는 점이에요. 제 딸이 제일이라는 거죠. 난 여자라곤 우리 어머니 시코랙스하고 그 계집애밖에 모른다우. 한데 우리 어머닌 그것 따라가려면 다리가 찢어질 지경이지.

스테파노 그렇게 잘생긴 처녀야?

칼리반 그렇다우. 밑에 깔고 자기 좋을걸. 근사한 아들을 낳을 거고.

스테파노 괴물아, 내 그놈을 죽일 테다. 내가 왕이 되고, 그 딸을 왕비로 삼지. 암, 그럭하고말고. 그리고 트린큘로하고 너는 정승으로 해주지. 내 계획이 어때?

트린큘로 됐어.

스테파노 손을 이리 내게. 아까는 때려서 미안하이. 하지만 앞으로도 말조심해야 되네.

칼리반 삼십 분 안에 그 작자 잠이 들 텐데, 해치우겠수?

스테파노 암, 문제없네.

그 녀석은 오후만 되면 잠자는 버릇이 있거든요.

그러니까 우선 그자의 마술책을 뺏어버리고 머리를 때려 부술 수 있단 말씀이에요.

나무 토막으로 골통을 산산조각을 낼 수도 있고, 막대기로 배때기를 찌를 수도 있죠.

칼로 모가지를 끊어놓을 수도 있고요. 어쨌든 마술책을 뺏는 걸 잊어버리면 안 되우.

책만 뺏으면 그놈도 나나 마찬가지로 바보니까, 요정 하나 맘대로 부리지 못하죠.

- 3막 2장

에어리얼	주인한테 알려야 되겠는걸.
칼리반	재미가 깨소금인데. 신난다. 자, 즐겨봅시다. 아까 나한 테 가르쳐준 노래나 부릅시다.
스테파노	네가 부탁한다면 무엇이건 하지. 널 기쁘게 해줄 수 있는 거라면야. 자, 트린큘로, 노래하세. (노래한다.) 조롱하세 놈들을, 놀려주세 놈들을. 놀려주세 놈들을, 조롱하세 놈들을. 생각하는 건 제멋대로.
칼리반	곡조가 틀려요.

에어리얼, 작은 북과 피리로 반주한다.

스테파노	이건 뭐야? 가까이서 들리는데.
트린큘로	이건 우리 곡의 돌림노래군. 얼간망둥이가 부르는 거지.
스테파노	(공중을 향해) 네가 사람이거든 사람 모양을 보여. 악마 거든 멋대로 하렴.
트린큘로	아, 이놈의 죄를 용서해주십시오.
스테파노	죽어버리면 빚 걱정도 없지. 무서울 거 없어. 자, 덤벼. 저희에게 자비를 주소서.
칼리반	무서우슈?
스테파노	천만에, 무섭긴.
칼리반	겁낼 거 없어요. 이 섬엔 별별 소리가 다 나고, 아름다

운 곡조가 들리지만, 기분이 좋을 뿐이지 해로울 건 없
다우. 오만 가지 악기 소리가 내 귀 옆에서 소리를 내죠.
한숨 늘어지게 자고 난 뒤에도, 또 졸린 목소리가 들리
기도 해요. 그러다가 꿈을 꿀라치면 하늘이 활짝 열리
는 것 같고, 온통 보물이 나한테 떨어질 것만 같단 말이
야. 다음에 눈을 떴을 땐 다시 꿈을 꾸고 싶다고 소리친
다니까요.

스테파노 이 섬이야말로 나한텐 근사한 왕국이군. 공짜로 음악
을 들을 수 있으렷다.

칼리반 프로스페로가 죽어야죠.

스테파노 인제 금방 해치운다니까. 네 얘긴 잊어버리지 않았어.

트린큘로 소리가 멀어지는데. 따라가세. 일은 그 뒤에 하지.

스테파노 괴물아, 안내해. 따라갈 테니. 그놈의 북치는 놈을 봤으
면 좋겠는데. 마구 빠르게 쳐대는데. 자, 갈 텐가?

트린큘로 따라가지.

모두 퇴장.

3장 섬의 다른 곳

알론소, 세바스티안, 안토니오, 곤잘로, 아드리안, 프란시
스코, 기타 등장.

곤잘로   정말이지 더는 못 가겠습니다. 늙은 뼈가 쑤시는군요.
온통 똑바로 갔다 구부러졌다, 이리 가고 저리 가고, 제
자리걸음만 한 것 같은데요. 죄송합니다만 좀 쉬어야
겠습니다.

알론소   무리도 아니오. 나도 피로해서 정신이 흐려졌소. 앉아
서 쉬시오. 이젠 아들을 찾을 희망도 버리겠소. 허황된
꿈을 버려야지. 죽은 자식을 헛되이 찾는 거야. 우리가
이렇게 쓸데없이 육지에서 찾아다니는 것을, 바다가
비웃고 있소. 간 사람은 가라지.

안토니오   (세바스티안에게 방백) 왕께서 단념하신 것이 잘되었습
니다. 한번 실패했다고 단념 마시고, 작정하신 대로 하
셔야 됩니다.

세바스티안   (안토니오에게 방백) 다음 기회를 충분히 이용합시다.

안토니오   (세바스티안에게 방백) 오늘 밤이 좋을 거요. 모두들 걸었
기 때문에 지쳤으니까, 맑은 정신일 때만큼 경계를 철
저히 하지 않을 거고, 사실 할 수도 없을 거요.

세바스티안   (안토니오에게 방백) 오늘 저녁이라! 그만해두오.

엄숙하고 신비로운 음악이 들리고 프로스페로가 높은 곳에 나타나지만 그들에게는 전혀 보이지 않는다.

알론소 이게 무슨 음악 소리지? 모두들 들어보오.
곤잘로 신비롭고 아름다운 음악이군요!

여러 기이한 모습들이 향연을 베풀 식탁을 들고 나타나 식탁을 에워싸고 얌전하게 절을 하면서 춤을 추며, 왕과 그 일행에게 먹으라고 권유하는 시늉을 하고 사라진다.

알론소 천사들이여, 저희를 보호하여 주시옵소서! 이것들은 뭐지?
세바스티안 산 인간들의 인형극이죠. 암만해도 외뿔 짐승들이 정말 있는 모양이지. 아라비아에는 불사조가 왕좌를 짓고 있는 나무가 꼭 한 그루가 있어서, 이 시간에 그 나무에 군림하고 있을 거야.
안토니오 외뿔 짐승이나 불사조는 있어요. 여태까지 믿어지지 않던 일도 사실이라고 보증하겠습니다. 우물 안 개구리들은 이러고저러고 말이 많지만, 돌아다니면서 직접 본 사람들은 거짓말은 안 하거든요.
곤잘로 나폴리에 가서 이 말을 한다면 내 말을 곧이들을까요? 이러이러한 섬사람들을 봤다면 말입니다. 하긴 섬사람들이라야 괴상한 모양을 하고 있습니다만, 예의도 깍듯이 차리고 친절해서, 우리 인간 사회에서는 쉽사리, 아니, 한 사람도 발견할 수 없을 정도죠.

프로스페로 (방백) 점잖은 분이군, 잘 말씀하셨소. 저기 있는 자들 가운데도 악마보다도 못된 인간이 있으니까요.

알론소 꿈에도 생각지 못한 일이야. 그 모양, 그 동작, 그런 데다 한마디 말 없이 훌륭한 무언의 대화를 한단 말이야.

프로스페로 (방백) 무사히 떠나게 되거든 그때 칭찬하시지.

프란시스코 그리고 미묘하게 사라졌죠.

세바스티안 아무래도 좋아, 먹을 것을 남겨놓고 갔으니. 출출한데, 여기 있는 것 좀 잡숫지 않으시겠어요?

알론소 난 안 먹어.

곤잘로 폐하, 염려하실 건 없습니다. 저희가 어렸을 때는 들소처럼 목에 고기 주머니를 매달고 있는 산사람들이 있다고 해도, 아무도 믿지 않았으니까요. 가슴에 머리가 달린 사람이 있다고 해도 꿈쩍하지 않았습니다. 그런데 이제, 다섯 배 돈을 타낼 수 있는 증거품을 가지고 돌아갈 수 있습니다.

알론소 눈 딱 감고 먹기로 하이. 이게 마지막이라도 좋아, 살 보람이 없어졌으니까. 내 아우 공작, 자네도 나와 같이 먹도록 하게.

천둥 번개가 치고 에어리얼이 얼굴과 몸은 여자고, 새 날개와 손톱이 달린 괴물의 모양을 하고 등장해 식탁 위에서 날개를 퍼덕이자 기묘한 방법으로 음식이 사라진다.

에어리얼 죄 많은 세 인간들아, 이 속세와 그 속에 있는 모든 것을 도구로 사용하시는 운명의 여신이, 아무리 마셔도 모자라는 저 바다로 하여금, 이 무인도에 너희들을 뱉어 올리게 한 것이다. ……인간 사회에 살기에는 적당치 않은 놈들이기 때문이야. 내 말을 듣더니 미치는군. 그런 광증 때문에 인간은 목매어 죽거나 물에 빠져 죽는 거야.

알론소, 세바스티안 등은 칼을 뺀다.

이 바보들아! 나나 내 동료들은 운명의 신의 사자야. 쇠붙이로 만든 너희들 칼이 요란스런 바람에 상처를 내고, 상처를 입은 일이 없는 바닷물을 찌를 수 없는 것처럼, 내 날개의 부드러운 깃털 하나 빼놓을 수도 없을 걸. 내 동료들은 불사신이야. 설사 너희들이 해칠 수 있다고 하더라도, 칼이 너무 무거워서 들어 올릴 수 없을 거야. 하지만 잘 알아둬. 너희 세 놈이 밀라노에서 착한 프로스페로를 추방했지. 내가 너희들에게 용무가 있는 것은 바로 이거야. 너희는 프로스페로와 그 어린 딸을, 사나운 바다의 제물로 만들려고 했다. 이번의 조난은 그 보복이야. 그따위 흉악한 행동을 하늘이 용서하실 리는 없지. 좀 늦어지기는 했지만, 잊지 않으시고 바다나 육지를 격분시키고, 일체의 생물을 격분시켜 너희들을 괴롭히게 하신 거야. 알론소여, 그대의 아들을 빼앗은 것도 하늘이 하신 일이오. 제신은 나에게 분부하시기를, 단번에 죽는 것보다도, 더 참기 어려운 평생의 고통이 두고두고 그대를 따라다니게 하라고 하신 거요. 하늘의 노여움을 면하는 길은 황량한 고도에서, 진정으로 참회하고 앞으로 깨끗한 생활을 하는 길밖에 없소. 응당 그대들 머리 위에 떨어질 천벌이지.

에어리얼, 천둥소리 나는 동안 사라지고 이윽고 조용한 음악 소리와 함께, 괴이한 모습들이 다시 등장하여 상을 찡그리고 조롱하는 시늉을 하고, 춤을 추면서 식탁을 들고 나간다.

프로스페로 (방백) 에어리얼, 하늘의 괴조 역을 잘해냈다. 음식을 먹어치우는 것도 근사했어. 내 분부대로 한마디도 빠뜨리지 않고 잘 말했다. 말석 부하 놈들도 실제와 다름없이, 내가 시키는 대로 직분에 맞는 임무를 완수했어.

내 강력한 술법이 주효해서 원수 놈들이 저만큼 절망
과 광기에 사로잡혀 있거든. 이젠 내 손아귀 속에 있다.
잠시 놈들을 저쪽으로 내버려두고, 나는 페르디난드하고
딸한테 가봐야지. 놈들은 페르디난드가 죽은 줄 아는
모양이야. (높은 곳에서 퇴장)

곤잘로 폐하, 뭘 그렇게 넋을 잃고 응시하고 계십니까?

알론소 정말 괴이한 일이로군! 꼭 바다가 입을 벌려 내 죄과를
말한 것 같았어. 바람도 소리를 내어 말했지. 그리고 천
둥도 무시무시한 낮은 소리로 프로스페로의 이름을 불
렀거든. 내 죄과를 나무라는 것 같았어. 아무래도 내 아
들은 바다 속 개흙에 묻혔을 거야. 차라리 저 납덩이가
닿지 않는 바닷속으로라도 찾아 들어가서, 아들과 함
께 개흙에 묻히고 싶군. (퇴장)

세바스티안 일대일로 덤빈다면, 악마가 무더기로 덤벼도 싸워보겠
는데.

안토니오 나도 거들겠소.

세바스티안과 안토니오 퇴장.

곤잘로 셋 다 미쳤군. 시간이 지난 뒤 효력이 발생하도록 된 독
약처럼, 그들의 대죄가 이제 양심을 물어뜯기 시작한
거야. 제발 다리가 성한 분들이 빨리 쫓아가서 말리십

시오. 제정신들이 아니니까, 무슨 일을 저지르실지 모릅니다.

아드리안　따라오십시오.

모두 퇴장.

4막

1장 프로스페로의 동굴 앞

프로스페로, 페르디난드, 미란다 등장.

프로스페로 자네를 너무 혹사했네만 그에 대한 보상은 된 셈이야. 내 생명의 줄이라고나 할까, 내 삶의 보람이 되어 있는 것을 자네한테 주어버렸으니까. 그것을 지금 다시 주겠네. 여태까지 자네를 괴롭힌 것은, 자네의 사랑을 시험해본 것에 지나지 않아. 한데 자네는 용케도 그 시험을 견뎠단 말야. 여기서 엄숙하게 내 소중한 딸을 자네한테 보내네. 페르디난드 군, 딸자랑한다고 나를 비웃

지 말게. 자네도 두고 보면 알게 되겠지만, 아무리 칭찬
한다고 해도 모자랄 걸세.

페르디난드 설사 신탁(神卓)이 그렇지 않다고 해도, 저는 그 말씀을
믿겠습니다.

프로스페로 그럼, 선물로서 내 딸을 받게. 자네는 자신의 덕으로 응
당 얻을 것을 얻은 셈이야. 그렇지만 격식을 갖춘 신성
한 혼례식을 올리기 전에 처녀막을 끊는 일이 있다면,
하늘이 이 혼인을 풍성하게 하기 위해서 감로수를 내려
주시지는 않을 거야. 따라서 상호간의 증오 속에 자식
을 낳지 못하고, 서로 경멸하게 되고, 불화가 일어나 침
실은 몹쓸 잡초로 우거져서 둘이 다 침실을 꺼리게 될
거야. 그러니 결혼의 신이 화촉을 밝혀주실 때까지 조
심하란 말야.

페르디난드 저는 현재와 같은 사랑으로, 화평한 나날 속에서, 총명
한 자녀를 낳고 오래살고 싶습니다. 그래서 편리한 어
두운 은신처가 있다든지, 인간의 악한 천성이 자극하
는 격렬한 유혹이 있다고 하더라도, 제 명예를 욕정 때
문에 더럽히지는 않겠습니다. 따라서 혼인날의 기쁨을
생각한다면, 태양신의 군마가 쓰러지지나 않았을까,
또는 밤이 하계에서 사슬에 얽매여 있지나 않을까 하
고 기다려지는 그날의 즐거움을 헛되이 하지는 않겠습
니다.

여태까지 자네를 괴롭힌 것은, 자네의 사랑을 시험해본 것에 지나지 않아.

한데 자네는 용케도 그 시험을 견뎠단 말야.

여기서 엄숙하게 내 소중한 딸을 자네한테 보내네.

페르디난드 군, 딸자랑한다고 나를 비웃지 말게.

자네도 두고 보면 알게 되겠지만, 아무리 칭찬한다고 해도 모자랄 걸세.

– 4막 1장

프로스페로   말 잘했네. 그럼 앉아서 저 애하고 얘기를 하게. 자네 것
　　　　　　이니까. 여봐, 에어리얼! 충복 에어리얼!

에어리얼 등장.

에어리얼   왜 그러십니까? 여기 있습니다.

프로스페로   너와 네 부하들이 훌륭하게 임무를 완수했다. 한데 할
　　　　　　일이 또 하나 있어. 너한테 술법의 힘을 줄 테니, 네 부
　　　　　　하 놈들을 이리 데리고 와. 빠른 동작으로 춤을 추도록
　　　　　　해. 이 두 젊은 애들에게 내 술법의 환영(幻影)을 보여
　　　　　　주어야 할 테니까. 저들에게 약속을 한 데다, 그것들이
　　　　　　보고 싶어 한단 말이야.

에어리얼   지금요?

프로스페로   그래, 당장.

에어리얼   어서 오라고 말하고, 두 번 숨쉬기 전에 저만큼 종종걸
　　　　　　음으로 뛰어오도록 하죠. 괴상한 시늉을 하고 달려올
　　　　　　거예요. 저, 저를 귀여워해주시죠, 네?

프로스페로   암, 귀여워하고말고. 내가 부를 때까진 오면 안 된다.

에어리얼   네, 잘 알았습니다. (퇴장)

프로스페로   약속을 지켜야 해. 너무 사랑의 대화에 빠져서는 안 되
　　　　　　지. 불타는 정열 속에서는 맹세가 허사야. 조금 더 절제
　　　　　　가 있어야지. 그렇지 않으면 맹세도 작별이란 말이야.

페르디난드 염려 마십시오. 제 심장의 눈처럼 차가운 동정(童貞)이, 간장의 작열(灼熱)을 식힐 것입니다.

프로스페로 좋아. 이제 나오너라, 에어리얼. 하나로 모자랄 바엔 남아돌아가도록 데려오너라. 빨리 나타나! 입 다물고! 보기만 해! 조용히!

조용한 음악 소리 들려오고 아이리스 등장.

아이리스 세레스여, 가장 풍성하게 베푸시는 대지의 여신이여, 밀과 라이보리, 보리와 연맥, 귀리와 완두콩이 풍성한 들과, 양 떼가 풀을 뜯는 잔디 덮인 산, 양을 치려고 마초로 지붕을 인 목장, 또한 습기 찬 사월이 당신의 분부로 냉정한 요정을 순결한 광대로 만드는 저 작약과 튤립이 탐스럽게 핀 둔덕, 사랑하는 여자에게 버림받은 총각이 찾아드는 금작화 숲, 받침 기둥이 덩굴에 얽힌 포도원, 당신이 소요하는 메마른 암석의 물가— 하늘의 여신의 무지개며 사자인 이 아이리스는, 당신이 이 모든 것과 인연을 끊으라고 명합니다. 이 여신과 함께 여기 잔디밭에 와 노시라. 여신의 공작이 재빠르게 이리 날아오고 있습니다. 풍성한 세레스여, 발길을 재촉하여 여신을 대하시라.

세레스 등장.

세레스 반가워라, 주피터 신의 아낙에게 순종하는 천색(千色)
의 사자여, 오렌지빛 날개로, 소나기와 더불어 내 꽃밭
에 감로수를 뿌려주고, 푸른빛 활의 양 끝을 숲이 무성
한 산과 메마른 야산에 걸치어, 내 자랑스러운 대지 위
에 오묘한 스카프를 드리우는 사자여 ─ 그대의 여신
이 이 아담한 잔디밭으로 나를 오라 하심은 무엇 때문
이오?

아이리스 이는 참사랑의 자연을 축하하고, 복받은 연인들에게
아낌없는 선물을 보내기 위함이오.

세레스 하늘의 활이 되시는 사신이여, 그대는 알고 있으리다
만, 비너스나 그 아들이 지금도 주노 여신을 모시고 있
나이까? 그들의 계략으로 내 딸을 그 흉측한 염라대왕
에게 빼앗긴 이래, 비너스와 그 아들 큐피드와의 불명
예스러운 대면은 하지 않기로 맹세했죠.

아이리스 그 여신을 만날 걱정은 할 것 없소. 구름을 가르고 그 아
들과 함께 비둘기 수레를 타고, 그녀의 탄생지 파포스
로 가는 것을 만났소. 그들은 여기서 결혼의 신이 화촉
을 밝히기 전에, 저기 젊은 남녀를 유혹하여 성스런 혼
례를 치르지 못하게 할 심산이었으나 수포로 돌아갔
소. 그래서 마르스 군신(軍神)의 정부 비너스는 제 고장

으로 돌아간 것이오. 짜증이 난 그 아들도 화살을 꺾고,
활쏘기를 단념했으며, 한낱 동자가 되어 참새와 더불
어 놀겠다고 맹세하였소.

주노 등장.

세레스 지고하신 하늘의 여신 주노의 행차군. 풍채를 보면 알
수 있어.

주노 내 풍성한 대지의 신인 동생은 어떠시오? 나와 함께 이
한 쌍이 부귀다남하도록 축하합시다.

그들 노래한다.

주노 명예와 부귀와 행복이,
영원토록 더하여,
항상 그대들 위에 있도록,
주노는 노래로써 축복하오.

세레스 풍성한 대지의 수확,
곡창에 가득 차고,
포도송이 대롱대롱,
과일나무 주렁주렁,
봄과 수확의 가을,

잇대어 오너라!

부족함은 다시 없으리니,

그대들 위에 축복 있으라.

페르디난드 정말 장엄한 환영이로군. 조화로운 음악이야. 이것들
이 요정일까요?

프로스페로 그렇지. 내 술법으로써 신묘한 계획을 실현시키기 위
해서, 저들의 처소에서 불러낸 거야.

페르디난드 언제까지나 여기 살겠습니다. 이와 같은 신비로운 힘
을 지니신 부녀분과 함께 산다면, 낙원은 바로 여기
겠죠.

주노와 세레스 속삭이고 아이리스에게 무엇인가 명령하여
보낸다.

프로스페로 아, 조용히! 주노와 세레스가 심각하게 속삭이는군. 또
뭔가 있는 모양이야. 잠자코 있어. 그렇지 않으면 술법
이 깨지고 마니까.

아이리스 굴곡진 개울의 나이아스라는 정령들이여, 향부자 잎
관을 쓰고, 언제나 유수한 얼굴을 하고 있는 정령들이
여, 잔물결 이는 물 위를 떠나, 여기 푸른 잔디로 오라.
그리고 명령을 이행하라. 주노 신의 분부다. 순결한 정
령들이여, 이리로 오라. 참사랑의 가연을 우리와 함께

축복하라. 일각이 여삼추니라.

정령들 등장.

삼복더위에 까맣게 탄 초동들이여, 잠시 이랑을 떠나 이리로 와서 하루를 즐기라. 밀짚모자 머리에 얹고, 여기 어여쁜 정령들과 함께 전원의 춤을 추라.

초동 옷을 입은 요정들 등장, 여자 정령들과 우아한 춤을 춘다.

프로스페로   (방백) 깜빡 잊어버리고 있었군. 짐승 같은 칼리반하고 그 일당들이 날 죽이려고 했지. 그 시간이 다가왔어. (정령들에게) 잘했다! 없어져! 그만!

기이한 소음과 함께 정령들 침울하게 사라진다.

페르디난드   이상하군. 아버님께선 몹시 역정이 나셨는데?
미란다   저렇게 격렬하게 노하신 일이라곤 여태껏 없었어요.
프로스페로   네 표정을 보니 몹시 놀란 게로구나. 하지만 걱정할 것 없다. 여흥은 이제 끝났어. 이미 내가 얘기했다만, 이 배우들은 모두 요정들인데, 공기 속으로, 그래 엷은 공기

속으로 용해되어버린 거야. 그리고 이 주추도 없는 환영의 건물처럼, 저 구름 위에 솟은 탑과 웅장한 궁전과 엄숙한 신전과 이 커다란 지구도, 그래, 지구상의 삼라만상도 마침내 용해되어, 지금 사라져버린 환영처럼, 흔적도 남기지 않는 거야. 우리도 꿈과 같은 물건이어서, 이 보잘것없는 인생은 잠으로 끝나는 거지. 난 좀 머리가 이상하네. 노쇠한 탓이야. 참고 보게. 원체 고질병이니 마음 쓸 것 없어. 뭣하면 동굴로 들어가 쉬어. 난 잠시 거닐면서 설렌 마음을 진정시켜야겠어.

페르디난드와 미란다 그럭하세요. (두 사람 퇴장)

에어리얼 등장.

프로스페로 빨리 오너라! 에어리얼, 고맙다, 어서.

에어리얼 분부대로 합죠. 뭘 할까요?

프로스페로 요정아, 칼리반 만날 준비를 해야겠어.

에어리얼 그럭하죠. 제가 세레스 역을 했을 때, 그 말씀을 드린 것으로 생각했습니다만 노여워하실 것 같아서.

프로스페로 다시 말해봐, 그놈들을 어따 두고 왔어?

에어리얼 그자들은 술에 만취했다고 말씀드렸습니다만, 온통 기고만장해가지고, 바람이 얼굴을 스친다고 바람을 때리질 않나, 땅이 발바닥을 핥는다고 땅을 때리질 않나, 그런데도 흉계를 계속하고 있었거든요. 그래서 제가 작은 북을 치니까 그자들은 길들지 않은 망아지처럼 귀를 곤두세우고 눈썹을 치켜올리는가 하면 코를 들면서 마치 음악 소리를 맡으려는 것 같았습니다. 그래, 제가 그 놈들의 귀에 마술을 썼기 때문에, 어미소를 따르는 송아지처럼, 제 소리에 이끌려, 살이 찔리는 것도 모르고 온갖 어려움을 무릅쓰고 따라왔습니다. 결국 이 동굴 저쪽에 있는 잡초로 덮인 연못 속에 팽개쳤죠. 놈들의 더러운 발 못지않게 썩은 냄새가 나는 연못 속에서, 그 놈들은 턱밑까지 빠져 있습니다.

프로스페로 그것 참 잘했다. 조금만 더 남에겐 보이지 않는 모양으로 있어. 집 안으로 들어가서 번지르르한 것들이나 가지고 나와. 그 도둑놈들 잡는 미끼로 써야지.

에어리얼 알겠습니다. (퇴장)

프로스페로 악마 놈, 타고난 악마야. 아무리 가르쳐도 그놈의 천성은 고칠 수 없단 말야. 내가 그렇게 수고를 아끼지 않았건만 만사가 허사야. 그놈은 나이를 먹을수록 육체도 더러워지고, 마음도 썩어들어가거든. 그놈들을 모두 혼내줘야지. 울어대도록 괴롭혀줘야 되겠어.

에어리얼, 번쩍거리는 옷을 걸치고 등장.

자, 그 옷들을 이 보리수에 걸어.

프로스페로와 에어리얼은 다른 사람에게는 보이지 않는
술법을 쓰고 칼리반, 스테파노, 트린큘로, 옷이 젖은 채로
등장.

칼리반 살살 걸어요. 두더지란 놈이 들으면 안 되니까요. 동굴
에 다 왔소.

스테파노 괴물아, 요정이 나쁜 짓은 안 한다더니, 흉악한 것들이
지. 우리 꼴이 뭔가.

트린큘로 괴물아, 온통 말오줌 냄새야……. 내 코가 노했단 말씀
이야.

스테파노 나도 그래. 이봐, 괴물아, 바로 이 나리께서 노하신다면,
알지?

트린큘로 저승 간단 말이야.

칼리반 나리, 조금만 더 기다려보세요. 참으시라니까요. 인제
내가 근사한 걸 잡아오면 고생하신 것쯤 잊어버리시
게 돼요. 그러니 역정 내지 마세요. 한밤중처럼 고요한
데요.

트린큘로 하지만 술병을 연못에 빠뜨려버렸으니, 원…….

스테파노 그건 수치나 불명예 정도가 아냐. 괴물아, 일대 손실
이지.

276

그까짓 너절한 걸 탐내서 어쩌자는 거야?
집어치우고 먼저 죽이기나 해.
그놈이 눈을 뜨기만 하면 머리에서 발끝까지
우리 몸뚱아리를 꼬집어 뜯어서 괴물로 만들어놓을 거야.
– 4막 1장

트린쿨로 이건 정말 물에 빠진 생쥐 정도가 아니라니까. 그런데도 네 요정들은 나쁜 짓은 안 한다 이 말씀이냐.

스테파노 내 술병을 가져와야겠어. 귀까지 빠져도 꺼내야지.

칼리반 임금님, 제발 참으세요. 보세요, 글쎄. 이게 굴 입구예요. 소리 내지 말고 들어가세요. 저쪽 놈한텐 안됐지만, 이쪽에 유리한 일을 하면 되거든요. 그럼 이 섬이야 영원히 당신 거가 된단 말씀이에요. 그리고 이 칼리반은 당신의 하인이 되고요.

스테파노 자, 손을 이리 내. 잔인한 짓을 할 생각이 생겼어.

트린쿨로 스테파노 폐하! 나리! 스테파노 각하! 여기 굉장한 옷장이 있사와요!

칼리반 놔둬, 바보야! 그건 넝마야.

트린쿨로 이 괴물아, 고물상에서 진주가 나오는 법이야. 스테파노 폐하!

스테파노 그 옷을 벗게, 그건 내가 꼭 입어야 되겠네.

트린쿨로 네잇, 올리겠나이다.

칼리반 수종(水腫)에나 걸려라, 바보야! 그까짓 너절한 걸 탐내서 어쩌자는 거야? 집어치우고 먼저 죽이기나 해. 그놈이 눈을 뜨기만 하면 머리에서 발끝까지 우리 몸뚱아리를 꼬집어 뜯어서 괴물로 만들어놓을 거야.

스테파노 입 다물어, 괴물아. 보리수(菩提樹) 님, 이건 제 속조끼가 아닙니까? (조끼 하나를 나무에서 끌어내린다.) 보리수

아래 속조끼라. 자, 속조끼야, 이러다간 머리가 빠져서 대머리 조끼가 되겠다.

트린큘로 좋아, 좋아! 줄줄이 조끼 도둑이라, 어떻습니까?

스테파노 익살이 그만이로군. 상금으로 이 옷이나 받게. 내가 여기 왕으로 있는 동안엔, 익살 부리는 놈한테 그냥 있을 수야 없지. '줄줄이 도둑'이란 근사해. 자, 또 하나 받아라.

트린큘로 괴물아, 너도 손에 끈끈이를 바르고, 나머지 옷일랑 다 묻혀가라.

칼리반 난 안 가져. 이렇게 꾸물거리다간 모두 기러기가 되거나, 납작이마 원숭이가 되지.

스테파노 괴물아, 좀 거들어. 이걸 내 술통 있는 데로 가져가. 안 하면 내 왕국에서 내쫓는다. 어서 가져가.

트린큘로 이것도.

스테파노 그래, 이것도.

사냥꾼들 소리 들리고, 각종 요정들이 각종 사냥개 모양을 하고 나타나 그들에게 덤벼든다. 프로스페로와 에어리얼이 개들을 부려 괴롭히는 것이다.

프로스페로 덤벼라, 마운틴, 덤벼!

에어리얼 실버, 어서어서, 실버야!

프로스페로　퓨어리, 퓨어리! 자, 타이어런트, 어서 짖어, 짖어대라!

칼리반, 스테파노, 트린큘로, 쫓기어 퇴장.

어서 도깨비들한테 명령해서 저놈들 팔다리 마디마다 맷돌에 갈듯 갈아대서, 경련을 일으키게 하고, 그놈들 근육을 늙은이들처럼 당기도록 해라. 그리고 피부빛을 표범이나 삵괭이보다도 더한 자줏빛 바둑점투성이로 만들어.

에어리얼　들어보십쇼. 막 짖습니다.

프로스페로　혼을 내줘야지. 내 원수 놈들은 모두 내 손아귀 속에 있다. 이제 조금 있으면 내 일도 끝날 것이고, 그렇게 되면 너도 자유야. 얼마 남지 않은 동안 내 옆에서 시중들란 말이야.

모두 퇴장.

5막

1장 프로스페로의 동굴 앞

프로스페로 마의(魔衣)를 입고 등장, 뒤따라 에어리얼도 등장.

프로스페로 이제 내 계획이 익어간다. 마술도 빈틈없고, 요정들도 순종한다. 시간은 대로를 달리고 있어. 몇 시냐?

에어리얼 여섯 시 가까웠습니다. 여섯 시엔 일이 끝난다고 말씀하셨죠.

프로스페로 처음 태풍을 일으켰을 때 그렇게 말했지. 여봐, 요정, 왕하고 그 수행원들은 어떻게 됐지?

에어리얼 분부하신 대로 한군데에다 처박아둔 그대로입니다. 저
기 동굴을 가리고 있는 보리수 숲속에다 잡아넣었습
죠. 놓아주시기 전에는 꼼짝도 못합니다. 왕과, 그 동생,
선생님 동생 셋이 미칠 지경으로 있기 때문에, 다른 자
들도 슬픔과 절망으로 울상이 되어 있죠. 누구보다도
선생님이 칭찬하시는 곤잘로라는 분은, 대나무 추녀에
매달린 고드름처럼 수염에 눈물을 떨어뜨리고 있습니
다. 마술의 효력이 너무 세어서, 그자들의 꼴을 보신다
면 불쌍하게 생각하실 거예요.

프로스페로 그렇게 생각하나?

에어리얼 제가 사람이라면 불쌍하게 생각하겠어요.

프로스페로 나도 그렇겠지. 한갓 공기에 지나지 않는 네가, 그자들
의 고통을 보고 불쌍하게 느끼는데, 같은 인간으로서
그들과 같이 뼈아픈 슬픔을 느낄 수 있는 내가, 너보다
도 동정심이 없을 수야 있겠느냐? 골수에 사무칠 정도
로 나를 괴롭힌 그자들이긴 하지만 고귀한 내 이성이,
복수의 분노를 억제하련다. 원수를 덕으로 갚는 것이
훌륭하지. 그자들도 회개한 이상 더 괴롭힐 생각은 없
어. 에어리얼, 가서 풀어주어라. 이제 술법을 풀어 제정
신으로 돌아가도록 해주지. 원상복구야.

에어리얼 데리고 오겠습니다. (퇴장)

프로스페로 (마술 지팡이로 원을 그리며) 산과 시내와 잔잔한 호수와

숲의 요정들이여, 밀려왔다가는 밀려나가는 파도를 타고 모래밭 위에 발자국을 남기지 않는 요정들이여, 암양도 더 뜯지 않는다는 쓰디쓴 둥그런 잔디밭을 달밤에 만든다는 난쟁이 요정들이여, 엄숙한 소등(消燈) 종 소리를 좋아하고, 밤중에 버섯 기르는 것을 재미로 소일하는 요정들이여, 너희들은 미미한 존재이긴 하나, 몇 년 동안 너희들의 도움을 받아, 때로는 대낮의 태양을 어둡게 하고, 때로는 포악한 바람을 일으켜, 푸른 바다와 푸른 하늘 사이에 진동하는 싸움을 일으킨 일도 있고, 무시무시하게 으르렁대는 천둥에 불꽃을 주어, 조브 신의 단단한 참나무를 조브 신 자신의 벼락으로 둘로 쪼개어놓은 일도 있었다. 반석의 바위로 된 기슭을 진동시킨 일도 있고, 소나무와 으루나무를 뿌리째 뽑아버린 일도 있어. 내 명령일하에, 수많은 무덤이 문을 열어, 그 속에 잠자는 송장들을 마술의 힘으로 끌어낸 일도 있단 말이야. 그러나 이 무시무시하게 주효하는 내 마술은 오늘이 마지막이야. 그래서 그자들에게 천상의 음악을 연주케 한 후, 실상 그것은 그들을 제정신으로 돌아가게 하는 술법이지만, 나는 이 지팡이를 부러뜨리고 땅속 깊이 묻어야지. 그리고 이 책은, 납덩이가 내려가 닿아본 일이 없는 깊은 바다 속에 넣어버릴 생각이야.

장엄한 음악이 들리고 에어리얼 등장한 후 이윽고 미친 것 같은 동작을 하는 알론소가 곤잘로의 부축을 받으면서 등장하고 세바스티안과 안토니오도 같은 꼴로 아드리안과 프란시스코의 부축을 받으며 등장해 전부 프로스페로가 땅 위에 그려놓은 원(圓) 안으로 들어와서, 마술에 걸린 채 서 있다. 프로스페로가 이 모양을 유심히 보다가 말한다.

산란한 마음에 특효약인 장엄한 음악이, 이제 그대 머릿속에서 끓고 있는 무익한 뇌수를 고쳐주기를! 그대로 서 있어, 마술에 걸려 움직일 수 없으니. 지극히 어진 곤잘로여, 그대가 울고 있는 것을 보니, 내 눈에서도 동정의 눈물이 흐르오. 저들에게 건 마술의 약효가 빨리 없어지는군. 마치 아침 햇살이 어둠에 용해되어 스며들 듯이 회복되어가는 감각이, 맑은 이성을 덮고 있던 몽롱한 안개를 쫓기 시작했어. 훌륭한 곤잘로여, 내 진정한 은인이며 왕의 충신인 곤잘로여, 그대의 은혜는 말뿐이 아니라 행동으로 갚으리라. 알론소여, 그대는 우리 부녀를 잔인하게 취급했겠다. 그대의 아우는 그대를 거들었지. 세바스티안이여, 그 벌을 지금 받는 거야. 혈육을 나눈 내 아우야, 너는 야욕을 품고 자비와 인정도 물리쳤것다. 너는 세바스티안과 공모하여, 여기서 왕을 죽이려고 했지. 세바스티안은 그로 인해서

나도 그렇겠지. 한갓 공기에 지나지 않는 네가,

그자들의 고통을 보고 불쌍하게 느끼는데,

같은 인간으로서 그들과 같이 뼈아픈 슬픔을 느낄 수 있는 내가,

너보다도 동정심이 없을 수야 있겠느냐?

골수에 사무칠 정도로 나를 괴롭힌 그자들이긴 하지만

고귀한 내 이성이, 복수의 분노를 억제하련다.

원수를 덕으로 갚는 것이 훌륭하지.

– 5막 1장

양심의 가책이 심한 거야. 윤리에 어긋난 놈이긴 하나 너도 용서해주마. 차차 저들도 터득이 되는 것 같군. 지금은 혼탁하지만, 이제 곧 밀물이 이성의 기슭을 채우게 될 테지. 아직 하나도 나를 보거나 알아보는 자가 없군. 에어리얼, 굴로 가서 내 모자하고 칼을 가져오너라. 이 옷을 벗고 지난날 밀라노 공작의 모습으로 나타나야지. 에어리얼, 어서 빨리! 넌 이제 곧 풀어주겠다.

에어리얼, 퇴장했다가 다시 등장.

에어리얼 (노래한다.)

벌과 함께 나도 꿀을 빨고,

앵초 꽃잎 속에 누워,

부엉이 우는 소리 들으리.

여름을 따라 즐겁게,

박쥐 등에 올라 날아가리.

즐겁고 즐겁게 살고저,

가지에 매달린 꽃 밑에서.

프로스페로 귀여운 에어리얼! 네가 없으면 섭섭하겠지만 놓아주지. (에어리얼이 옷 갈아입는 것을 거든다.) 그래, 그래, 됐어. 자, 보이지 않는 그 모습으로 왕의 배로 가거라. 수부들이 갑판에서 자고 있을 거야. 선장과 수부장은 눈을 뜨고 있을 테니 이리 끌고 빨리 와. 지금 당장.

에어리얼 비호같이 날아가서 맥박이 두 번 치기 전에 돌아오죠. (퇴장)

곤잘로 이곳엔 모든 고통과 근심, 기이함과 놀라움이 있어. 하늘의 힘이 이 무서운 섬에서 저희를 구해내주소서!

프로스페로 알론소 왕이여, 학대받은 밀라노 공작 프로스페로가 여기 있습니다. 내가 살아서 말을 하는 증거로 당신을 포옹하겠습니다. 진심으로 여러분을 환영합니다.

알론소 그대가 본인인지 아닌지, 또는 아까 마력으로 나를 속인 것들인지 모르겠으나, 그대의 맥박이 산 사람같이 뛰고 있소. 그대를 만나고 나서 내 마음의 고통이 풀렸소. 필시 그동안 미쳤던 것 같소. 이것이 사실이라면, 정말 신기한 얘기요. 그대의 영토는 다 돌려드리겠소. 그러니 내 모든 잘못을 용서해주시기 바라오. 대체 프로스페로가 어떻게 살아서 이런 데 있게 됐소?

프로스페로 우선 당신을 포옹하겠습니다. 당신의 덕망은 무한하시니까요.

곤잘로 난 아직도 꿈인지 생시인지 분간할 수가 없습니다.

프로스페로 아까 이 섬의 묘한 음식을 자시더니, 확실한 것도 믿지 않으려 하시는군. 여러분 잘 오셨습니다. (세바스티안과 안토니오에게 방백) 너희들 두 놈은 내가 하려고만 하면 반역자라는 증거를 들어서 왕의 처단을 받게 할 수도 있다만, 지금은 가만히 있겠다.

세바스티안 (방백) 악마가 씌워서 하는 소리야.

프로스페로 천만에, (안토니오에게) 너를 아우라고 부르기에는 내 입이 더러워질 악당이지만, 그 대죄를 용서해준다……. 다 용서하겠어. 내 영토를 반환하여라, 반환하도록 만들 테니까.

알론소 그대가 프로스페로라면 자초지종을 얘기해주시오. 어떻게 우리와 여기서 만나게 됐는지, 세 시간 전 우리는 이 해변에서 조난당했소만, 나는 아들 페르디난드를 잃어버렸소. 생각만 해도 가슴이 찢어지는 것 같소.

프로스페로 애통한 일이군요.

알론소 엎지른 물을 주워 담을 순 없는 것, 인내의 힘도 소용없소.

프로스페로 아니, 인내의 도움을 구하지 않으신 모양이군요. 저도 그와 똑같은 경험을 인내의 힘으로 위로하고 있습니다.

알론소 당신도 잃었다고?

프로스페로 최근에 당신 것과 같은, 하지만 그 불행에서 회복될 방법이 당신보다 약합니다. 난 딸을 잃었습니다.

알론소 딸을? 아, 그 둘이 살아서 나폴리의 왕과 왕비가 되었으면! 차라리 아들 대신 내가 바닷속 해초가 되었더라면 좋았겠소. 따님은 언제 잃으셨소?

프로스페로 아까 태풍 속에서요. 이분들은 이렇게 만나게 된 것이 놀라워서, 이성을 잃고 자신의 눈을 의심하고, 자신의 말이 참된 음성임을 믿지 않고 있습니다. 하지만 당신들이 제정신이건 아니건 내가 바로 프로스페로요. 밀라노에서 추방당한 공작이오. 이상스럽게도, 당신들이 조난당한 바로 그 기슭에 상륙해서 이 섬의 주인이 된 것이오. 하지만 그 얘긴 이쯤 해둡시다. 이것은 두고두고할 이야기지, 아침 먹을 때 할 이야기는 아니오. 또 이렇게 만나자마자 할 얘기도 못 되오. (알론소에게) 잘 오셨습니다. 이 동굴이 내 궁전입니다. 시종이라야 한둘 있을 뿐, 신하라고는 이 동굴밖에는 하나도 없죠. 안을 구경하십시오. 내 영토를 다시 돌려주셨으니까, 좋은 물건을 돌려드리죠. 적어도 영토를 돌려받은 내 기쁨 못지않게 만족하실 만한 신기한 것을 드리겠습니다.

여기서 프로스페로는, 페르디난드와 미란다가 장기를 두고 있는 것을 그들에게 보여준다.

미란다 그런 법이 어디 있어요, 속이시다니.

페르디난드 그런 말을, 난 전 세계를 준다고 해도 속이지는 않소.

미란다 왜 못 속여요. 수많은 왕국을 차지하시기 위해서 나하고 말다툼을 한다면, 그럴 땐 꾹 참고 공정하다고 하겠어요.

알론소 이것도 이 섬의 환영이라면 금세 사라져버릴 것이니,

사랑하는 아들을 두 번 잃어버려야 되겠군.

세바스티안　놀라운 기적이야.

페르디난드　바다가 위협적이긴 해도 자비심은 있어. 난 이유도 없이 바다를 저주했소. (무릎을 꿇는다.)

알론소　아비의 기쁨이 그 모든 축복을 너에게 내려주마! 일어나서 어떻게 이리 오게 되었는지 말해다오.

미란다　이상도 해라. 여러 훌륭한 분들이 여기 계시다니! 사람이란 정말 아름다워. 이렇게 많은 사람이 살고 있다니 신기하고 훌륭한 세상이로군요.

프로스페로　너에겐 신기하지.

알론소　너하고 장기를 두고 있는 이 규수는 누구냐? 아는 사이라야 세 시간밖에 안 되었을 텐데. 저 규수는 우리를 갈라놓고 다시 모아놓고 하던 여신이란 말이냐?

페르디난드　아버지, 이 규수는 사람입니다. 하지만 신의 섭리로 제 아내가 되었습니다. 저는 아버지께 아뢰고 허락을 받기 전에, 아니, 아버지가 살아 계시다고 생각하지 못했을 때 아내로 맞았습니다. 제 처는 저 유명한 밀라노 공작님의 따님입니다. 공작님의 존함은 일찍이 듣고 있었지만, 한 번도 뵌 일은 없었죠. 이분 덕택에 저는 다시 한번 태어난 셈입니다. 이 여자 때문에 저는 공작님을 아버님이라고 부르게 된 것입니다.

알론소　그렇다면 난 그녀의 아비가 되는 셈이다. 그런데 이상도 하구나, 아비가 자식에게 용서를 빌게 되었으니.

프로스페로 그만해두시죠. 지난간 일을 가지고 마음을 괴롭히실 필요는 없습니다.

곤잘로 마음속으로 울고 있었기 때문에 말도 못하고 있었습니다. 제신이여, 이 한 쌍의 머리 위에 축복의 관을 씌워주십시오. 저희를 이곳으로 인도해주신 것은, 하늘에 계신 당신들이시기 때문입니다.

알론소 아멘.

곤잘로 밀라노 공이 밀라노에서 추방당하신 것은, 그 자손을 나폴리 왕으로 만드시기 위함이었던가요? 아, 이 넘쳐흐르는 기쁨, 대리석 기둥 위에 금으로 이렇게 새깁시다. "여기 어느 항해 길에, 클라리벨 공주 튀니스에서 낭군을 맞았더니, 그 오라비 페르디난드 조난당한 곳에서 아내를 맞았느니라. 또한 프로스페로, 고도에서 공국(公國)을 찾았으며, 우리 모두 자제(自制)를 잃고 있을 즈음 다시 회복했도다."

알론소 (페르디난드와 미란다에게) 손을 이리 내라. 너희들의 행복을 바라지 않는 자들에게는 슬픔을 내려주소서.

곤잘로 그러하옵도록, 아멘!

에어리얼 등장하고 그 뒤로 선장과 수부장, 어리둥절하여 따라 들어온다.

저기 좀 보십시오! 우리 일행이 또 왔습니다. 육지에 교수대가 있는 한, 저자는 물에 빠져 죽을 놈이 아니라고 제가 예언하지 않았습니까! 여봐, 배에서 욕지거리만 늘어놓더니, 육지에서는 욕을 못하느냐? 그래, 무슨 소식이야?

수부장 가장 좋은 소식은, 폐하의 일행이 무사하신 일입니다. 다음으론 세 시간 전만 하더라도 부서진 것으로만 알고 있었던 배가, 처음 출항했을 때와 다름없이 탄탄하고 빠르고, 어디 하나 상하지 않은 채로 있다는 사실입니다.

에어리얼 (프로스페로에게 방백) 제가 가서 다 해놓았죠.

프로스페로 (에어리얼에게 방백) 됐어, 빈틈없는 요정이로군.

알론소 이 모두가 심상치 않은 일이로군. 갈수록 신기한 일이야. 그래, 너희들은 어떻게 이리 왔지?

수부장 잠이 깨어 있었으면 말씀드릴 수도 있겠습니다만, 아주 곯아떨어져서, 저희도 모르는 사이 배 아랫간에 갇혀 있었습니다. 그런데 지금 막 이상한 소리에 깼습죠. 으르렁대고 악을 쓰고 짖어대고 온통 무시무시하게 시끄러운 소리였습니다. 깨어보니까 자유의 몸이 아니겠습니까. 배도 원상대로 고장도 없고 감쪽같았기 때문에, 선장은 좋아서 막 뛰었습죠. 꿈속에서 그런 것처럼, 갑자기 다른 자들과 떨어져 어리둥절해서 이리 온 것입니다.

에어리얼 (프로스페로에게 방백) 잘됐죠?

프로스페로 (에어리얼에게 방백) 훌륭하게 했다. 이젠 놓아주겠다.

알론소 사람이 걸어온 일이 없는 알쏭달쏭한 골목길 같군. 필시 여긴 보통 이치로써는 터득하기 어려운 무엇이 있어. 신탁을 앙청하기 전에는, 인간의 이성으로 설명할 수 없는 일이야.

프로스페로 폐하, 이 일이 신기하다고 해서, 자꾸 마음 쓰실 것 없습니다. 쉬 기회를 만들어, 사사로이 자초지종을 말씀드리죠. 그러면 납득이 가실 겁니다. 그때까지 마음을 푸시고 만사가 잘된 것으로 생각하십시오. (에어리얼에게 방백) 이리 와, 요정아, 칼리반하고 그 일당을 풀어주어라. 마력을 풀어. (에어리얼 퇴장) 왜 그러십니까? 잊고 계시겠지만 일행 중에서 한두 명 잃어버린 친구가 있을 텐데요.

에어리얼, 칼리반과 스테파노와 트린큘로를 몰고 등장. 그들은 훔쳐 입은 야한 옷들을 걸치고 있다.

스테파노 (취기가 깨지 않은 채) 사람이란 남을 위해서 노력할 것이며, 자신은 돌보지 말 것, 세상만사 운이렷다. 상판대기를 펴, 흉악한 괴물아, 기운을 내.

트린큘로 내 대가리에 매달린 눈이 삐지 않았다면 근사한 구경거

린데.

칼리반 어렵쇼, 근사한 요정들인데! 나리가 근사한 옷을 입었는데! 암만해도 나를 때릴 것 같은데.

세바스티안 하! 하! 안토니오 선생, 대체 이것들은 뭘까? 저것들로 돈벌이가 될까?

안토니오 될 것 같군요. 저 중 하나는 그냥 붕어 새끼로군. 팔 수 있고말고요.

프로스페로 여러분, 이자들이 걸치고 있는 걸 잘 보십시오. 그러고 나서 도둑인지 아닌지 말씀해보십시오. 이 괴물로 말씀드리자면 그 어미가 마녀였는데, 달을 맘대로 조종해서, 조수의 간만을 자기 힘에 넘칠 정도로 조종할 수 있는, 굉장한 마력을 가지고 있었죠. 어쨌든 이 세 놈들이 내 물건을 훔쳤습니다. 이 반 악마는, 하긴 악마의 사생아지만, 저 두 놈하고 공모해서 내 목숨을 뺏으려고 했죠. 저 두 명은 잘 아실 텐데요. 부하가 아닙니까? 이 흉측스런 놈은 내 하인 놈인데요.

칼리반 이젠 꼬집혀 죽게 생겼군.

알론소 아니, 이건 주정뱅이 주방장 스테파노가 아닌가?

세바스티안 지금도 취해 있죠. 술은 어디서 났지?

알론소 트린쿨로도 갈지자 걸음이군, 대체 어디서 술을 얻어 걸렸을까? 얼굴이 홍당무군. 어떡해서 그 꼴이 됐느냐?

트린쿨로 아까 뵌 후로 이꼴이죠. 뼈다귀 없어질 염려는 없습니

사람이 걸어온 일이 없는 알쏭달쏭한 골목길 같군.
필시 여긴 보통 이치로써는 터득하기 어려운 무엇이 있어.
신탁을 앙청하기 전에는, 인간의 이성으로 설명할 수 없는 일이야.

－ 5막 1장

다. 원체 절였으니까, 구더기 끓을 염려는 없어요.

세바스티안 스테파노, 어떻게 된 거야?

스테파노 건드리지 말아요. 난 스테파노가 아니라, 떨고 있는 고 깃덩어리니까.

프로스페로 너는 이 섬의 왕이 되려고 했지?

스테파노 그렇다면 지독한 놈이 됐겠죠.

알론소 저자는 생전 처음 보는 괴이한 물건이군.

프로스페로 꼴도 그렇지만 행실도 좋지 못합니다. 여봐, 동굴로 가, 그놈들도 데리고 가란 말야. 용서를 받고 싶거든 깨끗 하게 해 놓으란 말야.

칼리반 네, 그럭합죠. 앞으로 약아지겠습니다. 용서해주세요. 나도 참 얼간이지, 이따위 주정뱅이를 신이라고 생각 하고, 천치 같은 그자를 떠받들었으니!

프로스페로 어서 가!

알론소 어서 가서, 주워온 걸 제자리에 갖다 놔.

세바스티안 훔쳐왔다고 하는 게 옳죠.

칼리반, 스테파노, 트린큘로 퇴장.

프로스페로 폐하, 일행과 함께 누추한 곳이나마 동굴로 가시죠. 거 기서 하룻밤 쉬시기 바랍니다. 오늘 밤 몇 시간은 너무 도 시간이 빠르게 지나간다고 슬퍼하실 여러 가지 이야 기를 말씀드리겠습니다. ……이 섬에 온 후의 생활과

296

몇몇 사건을 말씀드리기로 하죠. 그리고 날이 새면 배로 안내해드리겠습니다. 나폴리로 돌아가시면, 거기서 이 애들의 결혼식이 엄숙히 거행되는 것을 보고 싶습니다. 그러곤 전 밀라노로 돌아가서 죽는 날이나 기다리겠습니다.

알론소 그동안의 이야기가 듣고 싶소이다. 내 귀를 놀라게 할 이야기겠죠.

프로스페로 하나에서 열까지 말씀드리죠. 그리고 약속하겠습니다만, 돌아가실 때는 거친 파도도 없고, 순풍이 불도록 하겠습니다. 그러면 빠른 시간에 무사히 돌아가실 수 있습니다. ……에어리얼, 애, 이건 네가 할 일이야. 그게 끝나면 널 공중으로 풀어놓아줄 테니 잘 가거라……. 그럼 이쪽으로.

모두 퇴장.

에필로그

프로스페로가 말한다.

프로스페로 이제 제 마술의 힘은 다 빠졌습니다. 제가 가진 남은 힘은 보잘것없습니다. 그러니 여러분이 저를 여기 가두어두든지 나폴리로 보내주든지 맘대로 하십시오. 그러나 여러분의 마술로 저를 이 고도에 머물게는 하지 마십시오. 이젠 영토도 되돌려 받았고, 절 속인 놈도 용서했으니까요. 부디 박수 소리로 절 동료 일당에게서 해방시켜주십시오. 여러분의 부드러운 입김으로, 제 배의 돛을 부풀게 해주시기 바랍니다. 그렇지 않으면 여러분을 기쁘게 해드릴 제 계획이 실패로 돌아가고 맙니다. 인제는 부려먹을 요정들도 없고 술법의 힘도 없습니다. 그러니 여러분의 기도로 구원을 받지 않는다면, 제 최후는 절망밖에 없을 것입니다. 그 기도야말로, 저 성스러운 대자비를 감동시켜, 모든 죄과를 용서해주시도록 할 수 있는 기도인 것입니다. 여러분이 죄로부터 용서를 바라시는 것처럼, 저를 너그러이 놓아주시기 바랍니다.

퇴장.

작품 해설

셰익스피어의 37편 희곡 중에서 《오셀로》만큼 이해하기 쉽고, 따라서 친밀감을 주는 작품은 없다고 해도 과언이 아니다. 첫째, 주제가 비교적 비근한 가정 내의 사건에 관한 것이며 플롯도 비교적 단순하고 직접적이며 자연스러워서 현대인에 적합하기 때문이다. 문학으로서 읽을 때뿐만 아니라, 무대극으로서도 대사가 《햄릿》같이 어렵지 않기 때문에, 관객으로 하여금 손쉽게 극의 내용을 파악하게 한다. 해즐릿(William Hazlitt)의 말과 같이, 이 작품이 우리에게 감동을 주는 것은 셰익스피어의 어느 작품보다도 인간 생활과 밀접한 관계를 지니고 있기 때문이다. 《리어왕》에서 느끼는 페이소스는 두렵고 압도적인 박력이지만 그 자연스러운 친근감에서는 《오셀로》만 못하다. 또 《맥베스》의 정열에서도 어딘가 우리와는 동떨어진 것 같은 느낌이 없지 않다. 《햄릿》의 감격 또한 고답적(高踏的)인 데가 있어서 거리가 멀게 느껴진다. 이런 점으로 미루어 볼 때, 《오셀로》는 일상생활 속에서 심각하면서도 감동적으로 체험할 수 있는 흥미를 충분히 지니고 있는 작품이라고 할 것이다.

《오셀로》를 어느 해에 썼는가에 관해서는 의견이 일치되지 않으나, 1604년이라는 사람도 있고, 혹은 1601~1604년이라고 하기도 한다. 그러나 1605년 11월 1일 'The Moor of Venice'가 런던의 화이트홀 궁정(宮廷)에서 상연되었다는 기록이 남아 있다. 처음 책으로 나온 것은 1622년, 즉 셰익스피어 전집의 초판이 나오기 전년이며, 4절판(Quarto)이었다.

극의 소재는 1566년 이탈리아의 지랄디 친티오(Giraldi Cinthio)라는 사람이 쓴 《헤카토미티(*Hecatommithi*)》라는 이야기책의 내용이다. 원작에는 데스데모나라는 여자의 이름이 있을 뿐, 오셀로의 이름도 없고, 다만 무어인이라고 되어 있다고 하며, 기수와 부관의 이름도 없다고 한다. 이러한 소재를 이용해 비극의 위치까지 끌어올린 것은 오로지 셰익스피어의 천재적인 영필(靈筆)이라고 하겠다.

《오셀로》는 앞에서 기술한 바와 같이 셰익스피어의 작품 가운데서는 가장 비극적인 데 특색이 있으며, 로맨티시즘이 쇠퇴하고 리얼리즘이 대두했을 무렵 특히 인기를 끈 작품이었다. 셰익스피어 4대비극 중 최대의 비극이라고까지 격찬한 것은 주로 리얼리즘의 영향일 것이다. 대개 문학 본위로 극 문학을 평하는 사람과 상연 대본(臺本)으로서, 즉 무대극으로서 평하는 사람— 두 가지 표준이 있는 것은 사실이나, 오늘날 역시 많은 비평가들의 지표가 된다고 할 수 있는 사람으로는 문학을 본위로 하되, 무대극의 관점과도 병행해서 보려고 한 브래들리(A. C. Bradley) 교수를 들 수 있다. 그는 다우든(Dowden) 교수와 마찬가지로《오셀로》를 일종의 거인비극(巨人悲劇)이라고 부르고, 미켈란젤로의 조상(彫像)을 연상시킨다고 했다. 셰익스피어가 이 작품을 쓴 것은 그리스극의 웅대함을 부러워했기 때문이 아닐까라고 상상한 그는,《리어왕》을 제외하면 가장 침통하고 충격적이며 두려운 작품이라고 격찬한다. 플롯의 기교에서도 갈등이 비교적 늦게 시작되지만, 일단 시작한 뒤엔 급전직하(急轉直下)하는 점, 광대를 등장시켰으나, 사실상 희극적인 요소가 없는 것이나 마찬가지인 순수한 비극이라는 점, 큰 인물이 간계에 넘어가 의처증을 일으켜 잔인무도한 야수적인 행위로 타락해가는 과정을 훌륭하게 묘사한 점, 작의가 근대적·숙명적·일상적이라는 점, 우발적인 사건을 많이 삽입시킨 것같이 보이나, 극히 자연스럽게 보이는 점 등을 지적하며, 이 작품이 최대 걸작이라 말한다.

특히 이아고를 무동기 악한(無動機惡漢, Motiveless villain)이라고 평한 콜리지(Coleridge)의 논조와 스윈번(Swinburne)의 비평이 종래의 평으로는 가장 탁월하기는 하나 다른 비평가들이 이아고의 독백이 그의 본심 토로라고만 가정하는 것은 잘못이라고 지적하면서, 이아고를, 원한이 있기 때문에 복수를 하고, 질투 또는 야심 때문에 타인을 모함하는 가장 평범한 악한으로 취급하지 않고, 악 그 자체를 사랑하기 때문에, 또한 타인의 고통을 보고 쾌감을 느끼기 때문에 악을 행한다고 한 콜리지의 관찰을 자연주의적인 작중 인물에 관해서는 지나치게 상상적이라고 일침을 놓는다. 이아고는 결코 악 그 자체를 위해서 악을 사랑하는 것은 아니다. 아니, 그는 어디까지나 이기주의를 인간의 정도(正道)라고 생각하고 조금의 회의도 느끼지 않고 이행하려 하나, 소위 선이 존재하는 한 그것을 공공연하게 행할 수 없기 때문에 자존심이 꺾여 자신으로서는 불평불만에 가득 차 있다. 그는 의지와 지(智)의 소유자요, 놀라울 정도로 냉정하고 침착한 인물이다. 그가 독백 가운데서 나열하는 오셀로, 카시오, 기타 인물에 대한 악의의 동기는 전후가 다소 모순되기도 하고, 때론 동기를 잊은 것 같기도 하다. 흡사 그는 악을 행할 동기를 억지로 찾고 있는 것 같다. 콜리지가 이아고의 성격을 'the motive-hunting of a motiveless malignity'라고 평한 것, 즉 억지로 동기를 찾아다닌다고 한 것도 일리가 있다.

요컨대 그의 동기를 탐구해보자.《햄릿》의 복수 연기 이유의 나열과 마찬가지로, 사실은 자신도 모르는 어떤 힘 때문에 쫓기고 있으면서, 자신은 그것을 모르고 오히려 자신의 우월이 범속한 것에 먹혔다는 데서 연유한 분개라든지, 소위 세속의 선(善) 때문에 자신의 신조를 이행하지 못한다는 불만, 또 하나는 자신의 지략과 역량을 현실화하는 것을 유쾌하게 생각하는 마음 등이 그의 진정한 동기일 것이다.

이렇게 평한 브래들리 교수는 이아고를 일개 예술가라고 말한다. 즉 무(無)에서 유(有)를 각색(脚色) 구상하는 재주가 있다고 했다.

스윈번의 말과 같이 소위 칼라일의 서투른 시인(inarticulate poet)과도 같다고 평한다.

《템페스트》는 1623년 제1폴리오판에 처음으로 수록되었으며, 여기에는 특히 자세한 무대 설명이 붙어 있다. 이 극은 1612년에서 1623년에 걸친 겨울에 궁중에서 공연되었다. 그러나 이보다 앞서 1611년 11월 1일 만성절(萬聖節)에 어전 공연을 했다는 증거가 있다. 폴리오판은 확실히 겨울 궁중 공연 극본을 수록한 것일 게다. 4막 가면극은 특히 궁중극을 위하여 씌어졌거나 늘린 것이라고 생각하는 학자도 있으나, 가면극 장면의 전부 혹은 일부는 셰익스피어가 쓴 것이 아니라고 추측하는 학자도 있다.

궁중 공연을 위해서 애초의 텍스트를 다소 개작했을 수도 있겠으나, 셰익스피어가 손댄 것이 아니라는 증거는 없다. 대체로 《템페스트》의 집필 연대를 1612년으로 보는 것에는 이의가 없으며, 이로써 이 작품은 셰익스피어의 최후 작품이 되는 셈이다.

《템페스트》는 어떤 표류기에서 착상했다. 1609년 여름 조지 소머스 경(Sir George Somers) 지위 하에 북미 버지니아를 향해 출항한 함대가, 서인도 군도 부근에서 태풍을 만나 버뮤다 군도에 표류했다. 선원들은 그곳의 온화한 기후를 즐기며 10개월 남짓 머물러 있었는데, 차츰 섬 안의 돼지와 이상스러운 소리에 신경을 쓰게 되었고 그 섬이 요정과 마귀들의 처소라고 생각하게 되었다. 다행히 그들은 1610년 5월 두 척의 배에 나누어 타고 버지니아에 도착, 그들의 표류 기담이 같은 해 9월 영국에 전해졌다.

《템페스트》의 무대는 '버뮤다'나 기타 여러 여행담과 남북 항해기에서 암시를 받은 모양이지만, 이 극의 플롯 전체에 대한 자료라고 생각되는 것은 야코프 아이러(Jacob Ayrer)라는 독일 사람의《아름다운 지데아*Die Schöne Sidea*》다. 어쨌든《템페스트》는 최후의 작품인 만큼 많은 자료에서 암시를 받았을 것이다.

태풍 때문에 배 한 척이 어느 섬 가까운 바다에서 파선된다. 이 섬에는 프로스페로와 그의 딸 미란다, 그리고 추물 칼리반이 살고 있다. 바람이 자기 전 프로스페로는 딸에게 지나온 이야기를 들려준다. 그는 지난날 밀라노의 공작이었으나, 학문에 몰두하느라 동생 안토니오에게 실권을 빼앗겼다. 당시 미란다는 세 살이었다. 다행히 부녀는 이 섬에 도착했고, 아버지는 십 년간 딸을 교육하고 마술을 연구하는 데 전념했다. 태풍을 일으킨 것도 바로 그의 마술의 힘이었다. 조난당한 배 안에는 그의 원수들이 타고 있었다.

이러한 이야기를 딸에게 들려주는 동안, 배에 타고 있던 사람들은 무사히 상륙한다. 나폴리 왕의 아들 페르디난드는 일행과 떨어져 혼자가 되고, 프로스페로는 그를 자기 동굴로 이끈다. 이 왕자와 미란다는 서로 사랑하게 된다.

프로스페로가 부리는 요정 에어리얼은 상륙한 자들을 감시하고, 여러모로 골려준다. 그러는 동안 프로스페로는 페르디난드의 진심을 시험하기 위해서, 일부러 어려운 일을 시킨다.

4막에서 왕자는 진심을 인정받고 고역을 면하게 된다. 프로스페로는 미란다와 왕자를 약혼시켜주고, 일종의 가면극을 벌여 그들을 축하해준다. 이와 때를 같이하여, 프로스페로를 죽이려던 트린큘로, 스테파노 및 칼리반은 에어리얼에게 벌을 받는다.

5막에서, 섬에 상륙한 일행은 프로스페로의 동굴 앞에 이른다. 프로스페로는 그들의 고난에 동정하게 되고, 마침내 자신의 이름을 밝힌다. 그들은 잘못을 뉘우치고, 프로스페로는 그들을 용서한다. 페르디난드의 부왕 역시 젊은 연인들의 약혼을 허락한다. 프로스페로는 마술(魔術)을 버리고 이 섬을 떠나 공작 영지가 회복된 고향으로 돌아가게 된다.

셰익스피어의 극 중에서 희랍극(希臘劇) 법칙의 하나인 '시간의 일치(The unity of time)'를 지킨 작품은 오직《템페스트》뿐이다. 극중 대사에 나오는 시간을 종합해보면 어느 날 오후 2시부터 6시 사이에 일어나는 사건이다.

《템페스트》는 셰익스피어가 자유분방한 그의 상상력을 구사한 유일한 작품이라고 할 수 있다.《한여름 밤의 꿈》과 마찬가지로, 여기서도 마술과 초자연력이 행사된다. 그러나 두 작품이 나타내는 분위기는 매우 다르다고 하겠다.《한여름 밤의 꿈》은 가볍고, 유쾌한 여름밤의 꿈이어서, 그저 재미있다고 느껴지는 반면,《템페스트》는 전체 톤이 사상과 철학의 상징에 의하여 중후한 맛을 풍기며 심각미가 있다. 이 엄숙한 분위기는 일부 비평가들로 하여금 여러 가지 억측을 낳게 했다. 즉 셰익스피어는 어떤 일정한 인생관 내지 세계관을 지니고 있으며, 그것을 구현하기 위하여 이 작품을 썼고,

작중인물을 통해 자신의 사상을 표현한 것이라고 말하는가 하면, 이 작품을 하나의 우의극(寓意劇)으로 보는 사람도 있다.

시드니 리(Sidney Lee)는 "셰익스피어는 중년에 이르자 차츰 농도를 거듭하는 엄숙한 상념을 품고, 이미 그전에 마음먹고 계획했던 극시(劇詩)의 소재와 인물을 발전시킨 데 불과하다"고 냉정하게 말했는데, 저마다 일리가 있는 견해겠으나, 사상이나 기교의 성장 과정에서 발전한다는 것은, 유독 셰익스피어에 한한 일은 아닐 것이다.

그러나 셰익스피어가 만년의 원숙기에 처해서 인생을 관용과 평화의 여유 있는 태도로 관조했다는 것은《템페스트》에서 충분히 엿볼 수 있을 것이다. 물론 우리는 셰익스피어를 어떤 사상이라는 범주에 넣어 비판하지는 않는다. 그는 인생을 달관한 시인으로서, 인생의 희비애락을 탁월한 극시 속에 담았다. 그리고 애무의 웃음으로 삶의 아름다움을 증언한 위대한 예술가다. 그러한 승화된 정서를《템페스트》는 풍부하게 지니고 있다.

옮긴이

윌리엄 셰익스피어 연보

1564년 잉글랜드 중부의 스트랫퍼드어폰에이번에서 존 셰익스피어와 메리 아든의 맏아들이자 8남매 중 셋째로 태어났다. 아버지는 비교적 부유한 상인으로 가죽 가공업과 중농(中農)을 겸하던 지역 유지였고 어머니는 부유한 토지 소유주의 딸이었다.

1575년 문법학교에 입학하여 문법, 논리학, 수사학, 문학 등을 배웠다. 특히 성서와 오비디우스의《변신 이야기》는 셰익스피어에게 상상력의 원천이 되었다. 하지만 1577년 무렵부터 가세가 기울어 학업을 중단하고 집안일을 도와야 했다.

1582년 여덟 살 연상의 앤 해서웨이와 결혼했다.

1583년 첫째 딸 수재나가 태어났다.

1585년 남녀 쌍둥이 햄릿과 주디스가 태어났다. 이유는 알 수 없지만 셰익스피어는 쌍둥이가 태어난 후 곧장 고향을 떠나 7~8년 간 떠돌아다녔다.

1590년 런던에 도착한 셰익스피어는 눈부시게 변한 런던에 매료되었다. 당시 런던은 농촌 인구가 도시로 유입되어 활기가 넘쳤고 각종 문화 활동과 행사, 연극 등이 열렸다. 셰익스피어는 런던에서 배우이자 작가로 경력을 쌓기 시작했다.《헨리 6세》2부와 3부를 발표했다.

1591년 《헨리 6세》1부를 발표했다.

1592년 《헨리 6세》1부를 상연했다.《리처드 3세》,《비너스와 아도니스》를 발표했다. 동시대 극작가 로버트 그린은 '대학도 안나온 주제'에 품격 떨어지는 연극을 양산한다며 시기 어린 비난을 했다. 이를 볼 때 이 무렵 셰익스피어는 런던에서 이미 유명한 극작가였던 듯하다.

1593년 《티투스 안드로니코스》,《말괄량이 길들이기》등을 발표했다.

1594년 궁내장관 헨리 케리가 후원하던 체임벌린스 멘 극단의 전속 극작가가 되었다.《베로나의 두 신사》,《사랑의 헛수고》,《로미오와 줄리엣》을 발표했다.

1595년 《리처드 2세》,《한여름 밤의 꿈》을 발표했다.

1596년 아들 햄릿이 세상을 떠났다. 아버지 존 셰익스피어가 가문(家紋) 사용의 허가를 관계 당국에서 얻어 신사의 대우를 받게 되었다.《존왕》,《베니스의 상인》,《소네트집》을 발표했다.

1597년　스트랫퍼드에서 두 번째로 큰 저택 뉴플레이스를 사들였다. 《헨리 4세》 1, 2부를 발표했다.

1598년　《헛소동》, 《헨리 5세》를 발표했다.

1599년　《줄리어스 시저》, 《뜻대로 하세요》, 《십이야》를 발표했다. 체임벌린스 멘 극단이 템스강 남쪽에 글로브 극장을 건립했다.

1600년　《햄릿》, 《윈저의 명랑한 아낙네들》를 발표했다.

1601년　아버지가 세상을 떠났다. 《트로일루스와 크레시더》를 발표했다.

1602년　《끝이 좋으면 모두 좋다》를 발표했다.

1603년　엘리자베스 1세 여왕이 사망한 후 제임스 1세가 왕위에 올라 체임벌린스 멘 극단의 후원자가 되었다. 극단의 이름도 킹스 멘으로 바뀌었다.

1604년　《이척보척(以尺報尺)》, 《오셀로》를 발표했다.

1605년　《리어왕》, 《맥베스》를 발표했다.

1606년　《안토니와 클레오파트라》를 발표했다.

1607년　《코리올라누스》, 《아테네의 다이몬》을 발표했다.

1608년　어머니가 세상을 떠났다. 《페리클레스》를 발표했다.

1609년　《심벨린》을 발표했다.

1610년　《겨울 이야기》를 발표했다.

1611년　《템페스트》를 발표했다.

1616년　4월 23일 아내와 두 딸을 남기고 세상을 떠났다. 스트랫퍼드 어폰에이번의 성 트리니티 교회에 묻혔다.

옮긴이 **오화섭**

미국 현대극을 자연스러운 우리 말로 번역해서 알린 선구자로 '번역을 창작의 경지로 승화시켰다'는 평가를 받는다. 해방 이후부터 극단에서 직간접적으로 활동하며 번역 대본을 무대에 올리는 데 힘썼으며, 한국영어문학회 회장, 한국셰익스피어협회 이사 등을 지내며 학술 연구도 게을리하지 않았다. 또한 음악에도 상당히 조예가 깊어서 각종 매체에 음악평론을 발표하기도 했다. 유진 오닐의 《밤으로의 긴 여로》, 손튼 와일더의 《우리 읍내》, 테네시 윌리엄스의 《유리동물원》과 《뜨거운 양철지붕 위의 고양이》, 아서 밀러의 《세일즈맨의 죽음》 등의 작품을 우리 말로 번역했다.

오셀로·템페스트

1판 1쇄 발행 2010년 12월 30일
2판 1쇄 발행 2025년 10월 27일

지은이 윌리엄 셰익스피어 ｜ **옮긴이** 오화섭
펴낸곳 (주)문예출판사 ｜ **펴낸이** 전준배
출판등록 2004. 02. 11. 제 2013-000357호 (1966. 12. 2. 제 1-134호)
주소 04001 서울시 마포구 월드컵북로 21
전화 02-393-5681 ｜ **팩스** 02-393-5685
홈페이지 www.moonye.com ｜ **블로그** blog.naver.com/imoonye
페이스북 www.facebook.com/moonyepublishing ｜ **이메일** info@moonye.com

ISBN 978-89-310-2606-1 04800
ISBN 978-89-310-2365-7 (세트)

• 잘못 만든 책은 구입하신 서점에서 바꿔드립니다.

♣**문예출판사**® 상표등록 제 40-0833187호, 제 41-0200044호

■ 문예세계문학선

★ 서울대, 연세대, 고려대 필독 권장 도서　▲ 미국대학위원회 추천 도서
● 《타임》 선정 현대 100대 영문 소설　▽ 《뉴스위크》 선정 세계 100대 명저

(뒷면 계속)